"恋愛"って何なのか。
主人公の架と真実を通じて
辿りついた私の答えを
台湾の皆さんにも
ぜひ読んでいただきたいです。

辻村深月

「戀愛」到底是什麼。
透過主角架與真實
我找到了答案。
希望台灣的讀者們
也來書中一窺究竟。

辻村深月

傲慢與善良

辻村深月

邱香凝——譯

傲　慢　と　善　良

目錄

第一部

第二部

她在夜裡奔跑。

跑在缺乏街燈照明的深夜住宅區一片黑暗中，為了儘快進入光線明亮的場所，腳步不停地全力奔馳。

身體不停顫抖。內心充滿恐懼與悲哀，既害怕又痛苦。

跑到車站前視野開闊的商店街，幾個路上行人映入眼簾時，她才終於停下腳步。這麼一來，更明顯察覺到自己的顫抖與呼吸有多麼急促。感覺空氣稀薄，瞬間猶豫是否該向周圍的人求助。就在這時，身旁的車道閃過刺眼的汽車大燈。那輛車是黃色車身的計程車，一看到以紅字標示的「空車」兩字，她立刻邁步奔跑。

「等等！停車，拜託！」

不顧周遭眼光舉起手，及時跑到車子前。幸好司機似乎察覺到她，打開了車門。

「請先往豐洲方向開，麻煩了。」

近乎跌坐地鑽進後座，一關上車門，腋下忽然驚覺什麼似地噴發汗水。她從口袋裡拿出手機，指尖卻僵硬得無法好好觸碰螢幕。

快點快點快點……

快點出來，快點。

在通話紀錄裡尋找西澤架的名字。明明那麼常見面——明明在交往，但不往回翻閱通話紀錄就找不到他的名字，這令她焦躁不已。撥通後，耳邊傳來嘟嘟聲。

「——喂？」

一聽見電話那頭的聲音，自己的吸氣聲瞬間變得像漏氣的氣球般尖細，又像嘶啞的哀鳴。架、架、架，救救我。

「那個人……」

她說話的聲音夾雜著哭泣聲。電話那頭的人「咦？」了一聲，她隨即淚眼模糊。握著方向盤的司機透過後照鏡窺看她，顯然對她的行動感到疑惑。啊，忘了先問司機能不能在車上打電話了。她心想，都什麼時候了，自己還在顧慮這種事。可是，明明平常都會注意到的，遇到臨時得在車內打電話的情況時，一定會先知會司機一聲，否則太沒禮貌了。即使其他人早就不在乎這種事，只有自己——每次都一定會問的。

「那個人好像跑進我家了，怎麼辦？我不敢回去。」

手撫胸口，深吸一口氣。明明不想哭，眼淚卻不由自主，順著臉頰滑落。

「那個人是指……？」

架現在人在哪裡呢，一定不在家吧，聽起來他身邊有人。不確定是工作還是私人行程，但一定是在聚餐。聽得到架身邊有幾個人的聲音說著「等一下啦——」、「你要這麼說我也……」、「可是那傢伙啊——」。有男人的聲音，也有女人的聲音。

電話另一端的氣氛變了，架的聲音嚴肅起來。

「真實，妳現在人在哪？」

「車站附近，現在剛搭上計程車。抱歉，我現在可以去架的家嗎？」

「可以啊，當然可以，這沒問題。只是妳說那個人在妳家是……？」

架似乎移動到一個安靜的地方，電話那頭的喧嚷小聲了些。

冰冷的空氣竄過她的鼻腔。

「下班之後，我正要回家時，看到家裡燈是亮的，那個人在裡面。我沒進去，直接跑出來了。」

「我現在馬上回去，抱歉，我還在外面。」架這麼說。

——喂，架！你在講電話？女朋友打來的？

另一端傳來不知道是誰的聲音，還聽見架不耐煩地回對方「囉唆啦你！」接著，架對真實說：

「真實，如果妳比我先到家，先請計程車司機停在門口，妳坐在車裡面等，最好別落單——」

「我知道，可是、可是，拜託你快點回來！」

她口中迸出哀求。這或許是第一次用這麼強硬的口吻對架說話。話說出口，她才心頭一驚，「抱歉——」摀住嘴巴，手還是很僵硬。

「抱歉，我不該說這種話。可是，救我、救我，架——」

「啊，真是的！」架心煩意亂地說，「是我不好，不該丟下妳一個人跑來喝酒。」

電話依然維持通話狀態，架似乎已離開餐廳。她仍在哭泣，司機已經完全注意到她的異狀。一聽到她不再與電話的另一頭對話，司機立刻問：「妳沒事吧？」

「小姐，妳還好吧？」

「……我還好。」

真實一邊回答，一邊這麼想。才不好呢，我一點也不好。眼淚再度湧出，她硬是伸手擦掉了。

快點快點快點……

架一定正在為自己趕路。她心存感激，卻仍無法打消恐懼。不知道要到什麼時候自己才會「沒事」。心頭恐懼不安，再次哭泣起來。

只能祈求。

拜託了。好可怕。架，拜託你了。

救我。

救救我。

第一部

第一章

「啊，抱歉，現在有點事……晚一點我再打給你好嗎？」

「好啊，我現在也正要出門處理一件工作，晚上再說也可以。」

做夢也想不到，這會是最後的對話。

無論是對話內容或真實說話的聲音，聽起來都和平常沒什麼兩樣，自己當時才會完全不當一回事。事後回想起來，架不知道後悔了多少次。

那時，真實或許跟誰在一起。

打給她的那通電話其實沒什麼要緊事，只是關於九月的婚禮有些事項要確認罷了。心想晚上再談就好，懷著輕鬆的心情掛上電話，那個晚上真實卻沒再打來。

就連那時，架都沒有想太多。

那天晚上，架和客戶聚餐。心想反正回家就能看到真實了，那位經營餐廳的社長客戶又心情大好，架陪他去常去的酒館續了兩攤。結束後，總覺得有點想自己再喝幾杯，於是又直接去了家附近的酒吧。

開始察覺不對勁是回到家之後的事。

二月二日，深夜兩點，架打開公寓自宅的門。

真實有家裡的鑰匙，平常這個時間她早就先回來了。若家裡燈還亮著，只要架說聲「我回來了」，就能聽到她回應「你回來啦」的聲音。這就是結婚的感覺吧。幾個月來，架漸漸對結婚有了具體的想像。

然而，這天不一樣。家裡燈沒亮，屋內一片安靜冷清。就算真實先睡了，只要她在家，還是可以感受得到家裡有人的氣息。可是，這天沒有。

「真實？」

喊了她的名字。沒有回應。

平常這個時間真實都還醒著，不是看深夜電視節目就是看ＤＶＤ。架一問她「還沒睡啊？」她就會說「嗯，準備要睡了」之類的，確定架回家後才就寢——最近大概都是這個模式。

「咦？」

藉著幾分醉意，架刻意用誇張的語調說話。

「咦？喂——真實？妳睡了嗎？」

事後想想，那時架的故意大聲嚷嚷，或許正說明了內心的危機意識。自己是試圖用若無其事的語氣假裝什麼事都沒有吧。

真實不在寢室。

也不在浴室、洗臉檯附近或廚房內。連陽台都看了，確定她不在家中任何地方後，架拿起手機，時間是凌晨兩點半。他找出通訊錄中「坂庭真實」的名字，按下通話鍵。

電話沒有馬上撥通。沒聽見本該聽見的鈴聲，傳回來的只有語音。

「這個號碼可能在收訊不良的地方，或是未開機，無法接通……」

原本醉得身體疲軟無力，事實上也很想馬上倒在床上，腦袋卻愈來愈清醒。

是不是出事了？內心有個聲音對自己如此低語。

真實沒有回來。

兩人原本分開住，直到兩個月前真實來架家過夜那天。後來她說還不敢回自己家，架說反正那房子也差不多該退租了，不如就一起住吧。她應該沒有其他可去的地方。

一個三十五歲的成年女性。

或許只是一夜未歸而已。

可能是和朋友喝酒，幫朋友的煩惱出點主意，不小心忘了時間，錯過最後一班電車。之所以沒打電話，也可能是手機沒電之類的……像要說服自己似的，架想了好幾個她沒回家的藉口。但是，沒有一個藉口能真正說服自己。

真實是個老實人。

老實到太老實的地步，做什麼事都很守規矩。她絕對不會做出讓架擔心的事。就算手機忘了充電，至少會跟朋友借電話聯絡自己。她就是這種人。

洗臉檯邊還放著她的化妝水和牙刷，廚房裡有她的馬克杯，看著屋裡她留下的生活痕跡，架心頭不由得一陣惴惴不安。

話雖如此，仍沒想到要馬上報警。

還抱著一絲希望，總覺得在出什麼事前，真實就會自己回來了。

「抱歉，我和朋友聊得太開心了。」就像這樣說著回來。雖然意外她在這邊還有可以「聊得太開心而忘了回家的朋友」，但仍一邊說「沒事就好」一邊迎接她。比起她就此不回來的想法，這樣的想像更符合現實會發生的事。

架內心深處其實很清楚，真實根本沒有會一起喝到半夜的朋友。

他只是想讓自己以為不會有事罷了。

白天真實打來的電話，聽起來也不像發生了什麼急迫的事。

真要說起來，就連這時架都沒意識到那是自己最後一次和她說話。只是不經意有這想法罷了。說著「抱歉，現在有點事」的真實，聲音聽起來就像正要去搭電車或正在去買東西的路上。就是這種程度的日常。

天亮後，架的不安才更上一層樓。

電話依然打不通，她也完全沒有要回來的樣子。架開車前往阿佐谷，目的地是真實還沒退租的那間公寓。

內心祈禱，希望她人在那裡。兩個月前那個晚上的聲音在耳邊響起。

真實打來說「救我」的那通電話。

「那個人好像在我家。」

按下她住處的三〇三號室電鈴，確定屋內無人回應後，架用力敲門大喊：「真實！真實！」

沒有回應。一個經過門前走道，看似正要去上班的通勤族男人嚇了一跳，抬頭望了架一眼。

這時，架終於承認事態異常了。已經無法繼續欺騙自己，不得不面對現實。他拿出手機，從通訊錄中叫出「坂庭陽子」的號碼。上次去真實老家提親時，和她母親交換了電話號碼。

「喂，伯母？我是架。」電話接通後，架說道，「真實沒回家。是這樣的，兩個月前她搬到我家來一起住，但昨天沒有回來。」

架在電話中簡短說明了這是真實第一次毫無聯絡就外宿，因為擔心，怕有個什麼萬一，所以想聯絡真實公寓的管理員來開門。只是，就算說自己是未婚夫，對方可能也不願意開門，要是方便的話，想請陽子也打個電話給不動產管理公司說明一下。

電話那頭的陽子很驚訝。只不過是一個晚上沒回來而已，她也許認為自己太小題大作了——架只好說明原委。

「真實遇上跟蹤狂了。」

架繼續說：「對方好像是真實還住在老家那邊時認識的人。聽真實說，那個人也跑到她東京的住處好幾次。」

一邊跟陽子通電話，架一邊望向真實公寓門口。相較於其他住戶門口的冷清模樣，只有真實在門前放了一個小型觀賞植物盆栽。她說「因為我喜歡有點綠意」，還笑著說她問過管理員了，走廊雖是公共空間，但如果只是放盆栽的話就沒關係。

一想起這件事，原本緊繃的內心這才感到抽搐般的痛楚——妳到底在哪裡？

「我好擔心。」架脫口而出。

急忙趕來的陽子陷入混亂狀態。

「架，這到底是怎麼一回事？」

一在車站前碰到面，陽子就這麼追問架。

「真實怎麼會遇上跟蹤狂？你的意思是說，那孩子在前橋時和誰交往過嗎？」

「沒有交往，只是認識的人。對方向她告白，但她拒絕了。真實說只是這樣而已。」

儘管一再告訴陽子只要電話聯絡就好，陽子仍堅持「我也要過去」，勸也勸不聽。

「怎麼辦，過去之後是不是得待上一陣子，還是做好至少能過一夜的準備比較好？」其實這麼問的陽子並沒有想聽架的意見，語氣聽來只是自問自答。不管架怎麼勸，陽子還是堅持「我中午過後就到了」。

「昨天我才跟那孩子通過電話啊。關於婚宴請客的事，之前跟真實討論過要不要請她的表兄弟姊妹，我原本說可以不用請，昨天忽然想到住東京的美咲還是請一下比較好，想說先跟她說一聲——」

陽子原本就是多話的人，或許是太慌張了，今天說話的速度更是比平常還快。架打斷她的話問：「那差不多是幾點的事？」

「我不知道，大概是傍晚。」

那麼，就是真實對架說「有點事」，掛上電話之後的事了。這表示昨天直到傍晚，真實都還能接電話。

聽說接到母親那通電話時，真實以一如往常的語氣回答「知道了」。陽子也說感覺不出當時女兒的聲音有什麼不對勁。

「我都不知道……」

一起走向不動產管理公司的路上，陽子低下頭喃喃道。

「真實竟然遇上跟蹤狂，她完全沒跟我說。」

一定是不想讓媽媽擔心吧。自己沒經過她同意就把這事告訴陽子，之後真實回來時得好好道歉才行。看著陽子沮喪的側臉，架心想，要是真能那樣就好了。

在等陽子趕來時，架已經去過一趟管理真實所住公寓的「大成房屋公司」，說明事情原委了。

「我想她當初租屋時應該是請父親或母親當保證人吧，等一下她的母親也會趕來，可以讓我們進屋子裡看看嗎？」

架拿出自己的身分證，這麼拜託對方。不料，那位親切的年輕職員確認了真實當初租屋簽約的資料後，歪著頭說：「保證人不是父母耶。」

「是一位叫岩間希實的女士。這位應該不是坂庭小姐的母親吧？」

真實只有一個姊姊，希實就是她姊姊的名字。姊姊已經結婚了，目前一家人住在東京的小岩。

真實竟然沒找父母當保證人，這點令架有些意外。早知如此就不該打電話給陽子，害她這麼慌張。應該先跟姊姊希實聯絡才對。架對自己的失誤感到後悔。

架和希實也見過幾次面，她是性格爽朗討喜的人。如果先打給希實，就算她也會擔心，但只要請她打通電話給不動產管理公司就行了。

陪著一起來開門的，是最初去不動產公司時上前應對的那位親切年輕職員。距離雖然近，他還是開了公司車送架到真實住的公寓。

打開玄關大門之前，架的心跳不知不覺地加速。

萬一打開門後，真實倒在裡面……

不可能有那種事。自己的人生怎可能發生這麼戲劇化的事。腦中雖然這麼想，同時也做了最壞的打算。早知道昨晚就該飆車過來察看——在等陽子趕來時，架一直這麼想，幾乎被後悔的念頭壓垮。

鑰匙順利轉動，門打了開來。年輕職員說聲「請進」，請兩人進入室內。架卻不敢看裡面的情形。

然而，身邊的陽子毫不猶豫，一邊嚷著「真實？妳在家嗎？」一邊搶先進去了。架趕緊追上前。

「真實？」

真實不在這裡。

屋內也沒有被破壞過的樣子，幾乎和架上次來時一樣整齊。真實原本就愛乾淨，從這個小套房的房間到廚房和浴室都巡了一遍，連衣櫃也打開看了，沒有任何不對勁的地方。只是沒看到她而已。

「好像不在這呢。」不動產公司的職員這麼說。或許是因為架前往說明原委時提過「跟蹤狂」這個詞，他現在的語氣聽來像是打從心底鬆了一口氣。

這房間東西真少——架一邊看著房內一邊想。

當然一部分原因是真實現在已經搬去跟自己住了，即使如此，和架過去交往過的女性相比，別的不說，光是衣服就很少。放在洗臉檯上的化妝品等小東西也多半選用樸素低調的顏色。

房間裡有個特別吸引架視線的地方。

化妝檯上，放著一個熟悉的小盒子。告訴架那種湖水綠色叫「蒂芬妮藍」的不是真實，而是學生時代交往的女友之一。架不假思索地拿起那個盒子。

啪地一聲打開，裡面放著鑲了一顆鑽石的戒指。那是架上個月送真實的訂婚戒指。戒指上的鑽石彷彿反望著架一般，閃耀安靜的光芒。

去過租屋處後，接著是警察局。

架對阿佐谷警署窗口說明未婚妻失蹤和她遇上跟蹤狂的事，對方立刻說「請到這邊來」，帶領他們上了二樓。

二樓用隔板隔成幾個小房間，架和陽子被帶到其中一個角落。負責接待的是看似剽悍的刑警二人組。戴眼鏡那位看起來年紀較小，另一位剃平頭沒戴眼鏡的應該是前輩。

過去媒體報導跟蹤狂事件時，往往暴露出警方處理這類事件的粗糙。這類案例多得不勝枚舉，有時是反應太慢，有時更因警方輕視案情而造成悲劇收場。架聽說因為這樣，最近警察對跟蹤狂犯罪的態度已改變了許多。然而，一旦輪到自己捲入這類事件，內心還是難免不安。

警方會不會認真看待我們的報案呢——架這麼想著，和陽子一起坐在兩位刑警面前。戴眼鏡個子較矮那位在手邊準備了筆記，問道：「請問真實小姐大概是從什麼時候開始遇到跟蹤狂的呢？」出乎意料地，這位刑警態度頗為誠懇，架總算能先放下擔憂。

「第一次聽她提起，是將近半年前的事。」

——架，可能是我想太多了，不過，總覺得好像有人一直在看我。

起初，真實繞著圈子委婉地這麼說。因為她平常說話就是這樣，剛開始架還聽不出「有人在看我」指的是跟蹤狂，一頭霧水地反問了「啥？」

當時事態還沒有最近這麼嚴重，真實的表現與其說是恐懼，不如說有點扭捏——甚至略帶嬌羞。她先聲明了一句「不可以笑我喔」，才繼續說下去。

——如果要說是我太自戀，說不定也真的只是如此。可是，我好像遇上跟蹤狂了……我有這種感覺。雖然也覺得像我這種人怎麼可能遇到啦。

真實說的都是些小事，只是累積起來就成了微妙的不對勁。

比方說，下班回家路上，感覺好像有人跟在身後。有時背後還會出現類似閃光燈的亮光，或是聽到手機拍照的聲音。有幾次則是預定該收到的信件始終沒有出現在信箱裡。

那時，架和真實交往快滿兩年。

如果是跟蹤狂的話，妳有懷疑的對象嗎？架這麼一問，真實才以不確定的語氣說：

「有個人說不定有可能，不過，也可能是我想太多了啦。」

架繼續追問，真實才吞吞吐吐地說，是還住在老家時認識的人。

「搬到東京來之前，我還在老家那邊工作時認識的人。對方向我告白，但我拒絕了。只是這樣的關係，從來沒交往過，我們之間什麼也沒發生過。」

有一天，真實發現又被尾隨而回頭時，正好看見為了躲避她的視線匆忙逃走的背影。她說，怎麼看都像是那個人。

架對她說，妳要小心。

如果下次再看到對方，立刻聯絡我，我會馬上趕過去，也會出面跟對方攤牌。架還這麼說。

話雖如此，他心裡其實認為，大概不會真的發生這種事。光從真實的描述聽來，那男人應該沒有和架當面對峙的能耐與勇氣。

連跟喜歡的女人說話都不敢，被甩了也只敢跟在人家身後，真是沒用的男人。反正平常一定也是個老實的草食男，就算現在鬼鬼祟祟跟在真實身旁打轉，一定沒有勇氣真的做出危害她的行為。纏著別人女友不放，未免太厚臉皮又沒骨氣了吧，這種人真教人火大。既然他監視著真實，那就讓他發現身為男友的我的存在，這麼一來大概會嚇得就此退縮吧。雖然很不高興，但當時架頂多也只是這麼想。事實上，真實確實沒有受到任何傷害，也沒收到像是媒體報導中那些騷擾信件、電話之類的東西。

真實說對方是群馬的同鄉，除了驚訝於此人大老遠從群馬跑來東京之外，架根本沒把對方放在眼裡。而且，也可能真的是真實搞錯了。

直到兩個月前，事態急轉直下。

「那傢伙跑進真實家了。」

聽了架的說明，坐在架身旁的陽子表情反而比兩位刑警更緊繃，她用力捏住腿上的裙子，似乎很緊張。

「跑進家裡？」

聽到這裡，平頭刑警的表情才比剛才多了一層凝重。架點頭說：「對。」

「有一天我接到她的電話，說她和平常一樣下班回家，卻發現屋裡燈是亮的，而且有人在裡面。她還說從窗戶上看見人影。」

——救救我，架。

接到逃離現場的真實電話那天的事，架還記得非常清楚。正在跟朋友聚餐的架不以為意接起電話，聽見的卻是真實哭泣和紊亂的呼吸聲。

——那個人跑進我家了。

連聲音都在抽噎。真實的恐懼透過電話感染了架。也正是那時，他才初次察覺自己可能太輕忽跟蹤狂的事了。

既然能趁真實不在家時闖進去，就表示對方已事先偷打了真實家的鑰匙。說不定，他在那之前就進去過，只是真實沒發現而已。

好像有人在看我——真實曾經反覆這麼提過好幾次。儘管她都會先打個預防針說「我是不是太厚臉皮？」、「可能是我誤會了」，但內心一定很擔憂吧。她是不是也懷疑過自己不在家的時候，家裡的物品擺設被人移動過？這些話該不會都被我當成了耳邊風？

提早從聚餐上告退回到家，真實搭的計程車已經在樓下等了。架一衝向計程車，真實就從車內跌跌撞撞跑下來。面無血色的臉蒼白得像鬼魂，不知是否狂奔過的關係，平常總是梳得一絲不苟的黑色長髮也亂了，淚水沾溼了幾縷髮絲，貼在臉頰上。

好恐怖。

我好害怕。

明明一直待在計程車內，這麼訴說時的真實身體卻是冰涼的，使架情不自禁抱住她。這才清楚感覺到，她全身都在顫抖。有生以來第一次知道，原來人類發抖時真的會抖得這麼誇張，這麼明顯，簡直就像在開玩笑。

那時，架下定決心——

要和這女孩結婚。

不能再讓她回到那個環境，得住在一起、保護她才行。

架帶真實回家，並從那天起，要她在自己家裡住下來。真實似乎也不想回家。

隔天早上，架獨自前往真實住的公寓。

那個跟蹤狂男人或許沒想到昨晚自己的身影被真實看見了。房門依然好好上了鎖，彷彿什麼事都沒發生過似的。架用跟真實借來的鑰匙插入門把轉動時，門不費吹灰之力就打開了，輕易得令他當場愣住。

這間房子和架在豐洲的自動上鎖公寓差太多了。真實一個女孩子竟然住在這麼不可靠的地方。任誰都能輕易來到她家門口，輕輕鬆鬆把門打開。對跟蹤狂來說，打一把這間房間的備用鑰匙，根本不是什麼難事。

架再次深切體會到昨晚有多危險。幸好對方潛入屋內還把燈打開，萬一他躲在沒開燈的房間裡埋伏，真不知道會發生什麼事。

當時真實的房間和現在一樣整齊。既沒有被跟蹤狂翻箱倒櫃，也沒留下任何痕跡。至少架看不出來。

然而幾天後，真實在架的陪同下回家確認時，卻鐵青了臉說：「少了幾樣飾品。」

「媽媽去義大利旅行時買給我的胸針，還有架去年送我的項鍊不見了。」

「你說那個胸針不見了？」

架才說明到一半，陽子突然插嘴大叫起來。那聲音之大，令在場所有人一齊對她行注目禮。陽子狼狽地強調：

「那可是浮雕寶石啊！真不敢相信，那是我和她爸爸一起去退休旅行時買的，在拿坡里當地買的高級貨啊。那孩子也常別在身上——」

「真實也說或許就是因為這樣，跟蹤狂也看過她把胸針別在身上，所以才故意拿走的吧。真實很珍惜那個別針，所以也大受打擊。」

「可以請教一個問題嗎？」

刑警的聲音打斷兩人。架忙不迭地朝他們望去。

「請問，那時沒想過要報警嗎？」

感覺刑警們的視線犀利得像要穿透身體。

「關於這件事，今天應該是您第一次來警察局報案吧。但是，從剛才的內容聽來，真實小姐不但可能遭遇跟蹤狂，遭竊的可能性也很高。」

雖然語氣不到究責的地步，但也說得相當強硬。架點頭說「是的」。這麼說的同時，心裡感覺很不是滋味。

「當然想過要報警。因為那次和過去狀況不同，對方都已經闖入家中了，很顯然已是犯罪。可是，她阻止了我。」

「為什麼？」

反問的不是刑警，而是依然歇斯底里的陽子。架感到有點呼吸困難，但還是繼續說：

「真實說，對方不是不認識的人，人家也有父母，要是他們知道兒子做出這種事一定會很傷心。她不想毀掉對方父母的生活。她還說，那個男的平常也是個正經人，只要冷靜下來想想，說不定就會放棄做這種事了。還有……」

「還有？」

在刑警催促下，架小心選擇遣詞用字，謹慎回答。

「真實說，雖然自己確實拒絕了對方的追求，但在被告白之前，說不定曾下意識做出什麼讓人誤會的事。如果是那樣的話，自己也該負起部分責任……」

「才沒這回事！」

架的話都還沒說完，陽子就像忍無可忍似地霍然起身，以一副要找人算帳的架勢不斷嚷著「才沒這回事！」

「那才不是真實的責任。真實這孩子就是心地太善良。」

「我也是這麼告訴她的。但真實又說，她想盡可能避免刺激對方。反正我們就要結婚了，她也會搬離那個房子，這麼一來，對方應該就會死心。」

聽到陽子袒護女兒的說詞，架有些不耐煩地想，那種話妳該去對真實本人說。我也很想說服她啊，但她就是不為所動。

——我不希望只有自己獲得幸福，對方卻因我報警而被捕，那可能會毀掉他的人生。真實斬釘截鐵地這麼說。

——我不是包庇他，不是這個意思……只是……總覺得不是不明白對方的心情。跟蹤狂的心情，妳又明白什麼了？看到架皺起眉頭，真實露出為難的苦笑。

——我想，他都三十幾歲了才失戀，心裡一定很難受，該怎麼說呢，那種不安的心情我可以理解。像是對結婚的焦慮、未來的人生等等，說不定都因為被我拒絕而忽然失去希望了。

如今回想起來，自己怎麼也不該被真實這種說詞說服。對方可是會趁人不在時偷闖入家門的卑鄙犯罪者啊。

要是那時就報警，事情也不會變成現在這樣。如果能提早通知警方這件事，狀況一定和今天完全不同。從昨夜起，架滿腦子只有這個念頭。

但是，那時畢竟真實平安無事，架也只想到正好可以把婚事定下來，或許就能解決問題了。只要今後兩人一起生活，真實就不用再回那間屋子。從此有架陪在她身邊，對方看到她已經結婚了，應該也會死心吧。當時是這麼想的。

事實上，這兩個月來也平安無事。幾乎沒有從真實口中再聽到關於跟蹤狂的事了。

「對方叫什麼名字？」

刑警一提出這個問題，架立刻正襟危坐。陽子也像驚覺什麼似的，緊張望向他。

架冷靜地屏氣凝神。最遺憾的就是這件事。

陽子瞪大了眼睛。兩名刑警則不愧是刑警，絲毫不動聲色，只是靜待架的後續說明。

「……我不清楚。」

「真實總是用『那傢伙』、『那個人』指稱對方，如果我有問她的話，應該也會把名字告訴我，只是我一直沒問清楚。」

最後悔當時沒報警的原因就在這裡。沒能好好查明對方的身分。那時架一心只考慮到真實的人身安全，從未站在制裁對方的角度思考過。

在架心目中，那不過是一個從來沒和女人交往過，對自己來說無足輕重的男人。掉以輕心是自己的錯。

「您沒問題嗎？」

到了這地步，平頭刑警的語氣也難免帶有責難的味道了。架一回答「很遺憾」，戴眼鏡刑警就點頭說「好吧，我們知道了」。

「那麼，您是否有從真實小姐那裡聽過其他關於對方的資訊？或是您自己察覺到的事情？」

被刑警這麼一問，架翻遍記憶找尋線索。努力回想真實說過的話和她的恐懼感。可是，真實很少提到關於那男人的資訊，只知道是她還住群馬時認識的人，單戀真實。只有這樣。

「還聯絡得上真實小姐時，她有沒有哪裡怪怪的？關於白天那通電話，剛才您已經提過了。那麼，兩位最後一次見面是什麼時候？」

「應該是昨天早上。」架回溯記憶。

「前天晚上，我因為工作關係有個聚餐。那天晚上，真實很晚才回家，因為職場的人幫她舉行了餞別會。」

說著說著，架也想起來了。

「因為要結婚的關係，她工作到一月底離職。前天是最後一個上班日，晚上直接開了餞別會。所以，真實難得比我還晚回到家。」

已經躺在床上睡覺的架，朦朧中聽到真實回家的動靜，也感覺到她來寢室窺探的氣息。「架？」真實輕聲呼喚。「喔……妳回來啦？」架還記得自己在半夢半醒中如此回應，然後又睡著了。

早上醒來時，真實睡在自己身邊。

那就是自己最後一次看到她的身影。

和剛辭掉工作的真實不一樣，架得趕著去上班了。心想她可能累了，架就沒有叫真實起床，自己直接出門。

白天，架發現工作相關的電子郵件裡夾雜了一封婚禮場地寄來的確認事項，便打了電話給她。

真實馬上就接了。

「啊，抱歉，現在有點事……晚一點我再打給你好嗎？」

「好啊，我現在也正要出門處理一件工作，晚上再說也可以。」

這就是和她最後的對話。

「請問您從事什麼工作？」

「經營一間小進口代理商。」

刑警這麼問，架也回答了。

「這麼說來，您是大老闆囉？」

「不是什麼了不起的大公司啦……」

架只能苦笑。事實上，他只是不得已繼承了父母創立的小公司罷了。不過，和剛接手時什麼都搞不懂的狀況相比，現在自己在時間分配上已經比較從容。要是還像以前一樣當上班族，就算是未婚妻失蹤，恐怕也無法在平日的這個時間來報案吧。

「所以真實小姐目前沒有在工作，也沒有去上班？」

「對。」架不耐煩地點頭。都已經音訊全無，把我們急得跳腳了，她怎麼還可能悠哉悠哉去上班。刑警問這問題的口吻簡直少根筋。

「為求保險起見，我也聯繫過她原本任職的地方。由於真實已經離職，大家都說不知道她可能會去哪裡。我也問了她的派遣公司，得到的是一樣的回答。」

「派遣公司？」

「對，真實原本的工作是透過派遣公司介紹的英語補習班，她在那裡做行政。」

「喔。」

「之後她就會去架的公司幫忙行政或會計的工作唷。」陽子從旁插口，說完還補充了句「畢竟是夫妻嘛」。

「所以她才辭掉原本的工作。」架說道。

「原來如此。」刑警點點頭，看了看架和陽子，然後站起來。

「方便看看真實小姐住的地方嗎？」

「好的。」

架點頭，和他們一起站起來。

該從哪裡開始說才好呢——刑警兩人檢視房間時，架一直在想這個。

警察找尋她時需要知道的事。

真實可能去的地方。

與跟蹤她的那個男人相關的線索。

如果跟蹤狂是群馬人，或許得去真實還住在前橋時上班的地方調查一下。這麼一來，轄區就會變成群馬縣警了嗎。東京和群馬，必須橫跨這兩個地方展開搜查嗎？自己得去一趟群馬嗎？

要是不想點什麼，架就無法冷靜下來。

為了不妨礙刑警搜查，架和陽子一起坐在屋裡的沙發上，不時回答刑警拋出的問題。

「真實小姐有手機嗎？」

「她有智慧型手機。」

一邊這麼回答，一邊心想，警方應該能用智慧型手機的ＧＰＳ定位來搜索。既然如此，真希望他們快點找出真實所在之處。架壓抑著期待的心情，繼續回答刑警的問題。

「她平常用的包包還在這個房間裡嗎？或是錢包之類的。」

「她最近幾乎沒回這個房子……生活所需的東西都帶去我家了，不在這裡。」

「那你家裡呢？」

「包包和錢包都不在家，應該是她帶出門了。」

「大衣外套呢？」

「我想她應該穿出去了。」

時序剛進入二月，沒穿大衣捱不住這天氣的。而真實最常穿的那件米色大衣不在架的家中。

「她有用行事曆手帳之類的嗎？」

「有，她常把預定事項寫進去。但似乎不在這裡。」

「請問這是？抱歉，看起來似乎很昂貴。」

刑警似乎發現化妝檯上有什麼。架「啊」了一聲抬起頭，是那個湖水綠色的小盒子。

「可以打開看嗎？」刑警問。「請自便。」架這麼回答。

「那是我送她的訂婚戒指。她說捨不得戴，平常不太戴的。」

——平常還是戴沒有鑲嵌寶石的簡單婚戒比較好。

真實曾用天真的語氣這麼表達她的想法。看著留在盒子裡的璀璨鑽石，坐在架身旁的陽子吸了吸鼻子。架朝她投以一瞥，看到陽子不知何時拿出手帕捏著，眼睛也紅了。自言自語地低喃「真實那孩子真是……」，架靜靜把目光從她身上移開。

這對母女長得不太像。真實是瓜子臉、單眼皮的和風長相，陽子則是圓臉雙眼皮。陽子燙捲的頭髮染成明亮的褐色，真實則一頭黑色長髮，給人完全不同的印象。真要說的話，真實比較像爸爸。架還記得自己去見她父母時曾暗自這麼想。姊姊希實反而比較像媽媽。不知為何，架忽然想起真實曾說：「姊姊和媽媽感情很差，一天到晚吵架。」

聽到「犯罪可能性很低」的結論時，架無言以對。

那是報案隔天的事。架報案時就把自己的手機號碼告訴警方了，隔天接到戴眼鏡刑警打來的電話。

他說，關於真實小姐這個案子，我們警方判斷涉及犯罪的可能性很低。

「你說犯罪可能性很低是什麼意思？」架的聲音有些顫抖。

難以置信。已經失蹤兩天了，真實到現在還沒回來，也沒打過一通電話。要是她現在還和跟蹤狂在一起，延遲一分一秒都將釀成無可挽回的後果。一想到這個，架就得強忍像無頭蒼蠅般出門尋找真實的衝動，告訴自己要相信警方一定會找到她。明天一定就會收到聯絡了。

然而，警方給的卻是這種答案。

「我們判斷真實小姐的失蹤沒有犯罪要素在內，很有可能出於她自己的意願。」

「你的意思是，她是自己離家的？故意不跟我們聯絡？也不管我們這麼擔心？」

不可能。架心想。

真實不是那樣的人。儘管自己這麼想，這種感覺只有熟悉真實的人才能明白，很難讓警方理解。這令他坐立不安。

「你們說她失蹤是出於自己的意願？可是她根本沒有理由失蹤啊。最後看到她的時候就和平常沒兩樣。」

「請冷靜一點，我會說明警方這麼判斷的依據。」

和情緒失控、語氣激動的架不同，刑警的聲音沉著淡定。

第一個依據，是真實把錢包、手機、大衣和包包都帶走的事實。

存摺和印章等貴重物品雖然留下來了，但也正因如此，不用考慮是被跟蹤狂或小偷拿走的可能。房間裡也沒有翻箱倒櫃或掙扎的痕跡，一切都很整齊。

「訂婚戒指也還留在那間房裡吧？」

刑警補充的這句話，讓架起了一身雞皮疙瘩。對方雖然沒多說什麼，但架已經可以想像警方是如何解釋這件事的。

東西不多又整齊的真實房裡，唯一絢爛奪目的就是那個蒂芬妮戒指的小盒子——如果是曾偷走真實飾品的執著跟蹤狂，不可能不拿走這枚戒指。他們一定是這麼想的吧。

架後悔不已。要是跟蹤狂就是算計了這一點才沒拿走訂婚戒指，敵人可就厲害了。架噁心得想吐。

「萬一真實是被綁架的話，案發現場應該不是她的租屋處。這麼說來，那裡沒有掙扎痕跡也是理所當然的吧？」

架知道自己的聲音已失去理性，聽來像在賭氣。至今一直避免將「綁架」這個詞彙說出口，現在一說出口，感覺心頭像被自己的聲音削掉一塊肉。

「真要說的話，真實最近幾乎沒回那個屋子。假設她遭到跟蹤狂襲擊，對方應該會是趁她外出時下手，在外面的某個地方。」

所以，錢包和手機都不在家也沒什麼好奇怪的，警方卻以此證明真實的失蹤是出於她自己的意願，叫人如何能接受。

「這點或許如您所說，但是，真實小姐在失蹤前一天辭掉工作，也是出於她自己的意願吧？」

「什麼叫『也是』……？」

耳畔似乎聽見理智炸出火花的聲音。

這也能扯上關係嗎？真實確實辭了工作，但那是因為要和架結婚，婚後打算來公司幫忙，和這次的失蹤一點關係也沒有。都已經說明得那麼清楚了，為什麼警方還能做出這麼隨便的解釋。

「難道你們警方的意思是，真實為了離家出走才辭職嗎？怎麼可能。離職的事和失蹤無關啊！如果她沒有辭職的話，現在公司的人一定也急得雞飛狗跳了。」

只因剛好在這時間點離職就被警方拿來大做文章，只能說是倒楣了。如果失蹤發生在離職前，說不定公司還會一起幫忙通報失蹤，那樣的話，現在警方可能早就展開搜索了。

難道那個跟蹤狂根本就是看準真實辭職的時機下手的嗎？

和真實之前登記的人力派遣公司聯絡時，對方也只不乾不脆地說「她和我們簽的約只到上個月底」。和實際工作的英語補習班聯繫時，真實的前同事說大家都很擔心，還說公司為她舉行餞別會時，真實看起來毫無異狀。同事沒人聽她說過跟蹤狂的事，所以實在心急。那位同事真的很關心真實，還說「會去問問大家有沒有想到什麼可能」。事實上，這不只是口頭說說而已，今天她就聯絡了架，問他「找到真實小姐了嗎？」

真實這位前同事似乎是個非日文母語的外國人，她操著腔調獨特的日文說：「有什麼幫得上忙的話，請告訴我。」那誠懇的語氣說明了真實離職前有多努力工作，深受職場同事信賴。

「她不只是失蹤而已。如果是那樣，我也不會認為問題有這麼嚴重，問題是，確實有個跟蹤狂纏上她啊！」

「您一直說有跟蹤狂，請問那到底是誰呢？您想不出其他線索了嗎？」

被這麼一問，架也提不出任何反駁。對方究竟是誰，到現在他還想不出其他線索。見架沉默不語，刑警繼續說：

「這話雖然難以啟齒，但我還是要說，警方研判真實小姐可能是在出於自己意願的情況下，和那個男人一起消失的。當然，這只是一個假設。」

「哪可能有這種事！」

從未這麼大聲說過話。儘管感受到明確的侮辱，憤怒的同時，內心仍掠過一絲苦澀。架想起當初自己提議報警時真實的態度。回想起來，她簡直就像在袒護那個跟蹤狂。

──總覺得不是不明白對方的心情。

──我想，他都三十幾歲了才失戀，心裡一定很難受，該怎麼說呢，那種不安的心情我可以理解。

就連架自己都對真實當下的態度有些難以釋懷。事到如今，刑警說的話更突顯了當時架心中的疙瘩。

話說回來，跟蹤狂真的會只因這樣就從群馬追到東京來嗎？對真實說的話照單全收是不是錯了？

說不定對方不只是單方面暗戀的跟蹤狂，真實和那個男人之間是不是有什麼架不知情的過往？

拿著電話，架瞬間無言以對。刑警趁機接著說：

「總而言之，光憑目前的證據，我們警方也無能為力。您可以通報失蹤人口，但得請您再跑一趟警署，找負責失蹤人口的單位……」

通報失蹤人口。這幾個字聽來是那麼空洞。對於沒有犯罪可能的大多數離家者或失蹤者，警方不會積極展開搜索，這種事架也很清楚。

真實的失蹤，現在就被警方判斷為犯罪可能性低的案件。剩下能做的，只不過是提出一紙形式上的失蹤人口申請書。刑警的意思幾乎等於這樣就可結案。

閉上眼睛，吐出細細長長的一口氣，架再問：

「假設知道對方是哪裡的誰，警方是否就能再稍微展開調查？」

「對方是哪裡的誰是指……？」

「那個男的，跟蹤真實那個男人。若能知道跟蹤狂的真實身分，警方能再進一步調查對方的事嗎？至少那傢伙曾侵入真實租屋處一次，偷走飾品的嫌疑很重。就算不能朝綁架方向偵辦，至少適用竊盜罪吧。」

「是，」刑警這麼回答，「要是知道對方是誰，我們也會考慮繼續辦案。」

「那我明白了。」架按捺著情緒這麼說。

掛上電話前，刑警又說：「有什麼事請隨時與我們聯繫。您的擔心我們明白。」

這位刑警的聲音雖然冷靜又淡然，但並不帶惡意，也沒有不當一回事。至少，和媒體常說的粗糙刻板對應不同。即使一方面表示可能幫不上忙，一方面還是感受得到他願意認真傾聽的態度。而這樣的警方，現在表示對這件事已愛莫能助。

然而，架依然坐立難安。

光憑刑警一再強調犯罪可能性很低的所謂「根據」與「事實」，根本無法完整說明現在的事態。就是這點令架懊悔不已，內心湧現無處可宣洩的著急和氣憤。

受到驚嚇的真實顫抖的模樣和當時的恐懼，刑警們都不知道。

求婚那天，看到戒指時的她那麼開心，一心期待婚禮的真實臉上的笑容，他們也沒看過。架無法想像那樣的她會自己搞失蹤。最重要的是，她根本沒理由這麼做。

對警察而言，真實的失蹤只不過是眾多失蹤案裡的一件，對架而言，對真實的家人而言卻不是。真希望警察能明白。

「架？怎麼了？誰打電話來？該不會是警察吧？」

隔壁房間傳來陽子的聲音。昨晚陽子留在架的公寓過夜，才一個晚上，她就憔悴得判若兩人。

大概在隔壁聽見架講電話的聲音，察覺狀況不樂觀了吧。陽子眼眶含淚，像是隨時都要哭起來似的。

傳了訊息給朋友大原，問他能否教自己追蹤GPS的方法，那天晚上大原就排開其他事，趕到架的公寓來了。

大原是架大學至今的死黨，現在經營一間電子儀器批發公司。雖然和架同屬自營業，但與因為父親猝逝不得不繼承家業的架不同，大原是先在同業公司累積十足經驗，也做出一番實際成績後才獨立創業。和至今三十九歲未婚的自己不同，大原二十多歲就結了婚，與妻子有兩個小孩。

架為臨時麻煩他道歉，大原搖搖頭說「沒關係啦」。

「比起那個，我真是嚇到了。到底發生了什麼事？真實怎麼會失蹤了？還有跟蹤狂又是怎麼回事？」

「因為想說就快結婚了，以為婚後就能解決這問題，所以都沒跟身邊朋友說。」目前大致上的狀況，白天都用訊息跟大原說了。

留著鬍渣和適度的長髮，在扣有時髦袖釦的襯衫袖口露出一隻萬國錶，配上那張五官深邃的臉，從學生時代起，一群損友裡的女孩子們就常調侃大原，說他是「一看就知道玩得很凶的社長」。不過，事實是她們都視他為異性對象，對他在意得不得了吧。當一旁的架開玩笑說「他真的一看就很像社長」時，她們老瞪著架說「你可別誤會了」。

「架和大原站在一起時，就是『社長二人組』了喔。」會說出這種失禮言詞的，通常是和他們認識最久的美奈子。

大概是下班之後直接過來的吧，大原拉鬆領帶，坐在沙發上，抬頭朝架看了一眼說：

「我客戶裡有個出租ＧＰＳ相關器材的業者，今天我趁閒談時順口若無其事地問了普通人能不能追蹤手機ＧＰＳ定位的事。」

大原的眼裡蒙上一層陰霾。

「請通訊公司調查的結果，說是應該可以。只是，我想你應該也知道，手機沒開機的話就什麼辦法也沒有。」

「……嗯。」

從昨天開始，打真實的手機就只聽得到語音。這個號碼未開機，無法接通……

「真實她媽媽呢？」

架獨自站在吧檯式的廚房內，大原轉頭問。架一邊從冰箱裡拿出兩瓶沛綠雅，一邊回答：「先請她回去了。」

「繼續待在這裡也改變不了狀況，總之先請她回去了。」

說了如果有任何消息都會告訴她，陽子還是一再執拗地確認「真的不要緊嗎？」、「我留在這邊比較好吧？」擔心和緊張讓她恢復了原本嘮叨的語氣。這樣下去就算回群馬也冷靜不下來吧，最後還是架打給岳父，請他在電話裡說服了陽子，她才總算回家。

接過沛綠雅，大原盯著架問：「你沒事吧？工作呢？」

「……昨天幾乎什麼都沒做，今天中午過後才去上班。」

只有五名員工的小公司，社長只要一天沒上班，業務就有可能停滯。

眼睛深處痛得像是好幾天沒睡一樣。事實上，這兩天架確實幾乎沒睡。明天才星期五，不回去處理公事不行了。未婚妻下落不明，要自己在這種精神狀態下到處拜訪客戶和確認文件資料，怎麼想都是個不好笑的玩笑。人即使在這種時候還是得生活，時間還是一樣在走。

架的公司——從父親手中繼承的「Brewing Company」是專門代理英國當地啤酒的代理商。架的父親原本是在商社貿易部工作的上班族，退休後半興趣地獨自開啟了這項事業，後來生意愈做愈大。代理的啤酒廠牌被澀谷廣尾的人氣餐廳老闆相中，在電視節目介紹下大受歡迎，連原本專職家庭主婦的母親也來幫忙會計事務。後來，只靠他們兩人也忙不過來了，才開始聘請員工。

父親開這間公司時，架還是學生。他一直認為父親開公司只是退休後第二人生的嗜好。架從來沒去了解父親的業務內容，也始終認為那和自己無關，自己畢業後找的應該會是其他領域的工作。父母樂於以出差為由，跑遍英國和附近國家，看在架眼中也就是長輩的海外旅行，從未想過跟他們一起去。實際上，架大學畢業後想做的是媒體工作，進的公司雖然不是第一志願，但也在位於銀座的中型廣告公司找到工作，累積了不少社會經驗。

就在這時，父親病倒了。

在那之前，父親從未生過大病。架在驚惶中趕往醫院時，醫師已清楚宣告父親病況危急，就算救回一條命也難免留下後遺症。

那是距今六年前的事，當時架三十三歲。

身體那麼健康的父親竟然會──在這不可置信的心情中，當天父親就過世了。面對「蜘蛛膜下腔出血」的診斷結果，架與母親茫然若失，連悲傷或寂寞的感情都來不及跟上。與父親的死別來得如此突然，身為親人的他們連一點心理準備都沒有。

在沒有一點真實感的心境下結束守靈與葬禮，開始倉促辦理繼承手續時，架才終於感到父親離開了。父親留下的公司該怎麼辦──和母親討論到這件事，架在不知不覺中脫口而出「我會繼承」。沒有人強迫他，事實上母親本來認為解散公司也沒關係。架自己也不懂為什麼會想繼承，這心情無法以三言兩語說明，只是那時覺得這麼做是最自然的事。

現在回想起來，或許自己是想藉著繼承父親遺留下的東西，整理內心突然失去父親的情緒吧。

何必把原本做得好好的工作辭掉──母親這麼說，當初她似乎很擔心。不過，當架正式繼承父親的公司，開始認真學習，也向員工們請教了許多之後，母親才說：「其實，我鬆了一口氣。」

「要是不留下公司，員工們會失去工作，但我一個人又無法撐起公司，有架在真是太好了。」

話雖如此，這份工作和自己過往熟悉的領域完全不同。頭兩年經常得去拜訪客戶和出差，時間花在補充專業知識都快不夠，忙得幾乎失去記憶。架接手公司之後，直到這幾年才好不容易上軌道。

「真實的事，跟你媽說了沒？」大原問。

架點頭回應：「嗯，說了。她很擔心。」

「我想也是。」

對真實願意辭職來幫忙公司的事，母親心懷感激。「今後就拜託妳了，真實。」她笑著這麼說。回答「是！」的真實眼眶有點溼潤。架問：「妳在哭嗎？」她才難為情地壓著眼角說：「能聽到架的媽媽這麼說，實在太高興了。」不久前才在家裡有過這樣的對話。

「接下來你打算怎麼辦？」大原又問，「如果追蹤不到GPS的話。」

「……我打算去一趟群馬。既然警察不肯行動，只好我自己去了。」

聽到架的回答，大原有些意外地眨了眨眼，「你自己去？」

架回答：「是啊。」

「不是先僱徵信社之類的嗎？」

「我有想過，但真實母親很反對。」

架很快就提議找徵信社了。然而，真實的母親聽到「徵信社」三個字時，就像聽到陌生的外語，露出無法理解的反應。

──找徵信社那種地方……難道你打算把自家的事告訴外人嗎？要那些人跑到群馬來調查那孩子以前工作的地方，到處亂問一些有的沒的？那孩子原本是縣政府的臨時約聘員工，是她爸爸拜託認識的議員介紹才進得去，又不是什麼不正經的地方。徵信社連那種地方都會去查嗎？

這兩天下來，架已經很清楚，真實的母親是那種說話不經大腦的人，總是先把話說出口了，才開始思考自己想說什麼。會說出這種話，就表示她很在意「世人的眼光」吧。現在哪是說這種話的時候──架正想這麼反駁時，陽子又開口了。

──再說，找那種地方，得花上幾十萬吧？

這句話讓架超越生氣，直接進入傻眼的境界。感覺就像揮拳想揍人卻找不到對方。他懷著這種心情望向陽子，但也就在此時，架忽然冒出一個念頭。

難道有什麼隱情……？

如果她真的擔心女兒，別說在意世人眼光了，應該不惜用盡一切手段也要找到真實才對。昨天還那麼失魂落魄的陽子，今天會不會顯得太冷靜了？

警方判斷真實失蹤的事件可能與犯罪無關，這結果架已經在掛上電話後告訴陽子了。包括警方暗示真實是出於自己意願失蹤，可能根本和那個跟蹤狂在一起的事。聽到這個，陽子先是說了「怎麼可能」，隨即陷入沉默。

看到她的反應，架原本以為她是生氣女兒受到侮辱，現在想想，說不定是因為——她突然不擔心了。

說不定女兒真的跟警方說的一樣，是出於自己的意願跟別的男人跑了，或許真實在群馬的過往中，發生過足以讓陽子這麼想的事。陽子介意的「世人眼光」也可能包括那件事在內，換句話說，陽子對女兒的「擔心」包含另一層意義。

——總之，這件事我一個人無法決定，得回去問她爸爸才行。

聽到陽子這句話，架就知道說再多也沒用了。工作上經常遇到類似的事，架的業務對象中，有些是只有夫妻經營的小酒店，這種店的財務多半由妻子一手包辦。和這些太太交涉的過程中，她們總會在「自己無法決定」時冒出這類話語。像是「得問孩子的爸才能決定」、「不知道孩子的爸會怎麼說」之類的。明明是自己下定不了決心，卻把責任都推到丈夫身上，這種時候她們就會搬出這類口頭禪。父親還在世時，母親也會這樣。那個年代已婚婦女的這種說話方式，往往令架感到不耐。

陽子可能知道些什麼，正因如此，架才想去一趟群馬看看。再者，如果真要委託徵信社，與其找東京都內的業者，群馬當地的徵信社對地方上的事更熟悉，或許成果更值得期待。只是，聽到架說要委託地方業者，陽子可能又不會擺出好臉色了。

「我也不是不能理解她母親的心情，問題是，難道她覺得女兒很快就會回來了嗎？」

聽完架的說明，大原皺著眉頭說。

「雖然只見過幾次面，我認為真實是個老實的女生，怎麼看也不像是會自己跟男人跑掉的人。」

「我也這麼想。」

就算大原是顧慮架的心情，這話聽在架耳中也是一種救贖。不過，架搖搖頭說：

「只是，從真實媽媽的語氣聽來，我還是覺得背後可能有什麼蹊蹺。如果真實週末還沒回來，我就打算先跑一趟群馬。」

「希望只是單純的婚前憂鬱症。」

大原這麼一說，架立刻朝他望去。

婚前憂鬱症。

難道真實不想嫁給我嗎——從架的視線中讀出這個心思，大原聳了聳肩。

「婚前憂鬱不代表討厭你啦。這是人之常情啊，就算跟再喜歡的對象結婚，婚前還是會有所猶豫，懷疑自己是否做了正確決定，我自己婚前也是這樣，我老婆應該也是。」

「可是，你們二十幾歲就結婚了。我們跟你們不一樣，年紀夠大，也交往兩年了喔。這樣怎麼還會婚前憂鬱——」

「是嗎？在決定結婚前，你內心一定也有猶豫吧？不然怎麼會拖了她兩年的時間？」

被這麼一說，架無可反駁。

要不要和真實結婚——在下定決心之前，確實每次一跟大原碰面就會商量這件事。說商量或許太沉重，但至少，架曾經說過自己還有猶豫。

「婚禮是預定九月舉行嗎？」

「……嗯。」

「明明好不容易才下定決心的啊。」

再次被他這麼一說，架痛苦得幾乎喘不過氣。

雖然很想辯解自己不是那個意思，大原口中那句「拖了她兩年的時間」還是像一根刺，刺得心頭隱隱作痛。

「婚禮會場已經預約好了？」

「對，要在麻布的米朗潔花園辦。」

看了好幾個婚宴會場，上週好不容易才決定。這個離鬧區有段距離，位於靜謐小巷中的宴會場一天只接待一組新人，附設的庭園綠意盎然，可以在那裡布置一場充滿設計感的庭園婚禮。場地也是和真實一起決定的。

按照預定計畫，先在九月真實生日當天登記結婚，再於那週的星期六舉行婚禮。

架今天白天已經看過宴會場給的資料，確認什麼時候取消需要支付取消費用。資料上載明三個月前取消需要支付百分之二十的費用做為取消費。想到自己竟然做了這麼觸霉頭的事，架不由得對自己感到些許失望。

聽到婚宴場地名稱時，大原不知為何疑惑地眨了眨眼。「怎麼了嗎？」架這麼問他，大原立刻換了個表情，輕輕搖頭說：「沒事。」

「有什麼需要我幫忙的儘管說。我知道你很擔心，但也不要太鑽牛角尖啦。說不定真實很快就回來了，什麼事都沒有。」

「嗯。」

即使大原這麼說是好意，架仍不知道自己是否能放下憂慮。

「謝謝你來。」

在玄關道了謝，正要送他離開時，在門口用鞋拔穿上皮鞋的大原忽然轉頭。一陣尋思的沉默之後，他才慢慢開口。

「架，我不希望你之後從別人口中聽了不開心，所以還是現在跟你說吧。」

「什麼事啊？」

「麻布的米朗潔花園，應該就是亞優舉行婚宴的地方。」

聽到這話的瞬間，所有聲音從耳邊消失。雖然不想被大原發現自己大受打擊，架也明白自己臉上刷地失去表情。不知道隔了多久——總覺得是一段不算短的時間——才勉強擠出苦笑。

「……那都什麼時候的事了，我真的不在乎啦。」

即使架這麼說，大原還是用顧慮的表情望著他。

架心跳加速。大原淡淡地說：「這樣啊。既然你這麼說，那就沒事了。我只是怕你會介意。」

「真實的事，有什麼我能幫的再告訴我吧。」

再次這麼強調後，大原才離開。架打從內心感謝他不再多說什麼。

死黨回去後，架沮喪地站在玄關。頭靠著牆，右手扶額，一股難以言喻的情感湧上心頭。大腦理智地告訴自己「那又怎樣」，但痛苦得近乎窒息的反應，依然證明了自己尚未走到「不在乎」的階段。內心大受影響。明明現在不是想那種事的時候——就算這麼告訴自己，那也不是自己能控制的事。

三井亞優子——亞優，是架在真實之前交往的女朋友。

當時架還在廣告公司工作，每天晚上都和朋友喝酒聚餐，亞優就是那時認識的。

如果連國中時一起上下學的關係都能稱為「女朋友」的話，從那時起，架身邊就幾乎沒缺過女伴。從以前到現在，身邊一直有很多女性友人，就算架不主動也會有女人靠近。雖然和一般人一樣經歷過單戀和失戀，他還是想不出自己這輩子什麼時候缺過女友。

亞優是女同事帶來一起吃飯的，說是她的大學學妹，年紀比架小六歲。當時架剛跟前女友分手，難得出現讓他覺得「滿可愛嘛」的女孩，於是主動上前搭訕。

帶點茶色的短鮑伯頭給人健康開朗的印象，一雙大眼神采奕奕。當她那雙眼睛盯著自己看時，架總覺得一切都要被她看透了。亞優身上有一股健全的光芒，總是光明正大地照亮最正確的事物。事實上，她說話也很直截了當，不過語氣一點都不討人厭，跟她說話完全不會感到不愉快。

「架是很帥啦，可是好像來者不拒，給人輕浮的感覺。」

起初亞優這麼說，對自己似乎有所戒備。不過，一聊起喜歡的電影和酒的話題，還有當時架的跑步嗜好，亞優似乎開始感興趣，表示「我也想跑步看看」。

關於跑步這件事，亞優是初學者。在架的建議下，兩人一起挑選跑鞋，架還介紹亞優加入跑步團，一起跑遍東京都內的跑步路線。漸漸地，兩人開始私下相約見面。

配合彼此休假，一起報名各地的馬拉松大賽，也會因應賽事一起出國，參加在火奴魯魯或佛羅倫斯舉行的馬拉松大賽。亞優個性活潑，就算報名時只有架沒被抽中，她也常說「那我自己去囉」，一個人說出國就出國。擔心一個女孩子在國外的安全，有時架會跟著去，有時則是拜託她「找個朋友陪妳一起去吧」。

她好像從以前就很喜歡旅行和看電影，各方面的朋友都多，說話又很有趣。受到這樣的亞優影響，架開始參加原本不感興趣的戶外音樂祭，嗜好範圍一口氣增廣許多。

架學生時代往來至今的那些風格強烈的女性友人，也透過兩邊朋友的聯合聚餐和亞優變成意氣相投的好友。「上次我去美奈子姊家過夜時啊……」忽然聽到亞優這麼說，架真是嚇了一跳。她們什麼時候交情這麼好了——就在架心裡這麼想時，美奈子湊過來像抱妹妹一樣摟住亞優：「我們感情很好喔，只要聚在一起講架的壞話啊，多少酒都喝得下，對吧！」看到她們兩人樂不可支，相視而笑的樣子，對架而言是件好事。亞優能和自己長年往來的好友打成一片，架也覺得很欣喜。

亞優在販售外商品牌的服裝店工作，和架開始交往那陣子，她剛升上主任。架從她同事口中聽說，亞優很受公司期待，未來想栽培她當青山店的店長。想來，亞優的工作表現一定很出色。和她在一起時，反而是年長的架常被旁人斥責「你要振作一點啊！」

亞優並不是最特別的戀人——交往時，架一直這麼以為。

和亞優在一起當然很快樂，但和之前交往過的女友也沒什麼不同。

所以，當亞優提起結婚這件事時，架一時之間反應不過來。

那時架三十二歲，亞優二十六歲。雖說已交往了一年多，架認為還不到那個階段。身邊的女性友人確實陸續結婚了，但男性友人單身的還是很多。

「架不打算和我結婚嗎？」

亞優直截了當地問，很有她的風格。「說什麼結婚啊……」聽見自己如此回答的聲音，架下意識地笑了。從沒想過亞優問這問題是認真的。

「我想結婚喔。從以前就一直想在二十五歲左右結婚。」

「可是妳不是還有工作？」

「工作會繼續啊。雖然會繼續，如果往後有了孩子，趁年輕時生也比較有體力帶，產假和育嬰假什麼的，當然也是愈早請愈好。長遠來看，我想在最不會給周遭添麻煩的時期結婚。」

「妳已經想這麼遠了喔？」架驚訝又疑惑地問。那時，架開始覺得掃興。

亞優不是才二十六歲嗎？

老實說，這就是他當時的想法。即使身邊的友人都在煩惱要不要跟交往對象結婚，但會提起這類話題的人，女友通常已是三十歲上下。如果是這個年紀的對象，架也能理解女方急著結婚的心情。正因如此，他一直認為自己交往的對象不會給自己這種壓力。

那時的自己，把亞優的話視為「壓力」。現在回想起來，架承認那是自己的傲慢。

「因為我是爸媽年紀很大時才生的孩子。」

亞優獨自喃喃嘟噥起來。

「以現代人眼光來看或許還不算太晚，不過媽媽是在三十九歲那年生下我的。所以，從我小時候爸媽就常半開玩笑地說『亞優結婚時，爸爸媽媽說不定已經不在了』。這話太令人感傷，我還曾忍不住哭出來。我總是希望能早點讓爸媽看到我披上婚紗的樣子，要是可以的話，也想讓他們早日抱孫。」

「……這樣喔。」

如此回答的架，對這件事愈來愈反感，只覺得就算妳這麼說我也無法承受。

三十九歲那年生下亞優，算算她的父母現在才六十幾歲，也沒聽說生什麼大病，何必這麼急著結婚——架有點受不了。

三十二歲的架是傲慢的。

結婚這種事，等總有一天想定下來時再結就好，但不是現在。這麼想並不代表亞優不是個好的結婚對象，架抗拒的只是「被逼婚」這件事。他心想，饒了我吧。

「總有一天會想結啊。可是，如果現在馬上就要我結婚，那我得考慮一下。」

架喜歡亞優，但說到結婚，還有——生小孩，這些事就完全無法想像了。他還想像現在這樣出國跑馬拉松，想盡情享受和戀人獨處的時間。得知亞優已經把自己的工作和結婚生子放在一起思考，對當時的架來說，他甚至覺得「女人真可怕」。

男人還沒那個打算，女人卻逼著「結婚」。就算不分青紅皂白指責這樣的女人「可怕」，那也不是男人的錯。這就是當時架的想法。

如今回想起來，亞優只是認真面對現實罷了。她只想規劃今後的人生，用自己的雙手好好掌握。只會指責「可怕」的架才是太幼稚也太自私。

聽了架的回答，亞優表面上不動聲色。她只是淡淡地回答「是嗎」，然後低聲說：「那我知道了。」

當時的架怎麼也想不到，幾年後自己的想法和對婚姻的看法會改變這麼多。

和亞優這番對話的不到半年後，架的父親就過世了。

父親的死宛如青天霹靂。架下定決心繼承公司。

亞優溫柔堅定地陪在因父親的死大受打擊的架身邊，架說要轉換跑道時也沒有反對，反而表示支持。「有什麼我能做的，我都願意幫忙。」她這麼說。在葬禮上將她介紹給母親時，架的母親也說亞優「是個懂事的好姑娘」，對她很滿意。

在那之後，面對亞優「想結婚」的心情，架始終感到一層薄薄的壓力。就算要結也不是現在，繼承父親工作之後的架忙得天昏地暗，為了拜訪客戶連續出差，拚了命地學習專業知識和經營技巧，還要忙著與公司員工建立新關係。自然地，和亞優相處的時間減少了，他們慢慢不再出國跑馬拉松或旅行，連每天聯絡的電話和電郵也沒有以前多了。

一切都是為了讓公司早日上軌道，等穩定下來之後，再來考慮與亞優的婚事吧。從前，架並未認真看待亞優說的「想讓爸媽看我穿婚紗和抱孫」，直到自己失去父親，他才深深體會到這句話的意義。

等工作穩定下來。只要再幾年時間就好。

一心以為亞優一定願意等自己這幾年，這也是架的傲慢。

亞優提分手前，架從來沒思考過亞優離開自己的可能性。畢竟兩人已經交往這麼久，感情又這麼深厚，就像一家人——是這麼想的架太天真。

明明就還沒成為一家人。

想把對方視為家人，彼此應該先成為家人。

「分手吧。」亞優心意已決。

看到架事到如今才急著說「不然結婚吧」，亞優只是笑著說：「太遲了。」

她臉上的表情非常落寞。

「已經太遲了，我無法再等。」

話雖如此，當時亞優都還沒三十歲。「妳才二十八歲不是嗎？」這句話，架沒有說出口。那是第一次，他發現自己的想法太天真，錯的人可能是自己。

一如戀人亞優看不到架工作上軌道的那一天何時來臨，架自己其實也看不到。諷刺的是，那一天忽然就來了。覺得「好像沒問題了」的瞬間忽然來臨，除了自己和公司之外，終於能從容思考其他的事。那一刻，難捨舊情的架聯絡了亞優。

想重新來過，這次沒問題了。他說。

面對架的提議，亞優的回答簡單明瞭。

我要結婚了。這就是她的答案。

架聽別人說，亞優和新男友只認識幾個月就決定結婚。嫉妒、懊悔與不甘心令他過了一段意志消沉的日子。到了這個地步，架才深刻體認到自己失去的東西有多巨大。

就算現在多出了空閒，有時間參加朋友聚會，亞優也已經不在那裡。說話向來不客氣的女性友人們每次罵架「為什麼不懂得珍惜那麼好的女孩子」時，這句話對架的殺傷力都遠遠超過她們所能想像。明知這樣太難看，架還是忘不了亞優。

曾經以為她不是最特別的戀人。但毫無疑問地，就連這個想法本身都是架的傲慢。

亞優離開不久後，架才開始強烈地想結婚。

其中或許也有幾分想回敬亞優的心情，但比那更強烈的，單純只是對已婚朋友的羨慕之情。

不只是自由自在的戀人關係，婚姻聯繫起的是兩個家族，建立這樣的社會關係才能讓父母放心。曾經那麼抗拒結婚伴隨而來的「責任」，現在反而一心只想擔起這個責任了。過去的女朋友們，今後都將與她們的另一半攜手走過人生，只有自己將獨身一輩子了嗎？這個想法一旦冒出來，架就對日後四十幾歲、五十幾歲的未來滿懷恐懼。

好想和誰一起活下去。

好想和那個與自己共度一生的人組織家庭。

曾經認為把時間投入嗜好和工作是那麼崇高的事，現在只要一想到未來都將孤獨度過，獨自面對的餘生未免太漫長。架不覺得自己撐得過如此漫長的歲月，就算勉強也好，仍然希望被某個人束縛或制約。那些本該只會帶來煩躁的東西，現在卻令他莫名想念，莫名渴望。

想法一轉變，眼中的景色也出現一百八十度的轉變。

在那之前，看到朋友有了孩子時，架只會覺得「真辛苦」、「都沒有自己的時間了吧」，現在光是想法改變，那些「辛苦」的話題聽在耳裡也不再只是辛苦，總覺得是朋友們以犧牲享樂換來的炫耀。

和亞優分手後，大家都安慰架「你一定能馬上找到下一個女朋友」。即使對亞優還有所眷戀，架心裡也是這麼想的。

然而，只不過幾年的時間，架身處的世界已完全不同。剛出社會時那些參加不完的聚餐，現在都沒有了。這和轉行或許也有一點關係，但最重要的原因還是在於架已上了年紀。年近四十，周遭朋友大多結了婚，過起穩定的生活，不再需要從吃喝玩樂的場合尋找伴侶。

也不是沒有好心又雞婆的朋友幫忙介紹「不錯的女孩」。可是，和三十出頭時相比，這種介紹的門檻高了起來，已經不是「中意的話就約出來玩幾次」的單純氣氛。來的對象都很認真，一來就先測試架是否願意以結婚為前提交往，如果沒那個意思，連約會都不用想。有一次架忍不住對介紹人美奈子抱怨「這樣很累」，美奈子生氣地說：「找結婚對象本來就是這樣啊！」

聽到這句話，架才終於恍然大悟。啊，我現在做的事就是一般人口中的「找結婚對象」啊。

美奈子是架學生時代至今那群女性友人中講話最毒，但也最肯說真心話的女生。同樣任職於廣告業，公司比架以前的公司還大。美奈子單身很長一段時間，最近才和她口中「大概是前世孽緣」的同事結婚。她一直很照顧架，學生時代，兩人曾經差點發生關係，也好幾次快走到交往的地步。就這層意義來說，彼此前世大概也曾有過一段孽緣吧。

聽到她說的「找結婚對象」後，架心想，既然如此，不如主動出擊吧。

已經不像年輕時有自然結識異性的機會，也無法再依靠身邊朋友介紹對象，到了這個地步，想認識「像樣的對象」就只能展開「婚活*」了。一查才知道，婚活也有各種方式，不只媒體上能找到許多相關報導，還有許多婚姻仲介業者。

學生時代認識的男性友人中，就有一個是和婚活APP上認識的對象結婚。架參加了他們的婚禮，不由得感到驚訝。新娘是公務員，因為工作忙碌才一直沒機會認識異性，人看起來很聰明。站在她身邊的新郎一臉幸福的樣子。雖然不能光用身家條件或外表來判斷，看到婚宴上兩人深情款款的樣子，架除了羨慕還是羨慕。

在這位朋友指點下，架也註冊了那個APP。

話雖如此，婚活進展始終不如預期。當然知道不太可能和第一個認識的人順利結婚，但是繼續認識三個、五個還是不行的話，也難免會感到挫折。

在婚活APP上，看中架的人依然不少。

問題是，和ＡＰＰ上覺得不錯的人見面的過程總是千篇一律，久了還是很累人。再者，直接見面後才發現有哪裡不適合的情況也很多。

婚活就是不斷反覆這樣的事。

繼續這樣下去，我會不會再也遇不到適合的對象。架不只一次兩次像這樣陷入孤獨感，內心總忍不住把過往的戀愛拿來和現在的婚活相比。

包括亞優在內，懷著輕鬆心情追到手進而交往的歷代女友，和婚活中帶著「結婚」這個目的前來彼此試探的女性，兩者相比，果然還是有著決定性的差異。簡單來說就是——在一起不開心。

在架原本的想法中，結婚應該是戀愛的下一步。但是現在，從每個遇到的女人身上都感受不到從前戀愛時的樂趣。即使排除輕浮玩樂的部分，當對方在乎的只有自己在社會上的價值時，帶給架的是與愉快的戀愛完全相反的體驗。這似乎和什麼很像——想了半天終於發現，對了，和找工作很像。找工作時也是不斷經歷被測試、等待對方選擇的過程。即使努力還是有可能不被選上——這種痛苦的感覺和婚活有點像。

談了那麼多輕鬆愉快的戀愛，現在回想起來，那些過往卻不屬於自己。

在一股連自己也不知從何而來的衝動下，某天，架打開了亞優的臉書。這是他第一次領悟社群網站的可怕，看到昔日戀人身穿白紗的封面照片時，架腦中一片空白。

＊註：日語「結婚活動」的簡稱，意指以結婚為目的所進行的各種活動。

慌張地想，我怎麼會這麼提不起放不下。

明明在婚活過程中也遇過幾個覺得還不錯的對象，這一刻，那些女人都從腦中消失了。架按壓眼角深呼吸，傳了封郵件給大原。

「雖然真的不是什麼要緊事，我剛才看到前女友的臉書了。她好像前天舉行婚禮。可笑的是，我發現自己大受打擊。」

大原立刻回信。

「搞什麼啊，還真的不是什麼要緊事。比起那個，你喜歡的樂團要來日本開唱囉，我幫你買票，看完之後喝個兩杯吧。」

架打從心底感謝這個死黨的存在，同時也對自己感到錯愕。四捨五入都已經四十歲的大人了，竟然還會因為失戀，感覺心頭破了一個大洞。

大原又傳了一封只有一行的信來。

「真實最近好嗎？下次再帶她來我家玩啊。」

提不起勁又疲憊不堪的婚活中，還是有幾個不只約會一次，想繼續保持關係的對象。架曾帶其中一個女孩去和大原夫妻一起吃飯。

那就是真實。

第二章

這是架第三次去位於前橋的真實老家。

第一次是決定和她訂婚時，去她家正式拜訪她的父母。第二次是在那之後不久，真實要求架也去拜訪同樣住在群馬縣內的外公外婆，順便又去了一次她的老家。

做夢也沒想到，第三次的拜訪會是在這種情況下。

來應門的是陽子，架在玄關打了招呼，坐在門口脫鞋時，背後傳來一聲「架」。是真實的父親正治。

那聲音令架背脊一挺，人還坐在地上就急忙回頭。

原先任職於市公所的正治已經退休了，現在靠公務員時代的人脈，在地方上的私立大學找了個行政工作。大概因為還不算完全退休，跟同年齡的人相比多了幾分精悍。正治個子很高，第一次見面時架心想，真實高䠷的身材大概是遺傳他吧。

「爸爸。」

聯絡不上真實後，雖然和陽子之間保持頻繁聯繫，這還是第一次和正治面對面說話。倉促之間，架只想著得向他道歉。

關於跟蹤狂的事，正治應該已經聽陽子說了。身為真實的未婚夫，就算只是身為真實交往中的戀人，架都應該保護好真實，但他卻沒做到。

之前兩次來訪，正治給架的印象就是穩重，面對女兒的結婚對象時，態度也非常和氣。一揣摩起他現在的心境，架不由得一陣激動。站起身後，立刻對他低下頭說：「非常抱歉。」

「有我在她身邊，竟然還出了這種事，真的非常過意不去。」

即使低下頭，從正治吸氣的聲音還是聽得出，他似乎感到不知所措。正治為難地說：「好了好了，沒關係。」與其說這是對架的體恤，不如說他單純只是不習慣面對這類話題，不知如何回應，只好如此含混帶過。

「總之，先進去吧。妳說是不是啊，孩子的媽。」

「是啊，架。你先進來吧。」

正治口中喊著「孩子的媽」，像是在向妻子求助。架依然低著頭，跟在兩人後面走進客廳。

來了第三次，這個家依然給人打理得非常整潔的印象。陽子精心挑選的線條漂亮的桌椅、隨處放置的相框中放的是真實和姊姊小時候的照片以及全家人的合照。客廳角落的深粉色鋼琴上，罩著應該是陽子親手縫製的蕾絲布套。地板一塵不染。

從這個家的擺設，就能看出家庭主婦陽子費心經營的妥貼。

「真實還沒跟你聯絡嗎？」陽子這麼問。

架原本正想對他們問一樣的話，這下只能嘆口氣點頭：「是。」

陽子露出無奈的表情，走向廚房泡茶。架坐在客廳裡，正治坐在他對面。關於真實遇上跟蹤狂的事，架已做好正治提出各種疑問的心理準備。出乎意料的是，正治只是默默坐在女兒未婚夫對面，一副坐立不安的樣子，甚至刻意迴避架的視線。

架感到有點尷尬，又不知道該從哪裡說起。好不容易，正治終於開口：

「這陣子很折騰吧，架又還有工作。」

「不會啦。」

正想再道歉一次的架，聽到正治這麼說鬆了一口氣，隨即趕緊搖頭。比起真實的事，自己的工作一點都不重要。他是真心對她父母感到過意不去，就算他們為此責備自己也沒有怨言。

後悔真實提到跟蹤狂的事時，自己為什麼不早點認真看待。和真實的婚事也是，如果能早點下定決心結婚，那個跟蹤狂也會趁早死心，或許就不會跑到真實租屋處了。

正治不但沒有責備架，還說出那麼明理的話，反而令架感到愧疚。

他真是老實又溫和——是個善良的人。

或許和正治過去從事市公所職員的正經工作也有關吧。架心想，正治當然也會生氣，但他這輩子大概從來沒有扯著嗓子咄咄逼人過。從正治的態度就能看出，這次的緊急事態讓他感到多麼困惑。不願感情用事互相指責，卻也不知該如何談論這麼嚴重的事，這樣的心態充斥在這個家中。

相較之下，架的父母無論面對家人或外人時，說話都很隨性，屬於直來直往的類型。

即使年齡相仿，每個人的家庭氣氛都不一樣。

陽子端上紅茶，一邊把杯子放在架面前一邊說：

「架，我跟爸爸談過了，我們是想說，真實的事不知道能不能請警方重新調查一次？如果有必要，這次換我跟爸爸一起去拜託警方也可以。」

「這個我看是很難。」

端起紅茶小聲說句「謝謝」，架想起前幾天阿佐谷警署的那些刑警。

「只要曾經研判事件沒有犯罪性質，他們就不會輕易重啟調查。要讓警方再次著手調查，要不是出現了新的犯罪事實，就是有什麼讓警方願意動起來的理由。就算爸媽現在再去拜託一次警方，我想狀況也不會改變。」

架平靜地深呼吸，轉向陽子。

「爸媽還是不想找徵信社嗎？」

「這個嘛……」

陽子與正治面面相覷，看來他們兩人針對這件事談過了。使了一個意有所指的眼神後，陽子低垂視線，把紅茶放在各人面前，先拿起托盤抱在胸前，再放到地上，看著架的臉說：

「架，聽我說。跟蹤真實那個人，是她還住在這邊時認識的人。那孩子是這麼說的對吧？」

「對，」架點點頭，「我沒問過對方名字，但真實是說，她還住在這邊時，對方曾要求和她交往，可是被她拒絕了。」

「因為不想讓你覺得不舒服，之前我一直沒說……」

聽到陽子這麼一說，架立刻挺直背脊。

終於來了。架有這樣的預感。朝陽子望去，只見她一邊顧忌著正治，一邊說：

「其實，真實在這邊時也曾進行婚活。」

「婚活？」

沒想到會在這裡聽到「婚活」這兩個字，感覺好像跑錯場子。然而，看到架的反應，陽子露出更愧疚的表情，又像急著辯解什麼似地說：

「該說是婚活嗎，總之就是認真地想結婚，去拜託了很多正經的地方，可不是參加那種輕浮的活動喔，不是聯誼什麼的。是去正經的地方，參加以結婚為目標的活動。」

「活動」這兩個字從陽子口中說出時又是那麼生硬勉強，感覺有點牛頭不對馬嘴。

「媽的意思是，真實做了類似相親的事嗎？」

「對。可是，架你自己當時也有在進行婚活吧？彼此都有在進行婚活，而且你不是說，你們就是在那種場合認識的嗎？」

陽子的眼神不知為何帶點求助的意味，受不了她不乾不脆的態度，架問：

「您的意思是說，她透過婚活認識的男人住在群馬？」

如果只是真實住在群馬時參加過婚活，架並不介意。

正如陽子所說，真實和架本來就是透過婚活ＡＰＰ認識的，現在都什麼時代了，婚活是很普通的行為。只是，對陽子那個年代的人來說，好像把「婚活」想得比架這個年紀的人認為的更煞有介事。

「每一個認識的對象應該都是正經人，我覺得。」

陽子沒有直接回答架的提問，轉過頭看正治：「對不對，孩子的爸。」

「她找的可是正經的婚姻介紹所，人家也介紹給她好幾個人。不過在這之前，她好像也自己找過結婚對象，拜託朋友介紹之類的。」

「也就是說，跟蹤狂可能在那些人當中？」架問。

「不是啦，人家介紹的才沒有那樣的人呢。雖然我都是聽真實說的，但她認識的應該都是正經人啦。那家婚姻介紹所也是啊，是我找到，然後陪真實一起去報名的喔。只是啊，那種地方畢竟和過去的相親不一樣，現在好像比較時興讓小倆口自己碰面，所以那些對象我也只看過照片，沒見過本人。真實和對方單獨約會時的狀況，老實說我不清楚。」

陽子講得纏夾不清，又一再強調「正經」。正經的地方、正經的對象、正經的婚姻介紹所——正經、正經、正經……拚了命地重複這個詞，彷彿想藉此抹消從中出現跟蹤狂的可能性。既然如此，為何現在又要對架坦承真實找過婚姻介紹所的事呢，難道不是因為陽子自己對那些人也持有懷疑嗎？

「陽子。」

正當架想大聲反問時，另一個低沉的聲音插口，是一直默不吭聲的正治。丈夫一出聲，陽子就像被雷打到一樣閉上嘴。正治接著說：

「好好跟架說清楚吧。真是抱歉哪，架，沒想到事情會變成這樣，我們的腦袋也還一團亂。」

「不會……」

架一頭霧水，只能先搖搖頭。正治又說：

「那間婚姻介紹所，是向來很照顧我的縣議員太太經營的。去那裡報名後，對方也介紹給真實好幾個對象，她都有去見面。聽了這次跟蹤狂的事，我才想到跟蹤狂說不定就在那當中。如果是這樣的話，我就跟我太太說，那我們也不用大費周章找徵信社，自己去問婚姻介紹所就行了。」

陽子聽到徵信社時那吞吞吐吐的反應，果然是因為她心裡有譜。因為剛才被丈夫斥責的緣故，陽子現在賭氣地別開視線。正治問架：

「真實還在這邊時的事，你聽她提過多少？」

「幾乎沒聽她說過，我只知道她到東京之後的事。」

認識真實時，她剛搬到東京不久。這麼說來，架才發現自己很少聽她說起那之前的生活。這時，陽子終於抬起頭：

「關於她從群馬搬到東京的原因，那孩子是怎麼跟你說的？」

「她說之前在群馬一直跟家人住，很想體驗自己一個人搬到遠方生活的感覺。」

那時架聽過就算了，也沒有多想，只覺得大概是這麼回事吧。不過，實際拜訪真實以前生活的前橋老家時，確實也曾感到微妙的疑惑。真實明明在這個家住得安安穩穩，儘管不是正式員工，但也有份稱得上是鐵飯碗的工作。

然而，她卻寧願放棄這一切，一個人搬到東京。做出這個決定時，真實已經超過三十歲了。架自己工作上換過一次跑道所以很清楚，如果還是二十幾歲的年紀就算了，年過三十之後，生活中的任何變化都會帶來強烈恐懼。更何況，真實並不是在工作已有著落的情形下搬到東京，她後來的工作也是先去派遣公司登記才找到的。

「說起來那孩子也很可憐，」陽子說，「我想她一定很痛苦。婚活到最後那陣子，那孩子真的像是被逼急了。我猜，包括朋友介紹的對象在內，她在這邊婚活時認識的，大概有十個人。」

十個人——聽到這數字時，架腦中彷彿按下某個小按鈕，鈴聲大作。瞬間，腦袋裡的記憶復甦。

架想起的是從亞優離去，自己開始婚活算起，到跟真實正式交往為止的那段日子。和每個透過ＡＰＰ認識的對象見面前，總像是套公式似地重複一樣的過程，那簡直成了每天的例行公事。實際見面後，又得承受「這次好像也不是對的人」的徒勞無功感一再轟炸。有時決定約第二次會，心想的是「或許上次只是沒抓對點，再見一次可能會有所不同」，懷著這樣的期待，卻從來不曾經歷想像中的特別時光，就這樣再次踏上回家的路……

原來真實也是啊。

原來她也曾經歷和自己一樣的生活。之所以離開故鄉這塊土地，大概是對那樣的日子感到厭倦了吧。

不知陽子把架這短暫的沉默解讀為什麼，只見她急忙補充：

「真實沒有被那些人拒絕喔，倒是人家都挺中意她的，是真實自己一直拒絕別人。就算是這樣，她的心情一定也很疲憊吧？當然，雖然認識了那麼多人，可是她和人家都沒怎樣喔——」

「媽。」架轉向陽子。為了不讓她再繼續說下去，架下定決心，平靜地提問：「那間婚姻介紹所在哪裡，可以告訴我嗎？」

陽子和正治默默望著架。架說：「請讓我去吧。如果兩位不願意，那我就不找徵信社。但是，我要直接去婚姻介紹所問清楚。」

雖然陽子提到的人數是十人，架暗自認為她估的數字太少了。

連父母都認為有十人的話，真實現實中的「婚活」對象大概要加倍，甚至更多。儘管陽子對聯誼的印象是「輕浮的事」，但只要身邊的朋友知道真實展開婚活，關心她的人自然會幫忙介紹對象。真實自己一定也會抱著比二十幾歲時更急切的心情參加聯誼，想盡辦法尋找結婚對象。這種事本來就很正常，架認為那一點也不輕浮，反而很能理解她的心情。聯誼、朋友介紹、婚姻介紹所……在這所有地方認識的人，全都得視為結婚對象或戀愛對象來思考可能性。有可能跟這個人在一起嗎？還是不用考慮？就這樣不斷煩惱著。

順帶一提，架自己婚活時認識的對象就將近五十人。

如果連一大群人一起喝酒聚餐時認識的異性也算進去，曾經被架視為「候補」的人數說不定超過一百人。每次出門約會前都想著「這次一定要定下來」，即使如此，仍然連一次也不曾有過心動的感覺。

——你不跟真實結婚嗎？

和真實交往一年半左右時，每次參加聚會，朋友都會這麼問。

會這麼問的不只美奈子那些古道熱腸的女性友人，連大原這種男性好友都會趁閒聊時這麼問架。那段時期，架總是用「哎呀……」之類的回應裝傻帶過。

開始婚活半年後，認識的對象中，曾讓架開始思考「將來的事」的，除了真實之外還有幾個人。同時和好幾個人見面約會也不算是劈腿，這是婚活時常有的事，女方應該也一樣，除了架之外還有複數名「候補」的狀態。

婚活認識的對象是不可思議的存在。彼此都把對方視為結婚對象的候補，明明還不是戀人，表面上卻像情侶一樣再三約會。明知彼此的關係還是「戀人未滿」，其中卻也有提出「希望你和我爸媽見個面」的人。架也曾在還沒下定決心的狀況下，姑且和對方父母見面吃飯。

為什麼最後從這幾個對象中選擇了真實？真要說的話，順水推舟的要素可能比較多。最大的原因，是帶了她去和死黨大原夫妻聚餐。

不過，追根究柢，架原本打算帶去的是另一位女伴。

嘴上是說婚活中始終沒遇上心動的對象，即使如此，架還是維持與幾個「或許有譜」

的人見面。不知為何，架的這些對象多半離過一次婚。原本打算帶去跟大原夫妻聚餐的那位也是。她的年紀雖然比架小，卻是個單親媽媽，獨力扶養與前夫生下的兩歲男孩。

架盡可能要自己別介意對方的過往，透過婚活認識的女性中，離過一次婚的人多半因為人生經驗豐富，聊起天來確實比較開心。

然而，每次聽到對方坦承離過婚時，內心還是會有點失望，這點不容否認。結婚對自己來說是第一次的體驗，對方卻不是。既有著無法分享相同心情的落寞，在知道抱持好感的對象有小孩時，也會自私地想，要不是對方離過婚，說不定現在早就決定是她了。簡直和在不動產公司租房子時的心情沒兩樣。

在婚活中看多了異性，自己的心也麻痺了，不再把對方當「人」看。察覺自己只是在貼了條件標籤的清單中抽出設定或背景，毫不客氣地品評對方，架忽然覺得喘不過氣。

即使如此，跟當時認識的那位單親媽媽還算很談得來，她又是個美女，感覺在一起應該會很開心。對方也說，雖然小孩出生後就無暇顧及嗜好了，但其實自己以前的興趣是慢跑。聽到這個，架對她更有好感。即使還沒見過她的小孩，架也開始想，如果是她的小孩，自己應該能接受吧——現在回想起來，那或許只是想說服自己吧。

「你最近婚活有沒有遇到不錯的對象？帶來我家吃飯嘛，應該有這樣的對象吧？」

不難想像，大原一定是看到架的婚活遲遲沒有進展，為了從背後推他一把才這麼提議。和死黨或家人一起吃飯這種事，等於間接公開了彼此的關係，也能大大拉近彼此的距離，朝結婚邁進一大步。

架約了那位單親媽媽，因為她是當時自己的「候補第一人選」。雖然兩人還處於尚未正式交往的曖昧期，對方也回答「很想去」。

不料就在聚餐前一天，她臨時打電話來說「孩子發燒了」，表明無法前往。明知這是無可奈何的事，架還是受到打擊。同時也領悟到，和這個人交往就是這麼一回事。架還沒做好接受對方生活型態的心理準備。

如今回想起來，說不定她早已看穿架內心的猶豫。孩子發燒只是藉口，她可能原本就想拒絕架。那件事過後，架不再主動聯絡她，她也沒有自己聯絡架。

對架來說，當時真實是排名第二的候補人選。

難得大原夫妻幫自己安排了這個機會，不去對他們不好意思，架抱著姑且一問的心情問真實「明晚能見面嗎？」還說「學生時代的好友邀我去他家吃飯，要不要一起去？」

沒抱太大希望寄出這封邀約訊息，真實的回答是「我很樂意」。

「架願意介紹朋友給我認識，是我的榮幸。」她還這麼說。

架也對大原說明了前後始末，坦言自己是被認為真命天女的對象拒絕才改約了另一個人。機靈的大原立刻約了其他幾個朋友，好讓當天的聚餐看起來不至於太正式拘謹。

話雖如此，大原家裡本來就有個調皮搗蛋的小學一年級生和還在學走路的兩歲幼兒，聚會性質又是在死黨家中吃對方太太親手做的菜，即使只是隨性的邀約，帶真實參加這種聚會代表了什麼，架竟然是去了之後才想到。第一次意識到真實是自己會帶來這樣的地方，參加這樣的聚會，今後也可能介紹家人給她認識的對象。

架的女性友人和她丈夫陪大原家的大兒子玩時，真實也在一旁關心快哭起來的兩歲幼兒。「沒事吧？還好嗎？」大原太太準備餐點時，她又一臉坐立不安的樣子問架：「我是不是該去幫忙？」和其他坐著不動的女生不一樣，真實一直歉疚地留意廚房的狀況。

回家路上，真實對架說：「能參加這麼重要的聚會，我好高興。」還說：「大原先生的孩子們真的好可愛。」

幾天後，大原對架說：「她是個好女孩嘛。」

和婚活期間認識的其他女性一樣，對真實也始終抓不到「就是她了」的明確瞬間。事實上，就連當時以為是真命天女的那位單親媽媽，架也不曾有過那種感覺。

然而，這樣的起點或許也不錯。

架開始這麼想。和其他對象相比，真實確實最吸引自己。儘管與過去激情歡樂的戀愛不同，可能這個年紀的戀愛就是這麼回事吧。

為認識而認識——架對那樣的婚活模式感到疲倦，再者，老實說，他的想法是這樣的：繼續婚活下去，可能也遇不到**比真實條件更好**的人了吧。

既然如此，還不如抓緊真實，好好珍惜她。

沒有明確的告白，也沒有清楚說出「想跟妳交往」。架只是不再與婚活認識的其他對象聯絡，只和真實一個人約會。從和真實的相處中，感覺得出真實也是這麼做的。或許沒有戲劇化的浪漫情節，但在不知不覺中，架和真實的關係稱得上是一對戀人了。

沒有激情也沒有怦然心動，有的只是穩定交往的關係。時間就這麼流逝，回過神時兩人已交往超過一年半。

也就是那陣子，跟死黨們喝酒聚餐時會被追問：「你不跟真實結婚嗎？」

老實說，架還有猶豫。和真實的確是婚活認識的，但一旦談到結不結婚，就怎麼也跨不出那一步。下定不了決心。明明也覺得她是好女孩，內心仍不免懷有「真的就是她了嗎？」的念頭。

每次和大原那幾個熟知自己個性的已婚好哥兒們見面，架都會問「你們當初怎麼下定決心結婚的？」想給自己做個參考，也可能是希望誰從背後推自己一把吧。每次這麼問，哥兒們都會用「這種事憑的是一股衝動」或「你也趕快結一結吧」之類的話激勵架。相較之下，女性友人們給的意見仍然非常不客氣。

和真實見過好幾次面的美奈子那時就對架說「真是受夠你了」。

「你們又不是在普通狀況下認識，是透過婚活認識的欸！既然如此，按照規矩交往一年內就該結婚啦。哪有人像你這樣拖拉的？你們真的有在交往嗎？」

「話是這樣說沒錯，但就找不到結婚的關鍵……而且我總覺得，結了婚好像就會有什麼不一樣了。」

所以。架繼續說。

「所以我想說，先住在一起試試看。」

架這麼一說，女性友人們全都皺起眉頭。「那個，我也反對。」連大原都這麼說。

「這段同居期有任何意義嗎？住在一起是要住多久你才願意求婚？住在一起就滿足了，反而更踏不出結婚那一步的例子我可聽多了喔。」

「話是這麼說，一旦面臨要不要結婚的問題時，你們難道不會擔心跟這個人的婚姻生活到底會不會順利嗎？畢竟在這之前，彼此生活的環境都不一樣啊。再說，你們想想看，搞不好住在一起之後就能找到非跟這個人結婚不可的理由了啊，反過來說，也可能因此發現無論如何都合不來的地方。」

「欸？是喔——如你所說，能找到非結不可的理由當然很好，那萬一覺得合不來的話呢？你打算怎麼辦？都交往到這階段了才分手不是更痛苦嗎？關係能進一步發展當然最好，但從同居關係往回撤退的話不就等於做了一場白工？」

美奈子的死黨阿梓這麼說。被她們輪番指責，架有點狼狽。美奈子還不放過他，繼續窮追猛打。

「那我問你，架，你現在想結婚的心情是百分之幾？」

「咦？」

「想跟那個女的結婚的心情啊，現在，百分之幾？」

「……百分之七十左右吧。」

架一這麼回答的瞬間，美奈子馬上露出不懷好意的笑容。她說：「你好爛。」

「我好爛？」

「我現在問你百分之幾的這個數字，其實就是架給真實打的分數喔。對架來說，這個女生就是只有七十分的女朋友。你現在說的就是這意思。」

「什麼啦？怎麼可能。妳問我的是結婚意願吧，我回答的只是這個啊。這跟給真實打幾分有什麼關係。」

「不然我問你，換成亞優的話，架應該會打一百分或一百二十分吧？」

聽到這個名字，架心跳差點暫停。

想起和真實交往不久時看到亞優臉書封面照片的事。假設亞優回到身邊，剛才這個問題自己會回答百分之幾呢？沒錯，瞬間——真的只是一瞬之間，架思考了這個問題。因為思考了這個問題而產生的罪惡感，又令他一時之間說不出話。

美奈子趁隙追擊：「你到現在還只叫她『真實』吧。連自己的女朋友都沒取個暱稱，這一點也不像架的風格。總覺得你們雖然在一起，你還是跟對方客客氣氣的。不一定要跟亞優比，但是跟架的歷任女友比起來，你跟那個女生之間的距離感還有說話方式都不一樣。總覺得你們格格不入，不是很適合。」

「啊——我也這麼覺得。」

這次不是美奈子也不是阿梓，另一個女性友人做出了不負責任的發言。

「架啊，你跟這個女生交往到現在有吵過架嗎？該不會連真心想講的話都說不出口吧？跟亞優在一起的時候一天到晚打打鬧鬧，跟現在這個沒辦法那樣吧？」

「嗯，我也覺得不太適合，該說你們本來就是不同世界的人嗎？」

「嗳，」美奈子湊過來盯著架，「你自己多多少少也有感覺吧？這個女的和你的適合程度就只有百分之七十。既然如此，幹麼跟人家交往？」

「咦……」

「雖然架給這個女生打七十分，說不定她跟別人交往的話，人家會給她打一百分喔。然而你只付出七十分的心意就把這個女生拖住，不覺得這樣很殘忍嗎？要是無心跟人家結婚就放對方自由吧。」

「……我在婚活中認識了很多人，有真實這種條件又願意說我不錯的對象，已經該謝天謝地了，這就是我的想法。」架不得已只好這麼說。

七十分。百分之七十。對真實的稱呼和對亞優的稱呼。過去確實擁有過的，足以打上一百分的美好回憶……

某種層面來說，美奈子她們幾個說的或許沒錯——架忍不住這麼想。

真實是個正經的女生，這一路走來架想的也是「跟她正經交往」。真實一定也是如此。和她之間沒有和亞優那種動不動就拌嘴的氣氛，架也很清楚彼此對待對方都還客客氣氣的。如果要說和亞優那種毫無顧慮的關係才叫「適合」的話，自己和真實或許真的還不到適合的地步。

但是，話不是這麼說的。

在不斷反覆的婚活中，架認識更多比真實更不適合的對象。雖然用打分數的方式形容有點過意不去，真要說的話，架確實也遇過好幾個百分之五十、百分之四十，甚至百分比更低的，一點也不適合的對象。

女性友人的犀利言論和做夢般的理想論，此刻都令架打從心底感到厭煩。怎麼可能在婚活中遇上百分之百的對象。真實的百分之七十在架心目中已經是很高的分數，是可遇不可求的數字。

「可是那個女的一定很想跟架結婚喔。」阿梓說。

架連回嘴的力氣都沒有，只是默默看著她。阿梓和美奈子對看一眼，聳了聳肩。

「上次去大原家吃飯時也是，我看她應該是拚了老命在給自己拉票吧？優實哭的時候她站起來一副想去哄小孩的樣子，大原太太在做菜時她也表現得很想去幫忙。」

「講什麼拉票。」架說。

雖然大家都喝了酒，她說這種話也未免嘴巴太壞。架皺起眉頭，沒想到連另一個女性友人也高聲附和：「啊！我也這麼覺得。」

「因為知道美紀手藝好，可以放心交給她自己煮，我們幾個乾脆就不去幫忙了。優實哭的時候也是想說她跟我們又不太熟，隨便上前安撫反而會嚇到小孩吧。就只有那個女的一副坐立不安的樣子，不知道到底是要坐還是要站。」

「她和妳們幾個不一樣，人家很善良。」

不想火上添油，架按捺著自己只說了這句話，沒想到她們聽了，喊得更大聲了，「哪有——」、「才不是咧！」

「她那只是做做樣子好嗎。裝作一副不知道要不要上前幫忙的樣子，到最後還不是沒站起來，面對小孩時也根本就不知道該做什麼才好。我看那個女的根本不太會做菜，也拿小孩沒轍吧。」

「啊，我懂！我有聽到她在架耳邊偷問是不是去幫忙比較好，那幹麼不直接去問美紀就好呢。」

「妳們有完沒完。」

阻止她們的不是架，是大原。他苦笑著說：「妳們應該是嫉妒真實吧？」

「單身多年的架終於要結婚了，對妳們來說就像寶貝弟弟出嫁一樣捨不得了？」

聽了大原的話，女生們紛紛發出「噁——」、「才沒這回事」之類半開玩笑的抗議。只有美奈子要笑不笑地說：「嗯，或許有那麼點吧。」聽了這話，架不由得怒上心頭。心想，開什麼玩笑。

大原說：「就算真實幫自己拉票，我也不覺得那有什麼錯。事實上她真的很關心美紀和優實的狀況，自己一個人來參加男朋友死黨的聚會，站在她的立場想，會那樣坐立不安也很正常啊。」

「先說，我不覺得幫自己拉票不好喔。」

面對大原指責的語氣，美奈子不滿地噘起嘴，看著架說：

「反而覺得她這麼努力讓人很有好感，一想到她是為了架這麼做的，也覺得很有勇氣。只是啊，她的手法太拙劣了啦，覺得有點可惜而已。」

美奈子望著架，嘴角浮現一抹意有所指的笑容，接著又說：「她是個好女孩啦。因為，她做那種事鐵定會被我們看透的啊。什麼心機啦算計啦，她一定完全不習慣做這種事吧。看來她這輩子一直都是個好女孩吧。抱歉喔，這種人讓我看了有點不爽。」

這時架忽然發現。真實不在場時，這些朋友們幾乎不會稱呼她的名字。

到現在還「亞優」長「亞優」短的她們，提起真實時說的都是「那個女的」，和稱呼她為「真實」的大原夫妻不一樣。

「架，你跟那女的的事啊……」、「我說那個女生啊……」

她們的這種稱呼法，簡直就像預設真實隨時可能退場。她們像是連記都不想記住真實的名字，期待她快點從架身邊消失似的——就是這種感覺。光從「拖住」這個詞就能看出她們的想法。

這些不負責任的言論，根本沒有必要放在心上。

架和真實的關係只是兩人自己的事，自己決定就好。

暫時先同居的想法雖然遭身邊的人否定，架仍打算這麼對真實提議。先住在一起，然後再考慮之後的事——也就是要不要結婚。所以，暫時先這樣。

就在這不久後，架接到真實深夜裡打來的那通電話。

「那個人……」

電話那頭，真實的鼻音很重，她在哭。

「那個人好像跑進我家了，怎麼辦？我不敢回去。」

「那個人是指……？」

早在這通電話前，真實就跟架提過跟蹤狂的事。

——喂，架！你在講電話？女朋友打來的？

聽到朋友們意圖干擾的聲音，架不耐煩地喊了聲「囉唆啦你！」站起來走出店外。

「拜託你快點回來！」

平常語氣總是客客氣氣的真實，第一次提出這麼強烈的要求。聽得出說完之後她自己也嚇了一跳，還在電話那頭說了抱歉。

「抱歉，我不該說這種話。可是，救我、救我，架——」

「啊，真是的！是我不好，不該丟下妳一個人跑來喝酒。」

說完，架奔過深夜的街頭。

當時心想，要是自己能早點下定決心結婚就好了。

自己能否下定決心的事姑且另當別論。架一心認定真實就是想跟自己結婚，也從未懷疑過這份自信。

但是，一如遇見真實之前的架有屬於自己的故事和過去，遇見架之前的真實一定也有屬於她的故事和過去。是自己太不把她的過去當一回事了。

所以，現在的架只是單純想知道——在群馬時的她發生過什麼事。

「歡迎光臨。」

真實之前為了尋找結婚對象而造訪過的婚姻介紹所位於一處住宅區內。只有零星便利商店散布的住宅區，跟路旁開了不少連鎖餐廳的國道有段距離。民宅與民宅間不時出現田畝或溫室。

鑽進複雜的巷弄，轉了幾個彎，眼前出現一棟比四周建築大的日式民房，旁邊另一棟比較新的建築門外，擺了一個低調的招牌。

「良緣成就小野里」。

招牌設計得相當低調，看來為的不是吸引路過的客人，充其量只是要給經人介紹上門的人方便找到的標誌。看在不知情的人眼中，說不定還以為是哪個神社保佑姻緣的護身符牌呢。

架注視著出來迎接的老婦人。這位身穿淡綠色和服，眼神溫柔的女性正為架拿出拖鞋。她的每個動作都很俐落，看來是習慣在日常生活中穿和服的人。

「不好意思，夫人，為了這種事突然上門叨擾。」

跟在架身邊的陽子一副誠惶誠恐的模樣，對這位叫做小野里的老婦人低下頭。架也學著低下頭說：「非常感謝。」

當架提出想拜訪真實去過的婚姻介紹所時，陽子和正治互看了對方一眼，想了一下才說：「不然，先聯絡對方看看。」陽子當場打了電話。

——喂？是夫人嗎。是這樣的，有件事想跟您商量……

電話講到一半，需要詳細解釋時，陽子朝走廊走去。架仍聽得見她窸窸窣窣的說話聲，提到跟蹤狂的話題，陽子先說了句「說來丟臉，其實……」，聽見這句話，架頓時心情複雜。有什麼好丟臉的呢，真實才是受害者吧。陽子到底在顧慮什麼？

講完電話後，陽子回到客廳：「夫人說願意見你。我跟她說了架來群馬的事，她就說今天傍晚有空。」

「那我過去。」

架從東京開車來的，只要知道地址就可以自己開車去。才剛這麼想，陽子就說「那我也馬上來準備」。架還來不及說什麼，她就說聲「等我一下」，脫下身上的圍裙走進屋內了。看這情形，她是理所當然認為自己要一起去，絲毫沒想過讓架一個人前往。

再者，她內心或許有些擔憂。

不在自己眼皮底下時，架不知道會對「夫人」說出什麼。陽子內心或許也有這樣的擔憂。他們說那位夫人是對正治很照顧的縣議員太太，在這種小鎮上或許就是得顧慮這種事，架也不是不能理解。

既然如此，那也無可奈何。看到正治與陽子陪同出現的架時，小野里夫人靜靜微笑。

「你就是真實小姐的——很高興見到你。真實小姐在這裡沒能找到有緣人，後來聽說她訂婚了，我就一直想見見她的未婚夫。遠道而來真是辛苦你了。」

「不會……」

「還有，真實小姐的爸爸媽媽。」

朝站在架身後的陽子和正治望去，小野里微微點頭，接著說：

「也辛苦兩位了。我想今天的談話可能會花點時間，結束之後再跟兩位聯絡好嗎？」

「咦？」

陽子從喉嚨裡擠出疑惑的聲音。架也短短倒抽了一口氣。這種說法聽起來是在請他們兩位先回去。「可是……」陽子還想說什麼，小野里臉上露出優雅的微笑。

「我有點話，想跟這位——是叫西澤先生嗎？我有點話想跟西澤先生說，方便嗎？關於真實小姐的事，我也有些事想問他。西澤先生似乎對真實小姐透過我介紹認識的男士不太放心，關於這件事，我也應該要好好跟他談一談。」

不由分說的口吻。被小野里氣勢壓倒的陽子雖然還有不滿，但也只能討好地看著對方問：「是……這樣喔？」小野里一副光明正大的樣子點點頭說：「是啊。」陽子無法再說更多，只能退讓說：「那好吧。」她大概沒想到自己會被這麼小覷吧。反倒是架過意不去，頻頻望向兩人。最後，陽子才在正治催促下一同離開。

獨自留下的架懷著錯愕的心情，看著眼前身穿和服的老婦人。她依然用跟剛才一樣的語氣說：「那麼請進吧，屋裡空間不大，不好意思。」說著，帶領架走到裡面放了接待用桌椅的角落。

地方士紳的妻子開的婚姻介紹所。從這個描述中，架原本對即將見到的她心懷戒備。常聽人說「介紹相親的媒婆」、「介紹相親的大媽」，架預期見到的正是那種鄉下好管閒事形象的——有好的意思也有不好的意思——粗魯歐巴桑。工作上偶爾也會遇到那種滿腦子舊思想，頑固又難應付的婦人，架都做好某種程度心理準備了，這下卻是出乎意料。

眼前這位文弱中不失威嚴的老婦人，澈底顛覆了架的想像。雖說應該已在電話中聽了事情的大概，架怎麼也想不到她竟然不要陽子在旁幫腔，還提出和架單獨談的要求。在架的認知中，這種年紀的女性多半喜歡身邊有立場及年紀相近的同伴。

「這裡——您一個人住嗎？」

小野里自己動手泡茶，往架面前放了一杯。察覺到這裡沒有其他工作人員，架這麼問。小野里就一邊請他喝茶一邊回答：

「偶爾會有年輕人來幫我整理文件資料，不過基本上，這裡只在有客人上門時才開門，其他時候就我一個人。原本是外子選舉時的辦公室，我只是借來用。」

「喔……」

「抱歉啊，這麼晚才能跟你見面。今天白天去了高崎那邊的飯店，因為有客人在那裡相親，我非在場不可。」

「相親嗎？」

按照陽子的說法，真實和在這裡認識的對象見面時沒有父母陪同，是兩人單獨見面的。架忍不住提出來問，小野里似乎很喜歡這話題，呵呵一笑說：

「西澤先生是東京人吧？老家也在東京？」

「對，我從小就住在東京。」

「身邊不太常看到這種比較正式的相親是嗎？每個人希望的方式不同，有偏好當事人自己輕鬆聊的，當然也有人希望一開始就在雙方父母或我的陪同下見面。」

或許是為了陪同相親，她今天才會穿和服吧。一邊恍然大悟，架一邊說「那我就不客氣了」，伸手拿起她泡的茶。

這棟房子雖然不大，看得出客廳裡的大理石椅子和皮沙發頗有質感，旁邊裝飾的鮮花也插得很有品味。她今天本來應該沒有客人，屋裡依然飄散一股淡淡的焚香氣味。

「你也不想吧。」

小野里忽然這麼說。架不明就裡地看著她，小野里露出惡作劇孩子般的眼神說：

「關於自己的女友，你一定有很多想問或想說的話，要是對方家長也在場，那多教人喘不過氣啊，想說的話也說不出口了吧。」

「不……沒有啦……」

急忙放下茶杯，架趕緊搖頭。內心詫異著小野里這年紀的人，竟然不是用「戀人」或「未婚妻」來稱真實，而是用了隨性的「女友」兩字。

「我也是啊，擔心在她父母面前有些話可能難以啟齒，還有，也怕自己多嘴說了不該說的話。所以才會先請他們回去。沒關係吧？」

「……是。」

架正襟危坐，向小野里道謝：「謝謝您為我顧慮這麼多。」

「你一定很擔心真實小姐吧。」小野里說。原本開朗的臉上蒙上一層淡淡陰霾。

「可以從頭告訴我嗎？首先，我聽說真實小姐後來去了東京，你們是在那邊認識的？是工作的關係還是什麼嗎？」

「我們是透過婚活認識的。」

心想在這人面前裝模作樣也不是辦法，架直截了當地回答。

「我聽說真實小姐還住在前橋時，曾來您這邊做婚姻諮詢。我也是在東京進行婚活時，和同樣進行婚活的真實小姐認識的。」

「這樣啊。原來真實小姐到了東京也持續尋找結婚對象呢。那麼，在那邊也是去婚姻介紹所嗎？還是電腦網站之類的？」

「不，是行動電話的……專門給正在找尋結婚對象的人使用的ＡＰＰ。」

說著，架才忽然想到，不曉得她知不知道ＡＰＰ是什麼。但是，只見小野里睜大眼睛問：「用智慧型手機嗎？」從她口中聽見「智慧型手機」這個詞，架更驚訝了。

「是的。利用智慧型手機上的ＡＰＰ，只要註冊就可以透過這個系統互相認識，抱著輕鬆的心情開始婚活。ＡＰＰ上也可以直接看到對方的照片和個人資料。」

「那要花錢嗎？註冊費用之類的？」

「有的ＡＰＰ要付註冊費，有的不用。不過，願意付費就代表比較有誠意，真心想找結婚對象的人應該覺得付費比較好吧。」

「我想看看。」

小野里說這話的語氣有如少女一般快活。架說著「啊，那……」，拿出自己的手機。認識真實時使用的那個付費ＡＰＰ已經辦理退會了，另外幾個免費ＡＰＰ就這麼放著，圖示也還留在螢幕上。

點一下圖示，螢幕上立刻出現畫面。

「這裡會顯示會員當中住在自己目前所在位置附近的對象，照片和個人資料都看得到。群馬縣內就選群馬縣，前橋市就選前橋市，想要這樣限定地區搜尋也可以。」

久違地打開ＡＰＰ，發現會員人數還滿多的。不過，和在東京相比，群馬這邊註冊的會員數果然比較少。

「這附近也有人玩這個嗎？」

「看起來不多，不過還是有呢。您要看一下嗎？」

手指朝螢幕一點，便跳出對方的照片。這類網站能上傳的照片通常就是五張，大家都會挑拍得比較好看或上相的照片，架想起也曾遇過實際見面時覺得照片根本是詐欺的對象。調亮光線改變肌膚質感，利用角度拍出小臉效果等等，ＡＰＰ上不乏這類手法高明的照片。那段時間，架也真是看了很多。

「哎呀，連這麼年輕漂亮的女生都在找結婚對象嗎？怎麼不來我這邊諮詢一下。」

小野里以熟練的手勢一一刷過畫面上跳出來的看似二十幾歲女性的照片，看得架滿心佩服。以為她是腦筋死板守舊的大嬸媒婆真是大錯特錯。看來她不但習慣使用智慧型手機，想法也很順應潮流。

「只要用這個，就能傳訊息給中意的對象嗎？」

「也有人用這種方式。不過，在我認識真實小姐的那個ＡＰＰ，用的是送對方愛心的方式。就像臉書按讚一樣，啊，我說的『按讚』是指——」

「我當然知道那是指什麼。」小野里揚起嘴角，微微一笑。

「那麼，只要像『按讚』那樣按一顆愛心給對方，對方就會知道。如果對方看了自己的個人檔案也覺得中意的話，就會回送一顆心。」架說。

「換句話說，不用特地寫『覺得你很不錯』或『我喜歡你』之類的訊息，只要按一下，做個記號就行了。」

「是的。彼此都給對方愛心就代表可以見個面，到實際見面之前就先聊聊看。」

「不錯耶，這真方便。這樣的話，就不用再交換電郵信箱之類的了，是嗎？」

「想直接聯絡的話，當然也可以交換。在實際見面之前，想透過通訊軟體多了解對方的人也很多。不過，在我認識的人裡面，也有因為互傳訊息時寫了太有個人特色的內容，導致一直遇不到願意跟她見面的人。所以互傳訊息這種事還是有好有壞。」

架想起婚活時認識的一位女性曾發過這樣的牢騷。

因為看對方好像能理解我喜歡的電影或漫畫，第一次通訊時寫了太多這方面的事。只因為第一封信寫的不是可有可無的寒暄，對方就沒再聯絡我了……

即使在實際跟她見了面的架面前，她還是滔滔不絕地發表這類「世間男性真正想要的只是沒有自我主張的女人」言論，架不由得心想，她在婚活這條路上肯定會走得跌跌撞撞啊。雖然覺得那個女生很有趣，但架也只跟她見過一次面就不再聯絡了。

不是不能理解她的心情，只是就婚活中不斷重複一樣過程的架看來，總覺得她太受限於自己的理想。在婚活最初的階段，最重要的是先見面，沒有人在這個階段就要求對方理解自己的。一開始就希望對方能接受自己獨特的魅力，相信一開始就能遇到理解自己的對象，這麼想的當下已受理想主義束縛。

在實際見面之前，每一次通訊的內容都像樣板文章一樣毫無特色可言。架認為那是理所當然的事，也沒必要在這個階段過度宣傳自己。這就跟學生時代考試一樣，純粹是懂不懂訣竅的問題。如果不想為了配合訣竅拋棄自己的特色，一開始就不適合來參加婚活。

明明是希望別人從中發現自己價值的婚活，到最後卻只能以無法展現自我特色的方式進行，說來也真是諷刺。話雖如此，這也是沒辦法的事。

「那位太強調個人特色導致婚活不順利的是女性嗎？還是男性？」

「咦？」

「你剛才說的那個。」

自己在說的明明是關於互傳訊息的事，不是「強調個人特色」的事吧。儘管心裡這麼想，架還是回答：「是女性。」

「那個女生對自己的服裝髮型都有自己的堅持，嗜好也很多，要她寫內容可有可無的訊息大概很難吧。與其隨便寫些奉承對方的話，她大概一心想著得寫出有趣內容的文章才行。是說，這有什麼問題嗎？」

「不，沒什麼問題。只是，來我這裡的也常有這樣的人。」

婚姻介紹所應該是直接介紹對象的地方，照理說不用經歷互傳訊息的繁瑣過程吧。架不明就裡地歪了歪頭，小野里繼續說：

「婚活不順利的時候，找個不讓自己受傷的藉口也是很重要的事喔。像是歸咎於自己太有特色，內在太有料才會把對方嚇跑啦，或是因為自己資產太多，對方擔心嫁進來太辛苦所以才拒絕啦，也有人說因為自己是女人卻學歷太高，所以男人才會卻步的喔。」

小野里再度閃著孩子氣的目光對架說明。

「還有，明明對長相很有自信，卻擔心因為長得太好看，對方會以為自己有其他交往對象，也有這樣的人呢。有錢也好，有個人特色也好，長得美也好，這些本來都不該是缺點的，但婚活不順利的時候，人們卻歸咎於這些對方無法理解的優點，因為這樣自己才不會受傷。」

她語氣平淡，架卻覺得自己好像聽了一番精闢的言論，一時之間不知該說什麼。大概過去從未想過類似的事吧，不由得自我反省起來，為了掩飾自己的窘迫便問了句：

「很多嗎？那樣的人，很多嗎？」

「是啊，尤其最近更是增加了不少。」

小野里一邊道謝，一邊將架的手機還給他。架收下手機，苦笑著回答：「還以為會被罵呢。」

「還以為像小野里女士這樣經營婚姻介紹所的人，會說用ＡＰＰ這種東西進行婚活是邪門歪道。」

「沒這回事喔。看到出現這些嶄新的方式，我也覺得很有趣。」

「聽說這原本不是專門開發來找結婚或戀愛對象用的，一開始是為了方便在海外結交朋友而開發的。一些經常外派的工程師想在陌生土地上交朋友，便開發了這套系統。」

「那個喔，我想應該是騙人的。」小野里又若無其事地說了驚人言論。

架不知道驚訝了多少次，默默看著她，小野里依然面帶微笑。

「總不能說這本來就是為了不正經目的開發的吧，只好編個好聽故事囉。話說回來，把想尋找結婚或戀愛對象這種事視為『不正經』的大環境也有待商榷就是了。」

「……您說的是。被您這麼一說，我也有這種感覺。」

和這個人說話時，感覺身心都像被剝光全裸著。架腦中浮現「身經百戰」這句成語。

「鄉下的大嬸媒婆」——架為自己當初有過這種想法感到羞恥。難道只是自己見識淺薄，其實世間大多數的「媒婆」都像這個人一樣深具威嚴嗎？聽她說話就像被資深算命師鐵口直斷命運，也因為她就是這麼有魄力，教人忍不住把自己的事全盤托出，真可怕。

真實也曾坐在這個人面前，把自己的命運交到她手上嗎。坐在現在架坐的這張椅子上，像面對厲害的心理諮商師或對教會神父告解那樣，坦白說出自己內心的想法？眼前這個人感覺就是這麼權威。

「你想知道什麼？」

凝視架的眼睛，小野里夫人問。

「我這邊介紹給真實小姐的只有兩位男士。」

小野里直截了當地說。聽到這句話，架不由得看了小野里夫人一眼。見架一時之間說不出話，小野里夫人又問：「怎麼了嗎？」

「不……按照真實母親的說法，我還以為她在這邊相親的對象很多。」

「她母親是怎麼跟你說的呢？」

「她說真實小姐還在前橋時，對婚活感到非常疲倦，說她總共認識了十個人左右。」

雖說陽子的意思應該包括真實到婚姻介紹所前，自己靠朋友介紹等方式找的對象在內，透過這裡介紹認識的只占兩人似乎也沒什麼好奇怪。只是，架仍難免感到一陣錯愕。

聽了架的說明，小野里用手遮住嘴巴，優雅地笑了。

「哎呀，是這樣嗎？很像坂庭太太會說的話呢。做媽媽的啊，看到女兒那麼努力，都會替她擔心萬一不順利怎麼辦。」

「她還說，真實那陣子過得很痛苦。」

「可是啊，西澤先生。我不認為真實小姐實際約會過那麼多人喔。包括我這裡介紹的在內，進展不順利的對象頂多四、五人吧。」

「咦？」

「不只真實小姐，很多人都會說自己認識了十幾個人還不順利，說自己累了——這麼說的人其實頂多只認識四、五個人就心生厭倦，這樣的人還不少喔。大家都太誇大了，四捨五入就是十嘛，好像只要說出這個數字，就能突顯自己已經很努力了，也會自我滿足於這個數字。」

「可是，我實際上真的見過這麼多人喔。認真婚活了一陣子，見過的對象甚至超過十人。」

「是嗎？那你就屬於真的很辛苦那一種囉。」

說完這句犀利的話後，小野里看架的眼神迅速恢復了溫和。她一臉若無其事的樣子繼續說：

「我介紹給真實小姐的，分別是住在前橋市和高崎市的兩位男士，兩人身家都很清白，這我可以保證。幫真實小姐介紹對象是六年前的事了，其中一位男士現在已經和別的女士結婚，組織家庭了。」

「那另外一位呢？」

「雖然還沒結婚，但那位應該不會是真實小姐的跟蹤狂。剛才我跟他通過電話，裝作不經意的樣子確認過，不覺得他有值得一提的異狀。」

架無言望向小野里夫人。她的語氣和表情雖然柔和，那種不由分說的氣勢依然堅如磐石。聽她提到「跟蹤狂」三個字時，架知道要進入正題了。他問：

「您的意思是說，這邊介紹給真實小姐的男士，現在都和她一點關係也沒有？」

「對。雖然你只能相信我說的，但兩位男士現在都有自己的生活。我介紹他們給真實小姐是六年前的事，和這次的事應該毫不相關。」

這個人今天就是為了講這句話才和架見面的吧。在這狹隘又悠閒的鄉下地方，無論如何都得避免自己經營的婚姻介紹所扯上閒言閒語。小野里夫人說她已經打過電話給對方確認，行動之迅速也令架吃驚。不過，站在架的立場，怎能就此打道回府。

「雖然會給對方添麻煩，可否請您幫我引見那兩位男士？」

現在的架已經找不到其他和真實有關的線索。但是，小野里二話不說搖頭。

「這太難了。如果你有什麼想跟那兩位確認的話請跟我說，由我來聯絡他們。」

小野里凝視架的眼睛。她瞇起雙眼，再次強調：「看起來，真實小姐到我這裡來之前也認識過別人，你要不要先去找找其他有可能的對象，否則一直耗在我這裡也是浪費時間。除了我這裡之外，你還沒調查過其他地方吧？」

「……對。」

只能點頭。雖然還不想放棄，但小野里口中「兩人」這個數字卻賦予了她說服力。如果經由她介紹的只有兩個人，真實的跟蹤狂確實更可能來自其他朋友介紹的對象，或是她自己在職場上認識的人。

「真實小姐來這裡的時候，是否曾對小野里夫人提過與之前婚活相關的事？」

小野里默不吭聲，只是盯著架看。架只好無奈地說：「我什麼都不知道。」

「就連她在群馬婚活的事，我都是今天才得知。關於在這裡時的她的一切，我幾乎什麼都不知道。真的一點頭緒都沒有。如果她曾對小野里夫人說過什麼，什麼都好，可以請您告訴我嗎？」

小野里夫人擁有不可思議的魅力，會讓人想跟她說自己的事，架認為找她商量事情的人一定不少。這裡又是婚姻介紹所，來的人很容易就會提起自己過往的戀愛經驗。

話雖如此，真實來這裡諮詢已是六年前的事了。跟介紹的對象進展不順利，真實本身又是不起眼的類型，為那麼多人介紹婚事的小野里對當時的事還能記住多少也是個問題。

這麼想時，小野里緩緩抬起視線望向架。

「真實小姐的狀況是，最初來這裡尋求介紹的不是她本人，是她母親。來的當天就登記了，第一個介紹給她的男士還是她母親選的。」

「來登記的是她母親，連對象都是母親選的？」

架不由得如此脫口而出。似乎預期到他會有這種反應，小野里點點頭。

「這不是什麼稀奇的事啊。尤其是近幾年，這種家長增加了不少。甚至也有因為擔心孩子，雙方家長先代替本人見面的情形喔。」

「咦？」

架一發出驚呼，小野里就帶著優雅的微笑繼續：「覺得很奇怪嗎？」

「不……不好意思，是有一點。」

架設身處地，想像真實的父母和自己的母親事先見面的樣子，別說有點奇怪了，根本就是非常奇怪。不是當事人的父母介入到這種地步，而且還是跟戀愛相關的事，用奇怪已經無法形容，簡直是詭異。

如果是自己絕對不願意。自己要跟誰結婚是自己的事，絕不希望父母來干預。

像是對架這種反應很習慣了，小野里掛著淡淡笑容繼續：

「每個人的觀念可能不一樣，但結婚這種事，說來本是兩個家庭之間的事，認為父母出面很正常的人也不少。」

「他們來登記之前，已經取得孩子的同意了嗎？啊，我說的不是真實小姐的例子，只是想知道一般狀況。」

腦中想像一群無視孩子不想結婚的意願，自告奮勇幫孩子找相親對象的家長。這次，小野里的回答是：「各種狀況都有。」

「其中當然也有家長先來登記，然後再跟孩子說的例子。不過，最後要不要跟對方見面還是得看當事人意願，身為介紹人是不能強迫他們的。」

「介紹對象的時候，雙方是不是要交換身家資料？」

「對。」

這麼說來，至少陽子應該看過介紹給真實的對象身家資料。雖然不知道資料還在不在她手邊，或許可以找出對方是誰。

不確定她是否察覺架發現了這點，小野里什麼都沒說。架問她：

「那身家資料總該是當事人自己寫的吧？在父母的要求下。」

架自己只參加過網站和APP上的婚活，沒有委託媒人介紹相親的經驗，在他的想像中，那份身家資料應該和找工作時寫的履歷表差不多吧。不料，小野里搖頭說道：

「身家資料表登記時就要寫給我，大多都是家長寫的喔。真實小姐那時也一樣。」

小野里語氣淡然，聽著那若無其事的聲音，架微微吃了一驚。雖然勉強忍住驚呼，內心仍不免仰天長嘯：「家長寫的？」

為了找結婚對象而填寫的個人資料，若只是學歷或家族成員之類的也就算了，優缺點也由家長來寫嗎？怎麼想都很不對勁。換成是架，他敢肯定母親寫下的優缺點一定和自己認知的不一樣。呈現在父母面前的只是一部分的自己。比方說，自己過去拈花惹草的異性關係，母親根本毫不知情，很可能在兒子身家資料表的優點欄上寫下「誠懇」、「老實」等個性，這就和架對自己的評價有所差異了。

真實的情況又是如何呢？雖然真實和陽子母女感情不差，即使如此，架並不認為陽子能客觀填寫女兒的身家資料表。

「她就那樣拿母親幫她填寫的身家資料表找對象嗎？沒提出重新寫的要求？」

「沒有特別提出過喔。真實小姐那時還不到三十歲，是個年輕漂亮的小姐，希望和她見面的人很多。第一個見面的是她母親選擇的對象，對方有意繼續交往，真實小姐卻說想再認識別人。第二次就請她來我這裡，由她本人直接從我列出的候選男士中選出第二位見面的對象。」

「這個自己選擇見面的對象，後來她也拒絕了嗎？」

「是的。她說不是對方條件不好，甚至她覺得自己配不上人家，只是做為結婚對象考慮時，對方似乎『不是對的人』。」

不是對的人。

聽到這句話時，架感到內心湧現一股似曾相識的痛楚。架自己也在一次又一次的婚活中因為「找不到對的人」而痛苦不堪。不知是否看穿架的心思，小野里笑著說：

「對真實小姐來說，她的『對的人』就是西澤先生吧。所以，我一直很想見見你。」

「……我也希望是這樣。」

然而，自己現在連真實在哪裡都不知道。

「關於來這裡諮詢前的事，她有提過什麼嗎？還沒委託介紹所幫忙介紹，自己找尋結婚對象時的事。」

「她說過一直無緣遇到好對象。不過，每次她來時都有母親作陪，就算過去有過交往對象，可能也無法一五一十說出來吧。」

「這倒是……」

架同意她的說法。小野里的表情微微一暗。

「沒幫上什麼忙，真是非常抱歉。」

「請問，您認為真實小姐為什麼要進行婚活呢？」

「為什麼是指什麼？」

「沒有啦，我是在想，從小野里夫人的話中聽來，比起她本人，好像她母親更熱衷於婚活。」

這或許也不是什麼稀奇的事。因為擔心年近三十的女兒嫁不出去，陽子才會先來造訪婚姻介紹所。

架在意的點是，從這些描述中看不到自己認識的那個真實。陽子來婚姻介紹所報名前，有先徵詢真實的意見嗎？如果真實事前知情的話，就架對真實的了解，她就算不是自己來，至少也會在第一次就跟她媽媽一起來了。畢竟要結婚的不是別人，是她自己啊。

「那些瞞著小孩自己偷偷跑來報名的父母，沒有想過萬一小孩已經有交往對象了該怎麼辦嗎？」

想像那樣的父母爭相來報名的樣子，不由得有些好笑。小野里的表情卻依然認真。

「或許也有這種狀況，但來我這裡的家長，對這方面的事都很有自信喔。大家都說自己的孩子絕對沒有對象，要是有的話不知道該有多好。」

「可是，那些兒子女兒都是二十幾或三十幾歲的人吧，總會有些事瞞著父母。」

姑且不論因為太心急而偷跑來的父母有什麼問題，假設父母真能掌握這年紀孩子的生活大小事，某種意義來說才真教人毛骨悚然吧。小孩又不是國中生，都是老大不小的成年人了啊。

「每個人的親子關係都不太一樣嘛。」

小野里的表情依然不為所動。她說的不是個人感想，只是一般觀點，也不做多餘評論，壓根不想和架爭論什麼。

只是……架想到一件事。

真實的戀愛——關於她的過往，說不定只有架知道。關於那件事，真實恐怕沒有告訴過任何人。

「來這裡之前，她自己也嘗試找過結婚對象嗎？」

架換了個問法，這次小野里靜靜地抬起視線。

「就小野里夫人看來，真實小姐來這裡之前，透過婚活認識的對象似乎也沒有很多。

由於光靠自己找對象還是不順利，她沒有別的辦法才來這裡諮詢的吧。雖說一開始提議的人可能是她母親。」

這麼一說，小野里不知為何噗嗤一笑。那反應之大令架頗為意外，看了她一眼。小野里摀著嘴說：「不好意思喔。」

「大家果然都把婚姻介紹所看成『沒有別的辦法才來的地方』呢。」

「啊……？」

這句話惹惱她了嗎，架其實沒注意到自己那麼說了。

更何況，不只架這麼想，大多數人都這麼認為吧。想結婚而開始採取行動時，一般人都會先從自己能做到的範圍下手，不是找朋友介紹，就是參加聯誼或註冊ＡＰＰ、網站之類的。

只有在上述各種婚活都不順利時，「沒有別的辦法」，才會來婚姻介紹所付一筆不算便宜的報名費，當作找對象的最後手段。這種正式的婚姻介紹或相親壓力比較大，加上會有像小野里這樣的外人介入，跨出這步前的心理門檻總是比較高。

漫長的婚活過程中，架並不是完全沒想過找婚姻介紹所。

「不好意思，我自己在找結婚對象時也曾想過，萬一靠自己怎麼樣都找不到的話，最後再拜託婚姻介紹所，總會有辦法找到對象的吧。這種尋求婚姻介紹所協助的想法或許是有不負責任的地方……」

「『請記住，婚姻介紹所不是最後一個辦法』。」

「咦？」

「我啊，經常看年輕人愛讀的雜誌，尤其喜歡看裡面的結婚或婚活特集。」

「是。」架心想，這個人會這麼做一點也不意外。她肯定不會自恃於已有的知識，會不厭其煩地蒐集現代年輕人的觀念。正因如此，才能保有跟得上時代的想法與敏銳度。

「我剛才說的那句話，就是在雜誌上看來的。所以，其實不是我說的，只是覺得寫得很好，我就記下來了。」

「意思是說，即使到了婚姻介紹所還找不到對象，也不要放棄希望嗎？」

既然不是最後的辦法，就表示還有希望吧？

架心想，她想說的，大概是這類鼓勵人繼續尋找結婚對象的言論。不料，小野里搖了搖頭。

「不是的。那本雜誌非常實用，刊載的婚活特集文章也寫得很客觀。對於婚姻介紹所的描述相當實際。文章裡推薦大家，打算開始尋找結婚對象時，第一天就該去婚姻介紹所登記。尤其是女性有生產適齡期的問題，男士們多半希望能找二十幾歲的對象。比起三十幾歲的女性，我這裡可以介紹給二十幾歲女性的男士人數就多了很多。文章中也建議，要是真心想結婚的話，立刻就該行動。我完全贊成。」

小野里望向架。

「婚姻介紹所不是最後的辦法，應該是**最初的辦法**才對。」

和她臉上穩重的微笑形成對比的，是說這句話時的傲慢語氣。

「傷腦筋的是，大家都誤會了。等自己用盡千方百計都找不到對象，才來哭著找我們介紹時，已經不知道浪費了多少時間。為什麼不在那之前就來找我呢？要是再年輕一點，這邊也能幫忙多想一點辦法啊。這種令人心有不甘的例子真的非常多呢。」

犀利地說完後，小野里的表情依然溫和，裝傻似地歪了歪頭。

「我是不是說得太過分啦？就當我開玩笑好了。」

妳才不是在開玩笑呢。架心想。

這個人——是個生意人。

介紹結婚對象時，一般人多半著重情緒層面，這個人卻並非光憑善意做這件事。從她身上，可以感受到專業人士的自傲。

架一陣顫慄。她想說的或許是這個——不要瞧不起婚活。

「真實小姐的情況又是如何呢？」重新振作，架再次提問，「小野里夫人的想法我現在明白了。只是，真實也認為這裡對她來說是最後的辦法嗎？」

「雖不中亦不遠了吧。尤其她母親更是這麼想。」

「可是，她在這裡還是沒順利找到對象。」

「沒能幫上忙我也很抱歉。起初啊，我以為她的婚事一定很快就能談妥。婚姻市場中，二十幾歲的女士向來最受歡迎。不過，來我介紹所登記的男士裡也有不少四十幾歲的，所以就算真實小姐到了三十幾歲還在找對象，我也還能介紹給她很多人。」

「可是，介紹了兩個人之後，就沒有再幫她介紹了是嗎？」

「是她本人說累了，想暫時休息一下。結果，就這麼再也沒來過。」

小野里說的「休息」兩字也刺中了架的心。

架自己在對婚活感到疲憊時也曾想過好幾次。想暫時休息一下，暫時不要想關於結婚的事。實際上婚活不是工作，當然可以休息。

然而，事到如今回想起來，正是這「可以休息」的想法讓婚活變成漫長又痛苦的過程。不是「放棄」，而是「休息」。因為「可以休息」，所以「無法放棄」。但是光靠休息又無法改善狀況，痛苦也就一直持續。

小野里這邊情形如何他不清楚，大多數需要按月繳會費的婚姻介紹所都是「休息的時候只需繳不到一半的月費」。那金額讓人寧可「休息」也不「退會」，所以永遠沒有結束的一天。

「就小野里夫人看來，婚活順利的人和不順利的人有什麼差別？」

這個問題和跟蹤狂無關，只是架很想問。認識真實，和她訂婚後，感覺婚活時那種沒有出口的痛苦逐漸遠去了。但是站在小野里面前，架回想起來了。

聽到別人透過婚活結婚的成功經驗談時，架總在想，自己和他們有什麼不一樣。婚姻介紹所也去了，ＡＰＰ也用了，還是有這麼多人無法馬上遇到結婚對象。

到小野里這裡來時，真實是否也是那其中一人？

「婚活順利的人，都是知道自己想要什麼的人，同時也是看得到自己今後生活願景的人。」

聽著小野里的話，腦中忽然浮現亞優的身影。

清楚聽見她明確表示「想結婚」的聲音，同時想起臉書上穿婚紗的她的模樣。架瞬間明白了小野里口中的「願景」。從前的架看不到未來的樣貌，無法想像自己為人夫、為人父以及更遠之後的事。當時，這些對他而言不切實際。

小野里再度使用了年輕人常用的詞彙——「願景」，架對這點已經毫不訝異了。

「尤其是女性，結婚的下一步就是生孩子，願景愈明確的人愈好。」

「您認為真實小姐也沒有願景嗎？」

「至少，她來我這裡時看不出來。現在應該不一樣了吧。」

小野里瞇起眼睛。

「比起想著自己要的是什麼而決定結婚，她給我的感覺是反正年紀也到了，身邊的人也都說該結婚，那**應該就是這麼回事**了吧，所以才來這裡。剛才西澤先生說她母親比她更熱衷婚活，這點或許沒說錯。生孩子的事、老後的事、繼續單身下去有多可怕等等，比起當事人，通常都是做家長的操心得不得了。所以才會比當事人更積極，也才會在一旁搧風點火。」

小野里揚起嘴角微笑，點點頭。

「聽家長那麼一說，當事人也覺得好像是這樣，這才開始積極尋找結婚對象。這是出於恐懼與不安，為了順應社會而採取的行動，不是出於當事人意願。但是，出於這種動機開始婚活，最後順利結婚了，我覺得那也很好。要不然的話，這些人大概不會結婚吧。」

「是這樣嗎？」

小野里的語氣有些不懷好意，架皺起眉頭說：

「又不是每個人都非結婚不可。不想結婚的人有不結婚的自由，我只是碰巧想結婚，如果有人不想走這條路又有何妨？」

然而，這麼說的同時，架察覺到另外一個問題。語氣轉弱了些：

「還是說，這裡和東京不一樣，這種想法在這裡並不適用？」

只有生活型態多樣化的大都會才能允許這種想法，真實生活在這塊土地上時，或許無法這麼輕易獲得認同。各種與婚活相關的討論中也常提及，因為不結婚導致在社會上失去容身之處的狀況，大都會與鄉下地方的程度大不相同。

不料，小野里卻搖了搖頭。

「和住東京或群馬無關。剛才我也說過，無論選擇單身還是結婚，當事人的意願打從一開始就**不存在**。」

「咦？」

「包括真實小姐在內，大部分聽父母的話進行婚活的人都是這樣。他們其實不想結婚，只想一直維持原樣，這才是他們的真心話。都三十歲了，有穩定的工作，嗜好和人際關係也差不多固定，無論女性男性都安於現狀，覺得現在自己的生活安適。但他們又沒有勇氣選擇就這樣不改變。他們甚至連決定自己『不婚活，抱持獨身』的意願都沒有。」

架無言以對。小野里繼續說：「所以，就算是被父母催促也好，什麼都好，硬是強迫自己跳上新的人生舞台也不錯。未經深思就結婚生子沒什麼不好啊。當然，我說這話不是想否定那些自己選擇不結婚的人，這個跟那個是兩回事。」

「……您的意思是真實小姐沒有主見嗎？只因父母說了，她就來這裡。」

架忽然察覺，應該不是這樣的吧。

「可是，如果照您所說，那她應該在跟第一個對象見面時就決定結婚了吧。畢竟那個人是她母親看了身家資料後選擇的對象。可是，她出於自己的意願拒絕了。」

說不定，真實心裡其實很討厭陽子做那些事——不知為何，架希望真實這麼想。為什麼自己會這麼希望呢，架想不通。

只是，若說架認識的真實是那種對父母言聽計從，沒有自己意見的女性，好像也沒有說錯。

「我開這個介紹所很多年了，早年正如你所說，很多人只見過一個對象就決定結婚了。大多數人在那之前連交往對象都沒有過，只會想著『啊，原來這個人就是我的對象』，就這麼接受並結婚了。不像現在的人重視戀愛期，那時的人比較像是先結婚後再慢慢成為夫妻。」

小野里眼中還有一絲不懷好意的感覺，她呵呵一笑。

「可是，或許因為現在是個充斥資訊情報的社會，人人都想先談戀愛再結婚，這種傾向比較強烈。對方不是自己想找的人，不是對的人——只要無法談像電視劇或從別人那裡聽來的戀愛，就算自己再怎麼缺乏戀愛經驗，也會認定眼前的對象『不是對的人』。偏偏這種人被指出理想過高時又很愛否認。他們會說，我的理想怎麼會高，只是這次的對象不適合而已，我絕對沒有奢望太多，我有自知之明，才不敢開太高的條件呢。嘴上說得非常謙虛，其實是在賭氣。」

「不過啊，」小野里以窺探的視線望向架，「大家一方面表現謙虛，給自己打低分，一方面其實都很自戀喔。不想受傷害，不想改變——明明自己沒有奢求太多，只想抓住小小的幸福，為什麼連這都沒辦法？大家都會這麼說。都肯乖乖聽父母的話相親了，對戀愛對象的喜好卻不願妥協。真實小姐說不定也是這樣吧。」

架依然不說話，只是看著小野里。

「你的理想是不是太高了？」這句話在架婚活時也經常聽身邊的人說。的確，自己每次都這麼想：我又沒有奢望太多，只是沒遇到適合的對象而已。

「……不一樣是嗎？」

架情不自禁擠出聲音。小野里無言抬起視線，架搖了搖頭。

「尋找戀愛對象和婚活，是兩件事嗎？」

小野里默默笑起來。來到這裡之後，這是在她臉上看到最溫柔的笑容，臉上寫著「你怎麼現在才明白」，似乎打從心底感到可笑。

「你知道《傲慢與偏見》這本小說嗎？」

「書名有聽過，只是不好意思，內容沒讀過。」

沒記錯的話，是曾拍成電影的小說。架可能是在電影上映時聽過這名稱的吧。小野里接著說：

「那是英國一位叫做珍・奧斯汀的作家寫的小說，讀了這本書就會非常清楚十八世紀末到十九世紀初英國鄉下的結婚觀。很多人說這本書是戀愛小說中的名著，因為書中的想法是戀愛到最後一定得結婚，所以我倒認為應該說這本書是『終極的結婚小說』。」

「喔……」架歪了歪頭，不明白她為何忽然提這個。小野里露出微笑，像在捉弄疑惑的架。

「當時的人就算談戀愛也要顧及身分地位。身分地位高的男人自尊心高，拉不下臉，女人看男人時又帶有偏見。在這樣的狀況下，因為傲慢與偏見的關係，主角們的戀愛與結婚就一直無法順利進展。原書名的『傲慢』，也就是日語中的『自尊心』。」

「是。」

「相對的，我總認為現代人無法順利結婚的原因，則出在『傲慢與善良』。」

小野里這麼說。這句話的語氣雖然淡然，聽在架耳中卻莫名縈繞不去。

「現代的日本，人與人之間已經沒有明顯階級差異，但每個人都太重視自己的價值觀，每個人都很傲慢。另一方面，活得愈善良的人愈聽從父母的話，任由別人決定的事太多，成為『沒有自我』的人。傲慢和善良這兩種矛盾的特質經常同時存在同一個人身上，現在就是這麼一個不可思議的時代。」

「那種善良如果過了頭，或許就成了不知世事，也可以說是無知。」

小野里望著架，看起來像透過他望著另一個人。她的這句話，彷彿是說給架和他身後無數的人聽。

「很抱歉沒幫上什麼忙。」

不能透露介紹給真實的是什麼樣的人——既然她都這麼說了，在小野里這裡大概問不出更多吧。

特地跑了這一趟，結果還是這樣，架雖然有點懊惱，仍自然而然地搖了搖頭。

「不會，」他主動道謝，「非常謝謝您，很慶幸能跟您談過。」

來這一趟並非一無所獲。

雖然還找不到跟蹤狂的真面目，即使如此，架心中已可隱約描繪出生活在群馬時的真實。當時的她，和自己認識的未婚妻真實有點不同。

「婚活時一定會聽到的那句『不是對的人』，那個到底是什麼意思呢？」

走出「良緣成就小野里」，穿上鞋子，最後再次轉向小野里夫人時，架問了這個問題。這原本是不經意冒出的想法，架不假思索問出口。

小野里看著架，架苦笑道：「今天和小野里夫人的談話中，這句話出現了好多次。事實上，我自己在婚活時也曾受這種感覺所苦。認識的對象條件無話可說，我卻因為覺得『不是對的人』而難以下定決心，有些已婚的朋友卻說『沒有什麼對不對的人啦』。」

「不是對的人」是句困惑人心的話。只要有「對的感覺」就能做出決定，偏偏就是沒有那種感覺，無論身邊的人怎麼勸，自己怎麼說服自己，就是決定不了結婚對象。

在群馬時，真實也和架一樣，曾為這種感覺所苦嗎？

「關於『不是對的人』這個問題，我也可以解釋喔。」

小野里忽然這麼說，架睜大了眼睛。

「怎麼說呢？」

那種感覺到底是什麼呢？小野里正面迎上架的視線。將手優雅地放在和服腰帶下方，這位老婦人又笑了。

「所謂『不是對的人』，就是說這句話的人給自己訂的價格。」

吸進來的一口氣就這樣停住，架望向小野里。她接著說：

「說價格可能難聽了點，也可以換成分數。說這話的人下意識給自己打了分數，若遇上的對象不及自己的分數，他就會說對方『不是對的人』。意思是——我的價值沒那麼低，得來個價值更高的對象才配得上我。」

架說不出話，只是望著小野里。

「嘴上說著自己想要的只是小小的幸福，但大家給自己訂的價格可都滿高的喔。對的人、不對的人，這種感覺就像把對方當成鏡子，映出的是每個人的自我評價。」

身體某處感到一陣顫慄。架想起曾幾何時，那些女性損友說的話。

——想跟那個女的結婚的心情啊，現在，百分之幾？

——你好爛喔。我現在問你百分之幾的這個數字，其實就是架給真實打的分數喔。對架來說，這個女生就是只有七十分的女朋友。你現在說的就是這意思。

——不然我問你，換成亞優的話，架應該會打一百分或一百二十分吧？

或許因為小野里用了「價格」這種說法的緣故，那些數字的意義一口氣沉重了起來。

難道是和架給自己訂的價格起了共鳴嗎？

剛才聽到的「傲慢」這個詞，也再次戳進架的內心。

「所以啊，我才一直想見你一面。」

小野里夫人這麼說。站在比較高的玄關，從頭到腳打量已走下玄關穿好鞋子的架。臉上浮現的是只能以優雅形容的笑容，架的手臂和背上卻起了一片雞皮疙瘩。

「真實小姐和我介紹給她的兩個對象都沒能順利結婚。我一直在想，這樣的她判斷適合自己的是什麼樣的對象呢？真實小姐給自己訂的價格是多少呢？所以，我一定得見你一面，西澤先生。」

離開「良緣成就小野里」後，架聯絡了真實的父母。

兩人似乎沒回家，就近找了個地方打發時間。

「我們是不是再回去拜訪一次小野里夫人比較好？」

陽子在電話那頭這麼問。架說「不了」後，約好在家中碰面，請他們直接回家。

回到真實老家後，兩人——尤其是陽子——以小心翼翼的眼神望向架。

「怎麼樣了？」

不只是擔心真實，相較之下，陽子更擔心架對小野里夫人做出失禮的舉動。從這句問話裡聽得出這樣的意思。架搖搖頭。

「小野里夫人說，她介紹的那兩位男士現在和真實應該都沒關係。連聯絡方式都不肯跟我說。」

架刻意提了「兩位」，陽子和正治都沒太大反應。或許陽子說的「十人」真的是出於對女兒的同情才灌水的數字。內心微微升起一股去了小野里那裡一趟卻無功而返的焦躁。架看著陽子說：

「小野里夫人介紹了兩個對象給真實啊？」

「對。」

「媽之前說了十個人，我還以為她在那裡認識的人數更多呢。我有朋友經人介紹和幾十個人見面，聽說這也不是什麼稀奇的事。」

忍不住把自己的婚活狀況加進去這麼說。陽子皺起眉頭喊道：

「欸——那麼多！男人認識幾十個對象或許沒什麼，但女孩子家怎麼能到幾十個人這麼多！」

陽子一副難以理解的樣子，架看著她，不再說什麼。因為架很清楚，陽子是真心這麼認為的。

男人就沒關係，因為是女孩子所以不行——小野里在接待陽子時，當然也看透了她的這種觀念吧。

和小野里夫人見面後，由於受到她的想法左右，架的內心大為動搖。小野里對結婚這件事的做法和想法都嚴厲到幾乎可用斯巴達式來形容。遇到不把婚活當一回事的人時，儘管表面上不動聲色地接待，臉上也掛著那只能用優雅來形容的笑容，她的內心肯定是瞧不起對方的吧。

「可以問您一件事嗎？」

「什麼？」

「委託小野里夫人介紹的費用大概是多少？」

陽子瞬間安靜下來，窘迫地望向丈夫，夫妻倆面面相覷。

架曾聽說，現在正式介紹相親的服務比以前減少很多，請這種地方介紹對象時，通常得花上好幾十萬。所謂正式介紹相親的地方，指的就是小野里夫人這種婚姻介紹所吧。

陽子顯得有點尷尬，回答得不清不楚：「小野里夫人那裡算很有良心了喔，登記費只要兩萬左右，配對成功的酬勞……還是該說介紹費好呢，也算便宜，只要婚事談成後再付一定金額的錢就可以了。」

「那是多少呢？」

「……三十萬。有認識的人說，女兒實際上在那裡談成了婚事，但聽說規矩是除了三十萬之外，還要另外包十萬當謝禮。」

那就是四十萬了。聽到這個金額，架暗自嘆了口氣。想起小野里那個淡定的表情，再次體認到——她真是個狠角色。

架轉向陽子說：「我已經拜託小野里夫人，請她如果還有想起什麼再聯絡我，話是這麼說，大概不用抱太大期待。所以——我想拜託媽一件事。」

「什麼事？」

「那間婚姻介紹所介紹的人的身家資料表，媽或爸當時應該看過。現在手邊還有影本之類的嗎？」

聽架這麼一說，陽子和正治再次面面相覷。

「如果還在手邊的話，可以讓我看看嗎？」

小野里既然不願提供那也沒辦法，只好自己採取行動了。

真實現在去了哪裡？小野里介紹認識的對象到底是不是跟蹤狂？這些問題當然也要釐清。但是不光如此，架察覺到自己正被困在一股難以言喻的情緒中。

——真實小姐和我介紹給她的兩個對象都沒能順利結婚。我一直在想，這樣的她判斷適合自己的是什麼樣的對象呢？真實小姐給自己訂的價格是多少呢？

聽了小野里這番話後，架心裡想著。

真實在這裡思考了什麼，又是為什麼選擇了自己呢？

明明交往了兩年，架對此依然毫無頭緒。她為架訂的價格——或說分數，究竟是多少呢？即使思考過自己為她打的分數，卻從未反過來想過她的答案。

第三章

想起真實時，第一個浮現腦海的詞彙是「好孩子」。

之前曾有過這麼一件事。架邀真實一起去客戶開的酒吧，自己離開位子時，真實和其他客人聊了起來。九點過後酒吧裡喝開了的客人很多，一群看似五十幾歲左右的上班族圍著真實不知在說些什麼。

和架那些年齡相仿的朋友在一起時總顯得格格不入的真實，不知為何常遇到上了年紀的人跟她搭訕，不分男女。或許她那頭看起來從沒染過的黑髮和乖巧文靜的外貌給了長輩安心感吧。事實上，真實也很擅長傾聽。

這樣啊。哇，好厲害喔。

真實這麼接話，對方也很高興地說：「嗯，對啊，那就這樣囉。」揮著手從位子上站起來。看來那群人剛結完帳正要離開。

回到位子上，架問：「你們剛才在聊什麼？」真實露出羞赧的笑容回答：「聊了啤酒的話題。」

「他們說這間酒吧有別的地方喝不到的英國當地啤酒，還說很好喝，問我知不知道。推薦我一定要喝喝看。」

「喔喔。」腦中浮現幾個自己進口的啤酒品牌，之前也讓真實喝過。

「妳有說那是我代理的嗎？」

「咦？」

「妳有沒有跟他們說，那是妳男友公司進口的啤酒？」

這麼一問，真實顯得有點為難。

「我沒說。那是架辛苦工作的成果，我不想講得好像都是我的功勞似的。當然，聽到他們那麼說我很高興，也很想跟他們炫耀一下，可是……」

「可是？」

「……我忍住了。」

說這話時那羞澀的笑容太可愛，架摟住真實，在嘈雜的酒吧裡吻了她。

「如果是我，大概忍不住吧。只要有炫耀的機會，總會跟別人說妳是我女朋友。」

「欸？我這種女朋友有什麼值得炫耀的嗎？」

交往將近兩年了，就連這種程度的輕吻，真實都還會害羞。架也喜歡她這種地方。

那天是真實的生日。在去酒吧前，架先大方地帶她去了稱得上高級餐廳的法國料理店。已經去過幾次的架問：「很好吃吧？」真實先是回答：「嗯！非常好吃。」接著又低下頭說：「可是……總覺得對爸媽過意不去。」

「爸媽一定沒上過這麼好吃的餐廳，只有我吃到，覺得好愧疚。」

在酒吧裡想起這句話，架輕輕抱住真實。

「真實是個好孩子。」

對堅持自己「不值得炫耀」的她這麼一說，真實就又為難地說：「沒有啦、沒有啦。」她總是這麼謙虛。

那難為情的笑容，架一直覺得很不錯。

架從群馬回來的隔週，接到了一通電話。

看到陌生號碼的來電，心想可能是真實打來的，於是接了電話。

「忽然打給你真抱歉，是架嗎？」那頭傳來一個有禮貌的聲音，「是我，希實，真實的姊姊。」

「喔……」瞬間差點無法呼吸，希實的聲音和真實就是那麼像。帶著輕微的失望，架回應道：「好久不見了。」

電話那頭的希實說：「真實的事……我從爸媽那裡聽說了。想說有沒有什麼幫得上忙的地方，所以問了他們你的手機號碼。擅自打來真是不好意思，你在工作？」

「不，沒關係。謝謝妳。」

「怎麼會這樣？跟蹤狂什麼的，真實她……」

怎麼會失蹤。怎麼會被擄走。

希實沒接著往下說，是因為不知道該怎麼說才好吧。聽得出她大受打擊，但是和母親陽子不同，希實的語氣某種程度來說還算冷靜。

希實在東京都內的證券公司工作，和當設計師的丈夫之間育有一個三歲女兒。記得她生完小孩後已重回職場，大概是利用工作空檔打的電話吧。話筒裡的聲音聽來有些吵雜，她應該在室外。

和真實交往不久後，她就介紹住在小岩的姊姊夫妻和外甥女給架認識了。相較於訂婚後才去前橋拜訪她的父母，或許因為姊姊一家也住在東京的緣故，架已受邀去過希實家好幾次。

希實的五官長相雖與母親陽子相似，但個性無論和陽子或真實都不像。說話不拖泥帶水，性格開朗，架第一次看到她就很有好感。從她做家事時的俐落身手及對待女兒的樣子看來，工作上想必也是個女強人。從未看過希實像陽子那樣情緒化，也和低調內向的真實不一樣。

真實失蹤已經超過兩星期了。

「不好意思，我應該早點聯絡姊姊的。」

「別這麼說，我不介意啦。倒是真實都還沒跟你聯絡嗎？」

「是啊，打她的手機也一直沒開機。」

「聽說警察判斷犯罪可能性很低，不願意繼續查？」

「對。」一邊回答一邊心想，真的該早點跟她聯絡才對。

「那個跟蹤狂好像是真實還住在前橋時拒絕過的對象。姊姊，妳有這個印象嗎？」

沒記錯的話，當時希實已經搬離前橋了。不過，如果真實想找人聊戀愛的事，比起母親陽子，她應該寧可找姊姊希實吧。

「我媽也這樣說，問我是不是聽真實說過什麼。」

陽子和架大概有一樣想法。就連架也看得出真實她們兩姐妹感情很好。

「所以我反而問了我媽。建議真實相親的是她，當時認識的人裡有沒有可疑的對象？我媽否認了就是。」

「媽說是正經地方介紹的對象，不可能出問題。不只如此，連當時相親對象的聯絡方式都不知道。」架說。

陽子他們看過一次真實相親對象的身家資料表，資料表說不定還在手邊。

那天架這麼問時，陽子與正治面面相覷。很快地，陽子口中吐出一個名字。

金居先生。

住在前橋市內，任職於市區電子機械製造廠的工程師。之前在東京的知名電子機械製造廠工作，後來搬回老家工作。陽子也說出了企業的名字，只是她說的不是此人在前橋任職的公司，而是之前任職的知名企業。

「在小野里夫人那裡看了身家資料表，我就決定是這個人了。其實她給了我五個候選人，我帶回來和爸爸商量過才決定的。沒記錯的話，全名是金居智之。至於身家資料表，很抱歉，已經不在我手邊了。」

真實拿走了。

陽子勉強擠出聲音這麼說。

「起初是我保管的沒錯。那時，我也沒想太多就拿給朋友看，說這是我們家真實下次相親的對象。結果真實很生氣，大聲質問我為什麼要擅自拿給別人看，然後就把資料表拿走了。那孩子個性上是有比較敏感的地方啦。」

「話說回來，身家資料表上只有大頭照和名字，沒有聯絡方式和詳細地址喔。就算資料表還在我們手邊，大概也無法和對方取得聯繫。」像是幫妻子說話似的，一直很少發言的正治開了口。

陽子接著又說：「見了面之後，對方很中意真實，說還想繼續往來。不過，見了三次面左右吧，真實就對我說『對不起，媽媽，我可以拒絕嗎？』」

她還哭了。

陽子這麼說。

「她哭著跟我道了好幾次歉，一直說媽媽對不起。」

陽子的語氣變得惆悵起來，又說了一次「那孩子個性就是認真又敏感」。

「因為是我看中意的對象，她覺得自己辜負了父母的期待，心裡很難受吧。我也有錯，可能把她逼太緊了。所以我跟她說，那下一個對象妳自己選，就讓她自己選了。」

「結果妳看了後來那個對象的身家資料表，還不是嫌東嫌西，跟真實說了一堆有的沒的。」正治不經意地這麼說。雖然從語氣聽來，他只是隨口一提，聽到這句話的瞬間，陽子卻臉色大變，大聲反駁：「我哪有嫌！」

「我只是一看就知道真實沒有好好想，隨便選了一個人而已。光看照片確實是那孩子喜歡的類型，但上面寫著他在自家牙醫院當牙醫助手耶。既然是父親開的醫院，那就跟自營業沒兩樣，嫁過去也是很辛苦。再說，真正優秀的人一定會努力當上牙醫繼承家裡的醫院，這個人又不是。看身家資料表就是要看這種地方，那孩子都不看清楚怎麼行。」

陽子忿忿不平。看著這樣的她，架心想，她丈夫說的沒錯，她當時一定挑了對方很多毛病。嘴上說「讓真實自己選」，一旦真實做出了選擇，她又意見很多。還有一件事，架不能不提。

架也是自營業。

「原來您認為嫁給自營業很辛苦啊？」這句挖苦的話到嘴邊沒說出口，硬生生吞了回去。陽子大概也察覺自己失言，尷尬地搖了搖頭說：

「因為我對真實自己選的對象不太中意，對方是什麼樣的人，我比金居先生的時候更沒概念。也不知道真實何時拒絕人家的。真實從高中就念香和女子，對方父母也看過真實的身家資料表，一定全家都很中意真實吧。我聽小野里夫人說，真實拒絕對方後，他父母還聯絡了小野里夫人，說是無論如何都想繼續交往，問她能不能想想辦法呢。」

提到真實時，陽子語氣裡帶有某種自豪。架花了一點時間才聽懂「香和女子」這個陌生的詞彙，那是前橋這邊的女子大學，真實的母校。

為什麼會突然提起這個，架一時之間腦袋轉不過來。看到架反應遲鈍的樣子，陽子又說「抱歉啊，架」。

「你一定不想聽那孩子以前的這些事吧。那孩子的婚事就是這麼不順利，所以她帶架來的時候，我們真的是好高興——誰想到事情會變成這樣。」

陽子哽咽了，正治靜靜地嘆了口氣。

「……我在猜，那孩子之所以說要去東京，大概是因為在小野里夫人那裡找對象不順利的關係吧。」

聲音裡透著疲態，正治語帶自嘲地說：「我們都很反對。明明可以住在家裡通勤，又沒什麼特殊原因，為什麼要搬去東京？住在家裡不用房租水電費，還可以存錢，搬出去根本就是浪費。」

「還記得她說要辭掉工作時，我聽了差點沒暈倒。」陽子這麼說。臉色一沉，大概想起了當時的事。

「好不容易人家介紹了縣政府的工作給她，到底有什麼非辭不可的理由，我跟她爸爸一樣想不通。明明我早就決定負起責任照顧真實，直到她從這個家裡嫁出去為止。」

陽子視線渙散。

「她要是能待在這邊，我也不用那麼擔心。誰知道她竟然只跟姊姊商量就擅自……我什麼都不知道，那孩子就全部擅自決定，連搬家的準備都做好了。姊姊和真實什麼都沒跟我說。」

陽子說完，換正治急著補充：「當然，以結果來說，真實去了東京才有幸認識架，不過……」

真實之所以失蹤，說不定是因為離開父母身邊的緣故。

儘管正治沒有說得這麼白，但他們兩人或多或少都有這個意思。

明明跟蹤狂是真實在前橋認識的，就算住在父母身邊，還是有可能發生一樣的事。然而，他們兩人就是不講理地這麼想。一方面說服自己真實遇到架是好事一樁，一方面還是對整件事感到後悔。在他們看來，終究應該讓真實住在身邊，和這裡的男人結婚才對。

看著憔悴不堪的兩人，架內心湧起的不是同情也不是歉意，而是猛烈的焦躁。

這兩人——未免太傲慢了吧。

真實已經超過三十歲，是個不折不扣的成年人了。這樣的她自己做出選擇，他們兩人不但說三道四，還認為不應該讓她離開自己掌控，這樣的父母未免太傲慢了吧。

——明明我早就決定負起責任照顧真實，直到她從這個家裡嫁出去為止。

陽子毫不猶豫地說出這句話，聽得架背脊發寒。

所謂「早就決定」，充其量只是陽子自己的決定。要不要離家生活是真實的自由，那不是陽子能決定的事。

「直到嫁出去為止」這幾個字也下意識流露了陽子的傲慢。要是真實到時候沒結婚的話，你們打算怎麼辦？以女兒一定會嫁人為前提不讓她自立，這種事到底有什麼意義。

架心想，我才想不通呢。

不過，他並不打算現在和未婚妻的父母爭論這個，他不想把關係搞壞。只是老實說，架很想這麼問：

你們是不是不想讓女兒自立？

「媽。」終究沒有那麼問，架只是靜靜開口。陽子抬起頭。

「您說真實在縣政府的工作，是小野里夫人的先生介紹的嗎？」

架聽真實說過，她之前在縣政府擔任臨時員工，她也說這份工作是透過父親認識的議員介紹。

「是啊，」陽子點頭，疑惑地望著架，「那又怎麼了嗎？」

「沒有啦，只是在想是怎樣的工作。」

在從真實口中聽到之前，架從來沒聽過「臨時員工」這個詞。由字面可知不是正職員工，原本以為是為了某項特定工作，只僱用一段期間的意思，後來聽她解釋，倒比較接近一次簽約一、兩年的約聘或派遣員工。

既然如此，陽子何必對這份工作如此執著，就算真實想辭也沒理由反對吧？架還是這麼想。

兩件事合起來看，「直到嫁出去為止」這話就有玄機了。這表示陽子原本希望女兒結婚前無論如何都要留在父母身邊，在縣政府這種「正經的職場」工作。

那天要從前橋的坂庭家離開前，陽子忽然說：

「架的大學不是有個球場在那邊嗎？」

聽到「球場」時，架一時之間還沒意會過來。架的母校確實是以盛行體育聞名的大學。因為架自己參加的是玩樂性質的輕鬆社團，對於全力投注在運動上的其他學生或母校在這方面的名聲，架向來認為與自己無關，也很少放在心上。

看架沒有太大反應，陽子一副心急的樣子繼續說：

「有沒有？在前橋的療養所旁邊啊。你們學校的學生常在那邊舉行宿營。那個球場旁邊就是真實讀的香和女子大學附屬高中。」

不明白話題為何扯到這裡，架只能不置可否地回了聲「喔」。

陽子抬頭看架：「所以，你一開始也是因為這樣才對真實產生好感的吧？我跟她爸爸就在說，你是不是大學時來過球場，知道旁邊的香和，認識那孩子的時候因此產生了親近感？」

不是這樣嗎？陽子望著架問。

架這次真的無言以對，含糊不清地給了「是……啦」的答案。

這兩人——真是完全活在自己的世界中啊。

自己看到的資訊就是一切，拚命從自己所知的資訊中找出關連性，絲毫沒有察覺除了這些事物之外還有別的價值觀及世界，也沒興趣知道。

井底之蛙——架想起這句成語。他們就像這樣，活在非常狹隘的常識與知識中。

從前橋回東京的車上，架疲憊地吁了一口氣。想起真實，她一定活得很痛苦吧。

陽子和正治一直活在他們狹隘的常識與知識中，今後也要繼續這樣活下去是他們的事。可是，僅以「因為是父母」為由，就得被迫接受和他們相同的生活方式，對真實來說一定很痛苦。

架想起陽子不假思索吐出「金居先生」名字的事。即使先說想知道的人是架，驚人的是，陽子只看過一次身家資料表，卻到現在還正確記得女兒相親對象的名字。她為什麼記得這麼清楚？因為對陽子而言，幫女兒挑選相親對象就是生活中非常重要的事。

陽子把女兒相親對象的身家資料拿給朋友看過，說不定她也曾嚷嚷著「這是我們家真實的未婚夫」，把架的照片拿給各種不相干的人看過，只是架不知道而已。

是因為這樣嗎？架好想問真實。

從前橋到東京的高速公路開始塞車，隔著靜止的車窗望出去，路旁柵欄另一端是廣闊的田園風光。

是因為這樣，真實才離開前橋的嗎？因為她想脫離這樣的父母，獲得自由。

星期六下午，希實帶著女兒一起來到架位於三鷹的老家。

身穿明亮的天藍色毛衣和白牛仔褲，即使帶著小孩，腳上還是套上低跟包鞋。希實很適合這身打扮，整個人就像雜誌裡常見的時髦媽媽。跟在她身邊的三歲女兒桐歌穿著和母親毛衣同色系的小洋裝，提著小包包，踩著小碎步。

看到她這副模樣，架的母親迫不及待地從屋裡跑向兩人，眼睛看著桐歌說：

「哎呀，好可愛。妳叫什麼名字？」

母親刻意用了對小孩說話時的尖細嗓音，桐歌大概是怕生吧，扭扭捏捏地回答不出來。希實代替她說「我是桐歌」，她才跟著口齒不清地模仿母親說「我是桐歌」。

因為事關自己的妹妹，希實在電話裡表示愈快見面愈好，和架約了最近的一個假日，說這樣女兒可以交給先生照顧。沒想到，希實的先生臨時有工作，沒法照顧女兒了。希實打電話到架公司問可否帶女兒同行，或者乾脆改天。架的母親正好在一旁聽到他們的對話，自告奮勇地說：「那來我們家吧，小朋友我來照顧。」

「我做了布丁，可以讓她吃嗎？」

母親一邊興沖沖地湊上前窺探桐歌，一邊這麼問希實。一聽到「布丁」兩個字，桐歌的表情也變了，欲言又止地朝希實望去。希實點點頭說：「可以啊，請婆婆拿給妳吃——謝謝您。」這麼說著，轉向架的母親：「舍妹的事害您擔心了，真的非常抱歉。」

「別這麼說，我們固然擔心，親家們和姊姊妳也很擔心吧。」

母親搖搖頭，帶著桐歌走向廚房。原本還猶豫是否真該交給母親照顧，看她一副很會應付小孩的樣子，架才鬆了一口氣。

架不認為母親特別喜歡小孩子，她也從來沒表現過想抱孫的意願。但是，說不定其實不是這樣。到了這把年紀，架愈來愈常這麼想。

「太感謝了，架媽媽人真好。平常我都請先生照顧小孩，但他今天臨時有工作，真抱歉。」

「不會啦，我才不好意思。」架趕緊這麼說。想起好一陣子沒見到希實的丈夫了，便問道：「剛志兄最近好嗎？」

「嗯，他很想跟架見面喔，也很擔心真實的事。」

雖說是雙薪家庭，看到假日願意代替妻子照顧小孩的男人，架還是覺得了不起。剛志一定是個好爸爸、好先生。若是站在同樣立場，自己也做得到嗎？以前聽到這類事情時，架從來不會套在自己身上設想。

畢竟是未婚妻的事，架不太想讓母親聽到談話內容。幸好，母親似乎設想到了這一點，端茶給架和希實後，自己就帶著桐歌去有簷廊的小和室了。屋子裡傳來母親哄著「婆婆有東西想給桐歌看喔，妳喜歡繪本嗎？」的聲音。

看到這一幕，希實大概鬆了口氣，再次環顧室內說：「好棒的房子。」

「這房子很舊了，大倒是挺大的。」

這棟房子是架上小學前蓋的。父親與母親找來熟識的建築師，一邊討論一邊打造出理想的房屋。架在這裡住到大學畢業才搬出去。父親過世後，現在只剩母親一個人住。到目前為止，架從未考慮和母親一起住。一方面不覺得母親想一起住，最重要的是，母親除了工作外，也很享受和朋友旅行或學習才藝的樂趣，自己又有不少嗜好，未必會想和兒子媳婦一起住。

「真實的事讓架這麼擔心，真是抱歉。」

「電話裡也說過，關於那個跟蹤真實的男人，目前幾乎什麼線索都沒有。我也去了她以前委託的婚姻介紹所，對方說不可能是當時介紹認識的對象。」

和希實通電話時，已經大致說明過狀況。架接著問希實：「姊姊妳本來就知道嗎？真實以前婚活過的事。」

「該怎麼說呢……」不知為何，希實顯得有點尷尬，「所謂婚活的定義是什麼？」

「咦？」

「想交男朋友所以參加聯誼也算嗎？」

「我想想喔……嗯，應該算吧。」

回答時架心想，被這麼一問才發現自己也不太懂。硬要說的話，總覺得要看當事人的決心和想法，才能判斷到底算不算投入婚活。或者，也可以說是取決於認真程度吧。

希實苦笑。

「真實個性老實，雖然也曾受朋友同事之邀參加聯誼，基本上爸媽要她去相親時，才算得上是她第一次投入婚活吧。我不認為她真的認識了很多人，當然更別說交往。」

「婚姻介紹所的人也這麼說。」

「你指的是小野里夫人？」

「妳認識嗎？」

「就是幫真實找工作的縣議員太太對吧？我聽媽媽和真實說過。」

希實輕聲嘆口氣，喃喃低語：「抱歉啊。」

「架應該也察覺了吧，我媽有點放不開小孩的毛病。尤其是真實，都出社會了還和她住在一起，她對真實的感情也比較強。如果媽對你說了什麼失禮的話，那真的很抱歉。」

「是沒有到失禮的地步啦。」

雖然陽子沒有對架做什麼，聽了她說的話，內心確實有種揮之不去的不認同感。而希實畢竟是陽子的女兒，架還在猶豫該不該直說時，她已經先開口：

「可能一直住在鄉下的關係，她放了太多注意力在真實身上了。所以，我媽對真實也管得太多。」

「從以前就這樣了嗎？可是，媽對姊姊妳好像就沒有這種感覺。」

「我很小就開始排斥我媽這種做法，差不多上了高中之後，她就不太干預我的事了。也或許是因為這樣，她對真實的干預才會愈來愈過火——雖然她們自己可能不認為那是干預就是了。」

「**她們**自己是指……」

「我媽和真實。」希實說得直截了當，「真實和我不一樣，她很貼心，真的是個很乖的孩子。」

「真實就任由媽那樣干預她的事嗎？我實在不認為真實是這樣的人。」

架想起小野里說的話——沒有自己的主見，連要婚活還是不結婚都無法靠自己做出選擇的人。陽子則這麼說——我會負起責任照顧真實，直到她從這個家裡嫁出去為止。

「因為，這種說法聽起來就像在說真實自己什麼都不會，但是明明沒有這種事啊。」

架這麼一說，希實臉上就浮起淡淡笑容。不知為何，她竟然回答「謝謝」。

「我真的很慶幸真實遇上了你。不過啊，做父母的好像就是會沒來由地擔憂，理所當然認為能為子女做愈多愈好。」

「為什麼說『好像』？」

架這麼問，希實聳了聳肩，搖搖頭說：「我以前被這麼說過。」

「每次我要媽別老插手真實的事時，她都會這麼說，『做父母的擔心小孩是天經地義的事，這是父母的愛，也是父母的使命』。她打從心底相信自己是對的。還說『等妳也當媽就知道了』。雖然真實口頭上也會小小反駁或表達微弱的抗議——」

希實臉上流露出無奈的神情。

「但是基本上，她更不願意讓父母難過，往往到最後還是聽媽媽的話去做。有時跟我講完媽媽的壞話，結論卻是『我也能理解媽媽的心情』。她對很多事都讓步了，高中和大學也是，乖乖讀了媽媽指定的學校。」

「啊……」架想起陽子提起真實母校時自豪的神情。

「真實讀的香和女子大學，在地方上很有名嗎？」

架這麼問，希實立刻皺起眉頭，先是一聲長嘆，接著又喃喃地說「抱歉啊」。

「我媽說了什麼嗎？或許她口中說得像是地方上的千金大學，但是老實說，架你根本沒聽過那間學校吧？」

「是啊。」

「真實從小成績就不太好，原本想報考我讀的那所高中，結果被老師打槍，說她不可能考上，於是我媽就叫她去考香和。雖然香和在地方上知名度滿高的，但不是什麼難考的學校。」

「聽說都是些大家閨秀在讀的，是這樣嗎？」

架這麼一說，希實顯得更尷尬，嘆了口氣道：「說來真的很可笑。」

「以前我們那裡的人都說香和女子畢業的女孩是『最佳媳婦候選人』。從國中就開始讀香和的女孩稱為『純金』，高中開始讀的稱為『18K金』，大學才進入香和就讀的叫『鍍金』。」

「欸，是喔！」

架從來沒聽過這種事，不知為何，希實露出歉疚的表情。

「你聽了可能只覺得好笑，但是對我媽來說，送真實進那種學校，自己的身分地位好像也高人一等似的。感覺就像是『我家女兒雖然不是純金，至少是18K金，跟那些鍍金的人不一樣』。」

「她喜歡為自己編故事，」希實苦笑，「站在別人的角度看，那種事根本可有可無，但她為了替自己的故事增添可看性，就會不停加油添醋。明明是因為考不上公立學校才選了香和，到最後故事的版本卻變成家裡打從一開始就打算讓真實讀香和，原本國中就想送她去了，只因為真實捨不得國小同學，拆散她們太可憐了，才改成從高中開始讀。」

「自己的故事……問題是，這不是她的故事，是女兒的故事吧？」

「真的，你說得對。」希實無奈點頭，也承認得很乾脆。

「所謂『最佳媳婦候選人』的說法，地方上的人現在也還這麼認為嗎？」架問。

「嗯，還滿多人這麼想的。像是地方上的企業，到現在還會保留推薦就職的名額給香和畢業的女生。」

「推薦就職？」

這又是個對架而言相當陌生的詞彙。希實望著架說：

「看在按照一般程序努力找工作的人眼中或許會很不以為然，但鄉下地方常有這種事。和推薦入學的意思一樣，地方上的傳統企業常有保留給附近私立大學或短期大學畢業生的就職名額，一年通常會錄取幾個——尤其是在男性員工占多數、專業技術或研究人員特別多的職場，香和畢業的女員工幾乎都是直接進去，然後嫁給同事。」

「是喔。」

聽起來像上個時代的事，但也不得不承認這制度設計得真好。希實臉色沉了下來。

「所以，香和女大的畢業生中，有很多人根本沒正式找過工作。真實走的雖然不是推薦就職的路，但其實工作也是父母幫她找的。雖說是臨時員工，縣政府的工作畢竟稱得上鐵飯碗，對我爸媽來說肯定是求之不得的好事。」

「找工作的時候，真實自己沒有特別想做的工作嗎？」

「我想應該沒有。當然她也會擔心畢業後找不到工作，既然父母都幫自己找到了，大概抱著賺到的心情，沒想太多吧——其實我是反對這麼做的。」

希實對上架的視線，聳了聳肩。

「什麼樣的職場都好，我希望真實能靠自己的力量好好謀職。我也跟她說不要只是做臨時約聘，找一份能長久的正職工作比較好吧。可是，那時又被我媽念了——難得人家願意介紹，妳在旁邊胡說什麼？就算自己辛苦謀職也未必能找到這麼好的工作，相較之下，不費吹灰之力就獲得的工作當然比較好。然後又是那句『等妳自己也當媽了就知道』。」

大概是想起了當時的情景吧。希實接著說：「我倒是認為她該吃點苦頭比較好。從高中直升大學，真實在那之前從來沒受過什麼挫折。」

從架的角度看來，明明是妹妹畢業後的工作，卻是媽媽和姊姊在她背後爭論不休，光是這樣就夠奇怪了。不過這件事正說明了真實在家中的處境。

「關於跟蹤狂的事……」希實忽然轉回正題，看著架說。

「真實讀的是女校，在大學裡應該很難遇到交往對象。所以我想，對方不是大學時代打工認識的人，就是出社會後工作上往來過的人。我會再聯絡當時跟真實比較好的朋友、同事，問問看她們有沒有想到可能的人。要是可以聯絡到對方，我再通知你。」

「謝謝妳。」

「還有，小野里夫人和我媽雖然不承認，但我也覺得相親認識的人可能性很大。」

說著，希實輕輕吸了一口氣：「老實說，真實之所以去相親，可能是我害的。」

「咦？」

「我跟真實聊天時聽她說過，自從我結婚之後，媽媽開始經常問真實有沒有好對象。因為異性相關的話題在我們家原本是禁忌，她卻突然說起這些，真實好像很錯愕。」

「你們家真的向來都忌諱提到異性話題嗎？」

「嗯，該怎麼說好呢。這有點難解釋，我媽似乎滿嚮往那種可以和女兒聊喜歡的男生或戀愛話題的母女關係，我爸則是從以前就很古板。只是，和單純的『男朋友』不同，一旦扯到『結婚』，整件事就突然產生了社會性不是嗎？感覺比較像是因為我結婚了，戀愛這話題才在我家突然解禁。」

「原來是這樣啊。」

「嗯。問題是，當主題一從戀愛變成結婚，父母忽然就拋開難為情，說起這件事不尷尬了，也不太顧忌什麼。就我看來，比起偷偷摸摸跟男生交往的年代，一講到結婚，話題就少了點粉紅氣息，反而有點無聊。」

希實笑了笑，又正色說道：「真實向我抱怨，說媽忽然講這些她也不知道怎麼辦，又遇不到好對象。職場的人際關係早已固定，不太可能從裡面找到談戀愛的對象。但是，只要一聽媽媽說『妳今後該怎麼辦』，她又覺得很受傷。不是不想結婚，只是沒有好對象，又不是故意不交男朋友，卻要被媽媽責備『難道妳打算一直一個人這樣過下去？』連自己都對未來感到茫然了，還要聽媽媽說這種話，讓她很焦慮。」

「那時真實應該超過二十五歲了？」

「差不多二十八、九歲吧？或許也有即將邁入三十歲的焦慮，但媽媽講話未免太直接了吧，我聽了都傻眼。現在回想起來，那時最焦慮的人大概是媽，而且她日子過得太無聊了。」

「無聊？」

「順利幫真實找到工作後，眼看爸爸就快要退休，無事可做的她閒得發慌，看到身邊朋友都在炫耀孫子，一定又更焦慮了吧。自從開始幫真實安排相親對象，媽媽才又突然變得活力十足。」

已經找到工作，生活也上了軌道的女兒再次需要自己照顧，陽子一定很開心。

這種事聽得讓人意興闌珊。似乎看穿架這樣的心思，希實搖了搖頭說：

「不過，不只我媽這樣，我在公司也常聽到類似的事。父母一退休就忽然寄相親對象的照片給女兒，這種事很常見。父母一閒下來，操心兒女婚事就成了一種休閒娛樂——聽到我這麼說，他們大概會生氣就是了。沒有自覺才是最麻煩的地方。」

「妳實際上跟媽這樣說過，她也生氣了嗎？」

架這麼一問，原本叨叨絮絮的希實忽然沉默下來，看著架。

從剛才的談話中，聽得出希實向來站在反對陽子干預真實的立場，也為此一再地指摘母親。

「嗯，」希實點頭，「她總是說『因為我會擔心』。可是，難道拿擔心當藉口就做什麼都沒關係嗎？真實就算抱怨，最後還不是把媽媽說的話照單全收，看到她這樣我也很不爽，所以那時，我就跟真實說了。」

「說什麼？」

「我跟她說，那妳去叫媽負起責任啊。」

希實眼中蒙上一層陰霾。架問「責任？」，她又點點頭：

「像考高中或找工作時那樣，也叫媽負起責任幫妳找結婚對象不就好了嗎？我這麼說了——就我看來，正是因為父母什麼都要搶著幫真實做選擇，才會導致她現在自己做不了任何決定。從前的人就是這樣，所以相親這種行業才會盛行。可是現在相親制度逐漸瓦解，這種父母和小孩才開始發現原本的做法行不通。所以我就跟真實說了——既然妳要這麼說，就去叫媽負起責任。」

「真實生氣了嗎？」

這番話聽得架坐立難安，希實這是繞著圈子在挖苦真實啊。然而——這時，希實的表情終於完全沉下來。

「沒想到……」她接著說，「聽我那樣說了不久，有天真實聯絡我說『照姊姊說的試著跟媽商量了。媽有點驚訝，不過也說那她知道了，會幫我找，沒有多說什麼喔』。」

架驚訝得無言以對。

希實無奈地望向遠方。

「我真是嚇了一大跳。沒想到真實竟然真的去拜託媽媽，我就忍不住說了，我說妳這樣真的好嗎？」

架也這麼想。真實根本沒發現姊姊在挖苦她。她的人生從來不習慣自己做決定，這時也「聽從了姊姊的決定」，跑去拜託母親。

「真實或許覺得她就是聽我的話去做，為什麼還要被我質疑吧。一副困惑的樣子對我說『姊，妳怎麼突然這麼說？』」

「真實大概以為真的應該那麼做吧。」

「或許吧。可是就在那時，我有點受不了了。」

老實說，對於希實的「受不了了」，架也感到不以為然。但這不能怪她，就連架都無法理解真實當時的想法。

「戀愛或結婚是自己的事，我無論如何都不想讓父母決定，所以才會自己做出各種選擇，自認一路都在反抗父母。然而，真實卻一點都不排斥這種事，儘管她是自己的妹妹，我還是覺得有點可怕。」

「因為這樣，真實才去相親的嗎……」

架想起小野里的話——沒有自己的主見，不知道自己想要什麼的人。

架曾直覺陽子比真實更熱衷相親，這個直覺果然沒錯。然而，真實也不排斥這種狀況。那時的真實毫無主見，只活在周遭的意見下。

或許身陷的是相同的苦境，架的婚活和真實的婚活性質卻是完全不同。

——出於這種動機開始婚活，最後順利結婚了，我覺得那也很好。

耳邊響起小野里的聲音。她似乎早就將一切看得一清二楚，架不由得再次起了一身雞皮疙瘩。

希實重重嘆了一口氣。

「真實找媽媽商量找結婚對象的事，好像讓媽很高興。她還特地聯絡我說真實很聽話，小野里夫人也說這麼漂亮又年輕的小姐很快就能找到對象。看到媽媽這樣，我實在是有點……該怎麼說呢，看不下去。」

希實輕輕深呼吸。

「女兒長大後自己選擇對象帶回家介紹給她，好讓她能跟周遭炫耀自己女兒交了男朋友。媽本來嚮往自己成為這種類型的母親。那時價值觀卻再度扭曲，不停把事情往對自己有利的方向解釋，開始到處跟別人說，我們家真實讀的是女子大學，又沒有加入那種動不動就把異性掛在嘴上的小團體，真的是最適合讀香和的大家閨秀，偏偏現在這種時代對這種型的女孩子反而不利。但是我們真實就是有主見，不會跟著周遭隨波逐流。」

「也就是說，她又開始『給自己編故事』了對吧？」

架這句話裡隱含了對陽子的嘲諷，希實落寞地微笑了。

「沒錯，我曾對媽媽說，真實沒有男朋友可能跟讀女校有關。那時媽媽很生氣，反駁我說女校還是很多學生有男朋友啊，不管有沒有自己搬出去住，很多人也都結婚了啊。我猜，她打死也不願承認自己幫女兒選的學校害女兒結不了婚。可是，照她這種邏輯，繼續說下去只會陷入死胡同。」

「死胡同？」

「嗯。照她這邏輯繼續說下去，結論不就變成真實結不了婚的原因只是因為她不受異性歡迎嗎？既然同樣環境的女孩都能結婚，剩下的原因就只有真實魅力不足了。」

不受異性歡迎——這句話聽來單純，但也正因單純所以殘酷。

架一時之間說不出話，希實輕輕搖頭。

「可是，這又是我媽最不願意承認的一點。於是她說，真實只是運氣不好——她絕對不願承認女兒不夠好，更何況是不受異性歡迎，打死她都不願意這麼想。」

陽子非常偏袒女兒。因為是自己的女兒，會這麼想也是理所當然。然而，架內心產生了一股有別於在前橋時的不認同感，這種感覺不斷膨脹。

真實或許也覺得那樣很好，對父母為自己決定結婚對象的人生毫不抵抗。但是，架卻無法認同這個，甚至可以說為此感到不快。總覺得，真實的人生都被這種狹隘的價值觀踐踏了。

為了不讓她受苦，為了讓她走更好走的路。架也明白陽子是真心這麼想。但還是忍不住覺得——就算是為了她好，這不就是支配嗎？

一方面依賴「相親」這種古老的方法，一方面又拋不掉「受不受異性歡迎」這種現代價值觀。被這樣的母親從背後推著，或者說被這樣的母親牽著手，真實開始了她的婚活。

「所以，當真實真的照我說的請媽媽幫她安排相親時，我就放棄了。」希實說。

「與其說生氣媽媽，不如說我對當時的真實感到火大。媽媽固然離不開小孩，但那說不定是真實想要的結果。要說媽媽想控制真實也沒錯，但真實又何嘗不想凡事都聽媽媽的。用共依存症來形容或許太誇張，但我確實從她們身上感受到類似的東西，也就是那時，我終於發現自己做什麼都沒用。」

「這麼說來，真實開始相親婚活之後，姊姊就不再給真實意見了嗎？也沒聽她說過相親對象的事？」

「很遺憾，事情就是這樣。我心想真實如果能就此結婚，那就恭喜她吧，老實說，我已經不想再和這些事扯上關係，隨她們高興怎樣就怎樣好了。真實大概也察覺到我這種心情，後來就不再自己找我說什麼。」

希實再次嘆了沉重的一口氣。

「雖然那次相親結果也不順利就是了。」

「好像是這樣。」

「雖然聽了父母的話去相親，對戀愛對象的條件倒是不肯退讓啊。明明自己下不了決定，卻又堅持開出奢侈的條件，世間婚活不順利的人，基本原因或許都出在這裡。到最後，就是得遇上像架這樣的帥哥，真實才認為自己遇到對的人了吧。」

「請別這麼說。」

不是開玩笑，架真心不想聽到這種話。

「是不是對的人」這種感覺，代表著真實為自己設定的價格，並將之投射在架身上。想起小野里的分析，架又陷入那種全身起雞皮疙瘩的感覺。

「抱歉抱歉。」希實故作輕鬆地向架道歉，再次正色說：

「不只我媽，真實一定也很喜歡為自己編故事。她太想找一個能理解自己這種過去與理想的對象，反過來說，遇到故事性不夠強的人時，她就立刻跟對方疏遠。」

「小野里夫人也這麼說——大家給自己打的分數都很高。」

這麼一說，希實就露出好奇的表情。架繼續說明：

「小野里夫人的說法是，相親不順利的人，是因為認為對方配不上自己，所以無法接受對方。不可思議的是，這種人一方面說自己不挑，其實標準都相當高。即使對方實際上收入比自己好或社會地位比自己高，他們還是會這麼想。」

「這種情形應該是對方外表不夠好，或是社交能力不夠高吧。因為大家都只會用自己條件好的部分跟對方比啊，就算自己的收入比對方差，或是外表沒有對方好看，眼中還是只看得到自己比對方好的條件。這種行為說來傲慢，人性不就是這樣嗎？」

希實不假思索地說，架沉默了下來。就某方面而言，希實說的或許是真理。最重要的是，架自己在婚活中確實是這樣看待對方的。

「自從真實開始相親後，跟我聯絡的都是媽媽。打了好幾次電話來，說什麼她覺得對方條件很不錯，不懂真實為何拒絕，要我去問真實到底哪裡不行，還要我說服她接受。」

「那妳真的那麼做了嗎？」

「沒有啊。剛才不也說了嗎，我不想再和這些事扯上關係。」

希實說得斬釘截鐵。

「光是聽我媽講話就覺得好煩。真實只跟差不多兩個人相親過吧？聽到我媽一下嫌棄對方不是從好大學畢業，一下說人家好像不善交際，聽得我一陣火大，心想她到底以為自己女兒條件有多好？」

「妳說的是第二次相親時，真實自己選的對象嗎？當牙醫助手的那個？」

陽子抱怨過對方明明是牙醫的兒子卻當不成牙醫，只能當助手。那時聽到，架也確實傻眼地想，她怎能滿不在乎地把這種話說出口。

希實點點頭。

「應該是。或許因為對方不是她選的，所以不太合她的意，總之，媽就是不喜歡那個對象。真實的學歷和職業明明就也沒什麼了不起，不知為何媽老是充滿自信地說『我們家是正經人家』，所以就應該怎樣怎樣……我結婚那時也是。」

「這樣啊？」

希實的丈夫剛志，即使看在架的眼中也是個好丈夫、好爸爸。事業發展順利，夫妻感情和睦。希實又嘆了一口氣。

「光他是自由接案的設計師這點就被判出局了。我不知道被問過幾次『真的沒問題嗎？』煩都煩死了。我看爸媽連自己擔心的是什麼都搞不清楚吧，只因為不是他們決定的事就不分青紅皂白地擔心，一點也不信任女兒。」

「為什麼無法信任呢？我或許沒資格說這話，但是就我看來，姊姊自己的工作也做得很好，完全沒有需要擔心的地方啊。」

希實是個獨立自主的成年人。真要說的話，架反而覺得局限在鄉下價值觀中的真實父母更不可靠。無法理解的架這麼一問，希實便微笑回答：

「因為他們從沒信任過。在自己眼睛看得到的範圍內，女兒的事情全部一把抓在手裡，不讓當事人自己決定。一遇到不在自己常識範圍內的事，他們就會感到不安了吧。我和真實不一樣，高中大學都沒照父母吩咐去做，也全部遭到他們反對。大學因為讀的是外縣市的學校，一開始他們也說擔心，原本不准我去，後來才被我說服。」

「不過你不要誤會喔，」希實說，聲音平靜且溫柔，「我爸媽不是學歷至上的人，也沒有學歷歧視，平常他們都教我們不要用那種事判斷別人好壞。只是，當事情一和女兒的結婚對象有關時，那又得另當別論了。」

「這我好像能明白。」

「聽到真實相親不順利時，我就在想，真實和我媽為什麼那麼傲慢。」

傲慢。

除了從小野里夫人口中聽過之外，這也是架自己最近常想起的詞彙。認為過去的自己傲慢，也認為擋住真實未來的陽子和正治傲慢。

然而，看在希實眼中，原來連妹妹真實也是傲慢的人嗎？

「她們真的以為自己那麼有價值喔？到底根據什麼這麼想，這份自信對我來說簡直是個謎。如同她們會這樣想，別人家也一樣會啊。看在她們眼裡沒什麼大不了的男人，在對方家可是父母自豪的兒子，人家也會偏袒自己的兒子啊。」

家族的殼是很厚的。

即使希實沒說出口，架也知道她想說什麼。每個家庭都喜歡編自己的故事，太清楚自己家的狀況，正因如此，對陌生對象的家庭就無法接受。

「差不多也是那時起，媽開始會說『真希望真實也能找到像剛志這麼好的對象』，聽得我超火大，心想妳怎麼有臉說這種話。還說什麼姊姊和剛志一開始也是朋友嘛，大學時認識的——也不想想當初她是怎麼反對我讀的大學和剛志，好像突然把這些全部忘記，用那種高高在上的態度說話。父母就是絕對不會承認自己做錯的人，凡事只想到她自己。」

「連姊姊的時候都是這樣啊。」

這次輪到架嘆氣了。希實說的沒錯，陽子確實只會挑對自己有利的話說。但是，就算當著她的面指出這一點，陽子大概還是不會有自覺。她沒有惡意，只是少根筋。

「真實聽爸媽的話去相親時，我想起了一件事。」

架沉默著，等她繼續往下說。

「大學時代，真實的朋友和其他大學的男生交往，那兩人分別約了自己的朋友一起去滑雪旅行，類似多組情侶一起約會的感覺，打算一群人去住便宜民宿。」

「是。」

「他們介紹給真實的男伴長得很帥，真實也覺得有譜，就很想去參加，跑來問我怎麼辦。又是跟男生出去玩，又要外宿，家裡一定不會答應。」

「這不是常有的事嗎？」

瞞著父母和朋友外宿，這種事很常見。就算讀的是女子大學，真實當然也會有這類認識異性的機會，都已經是那麼久以前的事了，架當然不會吃醋，反而覺得很有趣。希實點點頭說「嗯」。

「我也有過類似的經驗，所以我就跟她說了。我說，那有什麼關係，別讓家裡知道有男生不就好了？就說一群女生去滑雪旅行，之後也別讓爸媽看到照片，需要的話，我也可以幫忙作證啊。真實聽了之後跟我道謝，說那她決定要去旅行。」

「嗯。」

「可是過了一陣子，一直沒看到真實去旅行，就這樣冬去春來。我問她說，旅行的事怎麼樣了？結果她說後來沒去。」

「咦？」

架望向希實，只見她露出無奈的表情，微微苦笑。

「她說自己受不了對父母說謊，快到出發前跟爸媽坦承有男生同行，結果就去不成了。我想，她大概是承受不了罪惡感吧。」

架想起真實的臉。架認識的真實已經三十多歲，當然和當年的她已經有點不一樣。只是，架也經常在看著真實時想起「好孩子」這詞彙。沒錯，就像希實描述的一樣。

「老實說，我傻眼了。哪有人這麼笨的啊？那種事，只要自己不講絕對不會曝光，她未免太不懂得如何求生了吧？技巧太差了。」

「真實從以前就很老實呢。」

「嗯。但是，並不是凡事老實就有利。要一個一路這麼長大的女孩在毫無戀愛經驗的狀況下自己找到結婚對象，想也知道是不可能的事。」

腦中跳出小野里提到「傲慢」時的另一個詞彙——「善良」。

架腦中的另一段記憶發出共鳴。

那是和真實一起去吃飯時的記憶。帶她去高級法國料理店用餐時，她說了「對爸媽過意不去」。聽到她這麼說時，架內心浮現的想法是「真是個好孩子」。

但是，如果把這件事告訴希實，她又會怎麼說呢？姊姊說不定只會聯想到真實大學時代連說謊外宿都不會的事，做出和當時相同的感想。

真實是個非常善良的女孩。

「人家不是常說『掌上明珠』嗎？真實的狀況或許就是這樣。我們家也不是什麼大戶人家，家裡卻只灌輸我們『當個老實好孩子』的價值觀，在社會上生存需要的惡意和心機從來沒人教過。」

希實望向遠處。架忽然產生想幫真實辯護的衝動，開口便問：

「姊姊沒想過要教真實那些嗎？」

「我？」希實一臉詫異搖了搖頭，「怎麼可能。」

「既然如此……」

既然如此，就不能只怪父母讓真實成為「掌上明珠」了吧。架還想繼續說，卻被希實不客氣地打斷：

「惡意哪是別人教了就會懂的東西？只有曾經被惡意波及的人，才能在無能為力中領悟出應付惡意的方法。認為這種事用『教』的就會懂，這想法本身就太愚昧了喔。」

架沒有說話。希實無奈地嘆了一口氣：「不過……是啊。」

「不管是找結婚對象或談戀愛，在那之前都沒有累積足夠經驗的話，就算想動也動不起來。這種事不是靠人家教就學得會的，真實自己大概也發現了吧。」

「沒人教過」。這句話沉甸甸地落在架心上。

學習惡意與心機——父母將這些負面情感全都剔除，為她鋪了一條走來毫不費力的路。真實確實一直踏在這樣的路上。

或許不只有真實是這樣。

架想起婚活中認識的好幾個人，她們又是如何呢？

架自己的事情絕對想自己決定，也想過自由的人生。但是，世上或許有人只適合聽從別人的話、活在別人的標準中，他們可能只知道也只擅長這種生存方式。尤其是愈老實愈溫柔的人，可能愈是如此。

——現代人無法順利結婚的原因出在「傲慢與善良」。

再次想起小野里夫人說的話。活得愈善良的人愈遵守父母的教誨，什麼事都交給別人決定，「沒有自我」。傲慢和善良這兩種矛盾的特質經常同時存在同一個人身上。

而那種善良如果過了頭，或許就成了不知世事，也可以說是無知。

「我動不動就被我媽說『等妳也當媽了就知道』，實際上當媽之後，我確實明白了很多事。」

希實的聲音宛如獨白。

「只是，就算能理解母親的擔心，並不代表能夠原諒。正好相反。正因為理解了那種擔心，對於以消除自己的不安為優先，不願信任小孩，不願耐心等待小孩自己做決定的母親，我反而愈來愈不能諒解，也絕對不願對自己的孩子那麼做。」

屋內傳來桐歌和架的母親說話的聲音，聽起來她們已經消除隔閡，彼此笑得很開心。

「相親到最後真實發生了什麼事，很遺憾的，因為那陣子我不太聽她說話，所以一點也不清楚。只是有一天，真實忽然打電話給我，說她想搬出前橋老家，來東京自己生活，還說想聽聽我的意見。」

「我也很好奇這一點，」架朝希實探身，「為什麼真實會忽然辭掉工作，來東京一個人生活？」

「我聽了很驚訝，也問了她原因。她說早就想一個人生活看看了。」

「可是，會光因為這樣就辭掉工作搬來東京嗎？應該有什麼事觸動她想這麼做吧？」

「我不知道。所以我才說，如果有什麼的話，可能發生在職場上。說不定職場上出了什麼事，讓她不想待在同個地方工作。與其說想離家，不如說想辭掉工作，從零開始。」

希實皺起眉頭。

「這麼一想，跟蹤真實的人就很有可能是職場上認識的人。或許和那個人之間發生了什麼，讓她想離開群馬。」

「那個……妳剛才說或許可以問問真實在群馬工作時認識的人的聯絡方式，我可以正式拜託妳去做這件事嗎？」

架雙手撐在桌面上，正面凝視希實。

「拜託妳了。聽妳剛才的描述，真實簡直像從群馬逃到東京似的。我在想，不知道能不能跟她之前的同事或當時認識的人談談。」

「我明白了。要是能問出什麼就好。」

希實深吸一口氣。

「這方面的事，真實真的什麼都沒告訴我。那時，我聽到妹妹有生以來第一次主動說她『想離開家裡』，因為實在太贊成了，滿心只想協助她做這件事。儘管知道一定有什麼觸動她這麼做的原因，當時我一心只想著要支持真實獨立，也就忘了深入追問。她找我商量過後，我就開始幫她找房子和搬家。她好像和媽大吵了一架。」

架想起找不動產公司打開真實租屋處的房門時，才發現保證人不是父母而是希實的事。原來背後還有這段過往。

「來東京後，媽媽還會繼續插嘴真實的事嗎？照剛才的話聽來，總覺得真實搬出老家後，媽應該會追來東京找她。」

「起初我也這樣擔心過，不過好像沒有。真實如果還住在前橋，在媽眼睛看得到的範圍內，或許她就會操心。一旦物理上拉開距離，媽媽的注意力就被其他事情吸引走了。所以，強行搬出老家的決定很重要。只是……」

「只是什麼？」

「真實搬來東京後不久，媽媽打了電話給我，她說『就連搬家也要靠姊姊幫忙，這下真實終於明白光靠她自己一個人什麼都做不了了吧』。我真的無言以對，媽媽果然希望真實只要當個什麼都不會的孩子就好，也不想想她都三十幾歲了。」

「什麼都不會……那只是爸媽讓真實這麼以為的吧？」

在前橋時架也頻頻產生這種感覺。真實的爸媽不希望孩子獨立自主，希望她留在父母身邊，希望能一直照顧她。這些心情架無論如何都無法理解。就算他們這麼說，做父母的總有一天會退休，失去收入，也會比孩子先死去。留下希實口中「沒有求生能力」、「不懂生存技巧」的孩子。

到那時該教她如何是好——想到這裡，架恍然大悟。原來如此，所以他們才會開始提結婚的事，為了替真實尋找下一個避風港。

「事實上，搬到東京後，真實整個人都變了，活得神采奕奕。或許和住在老家不一樣，房租水電都要自己付，生活起來很辛苦，但我想她也因此建立了自信。找結婚對象也是，不是聽媽媽的話去做，而是靠自己努力，實際上也和架相遇了。」

「的確，真實是個好女孩，之前婚事一直不順利才讓人覺得奇怪呢。」

架這麼一說，希實就歪了歪頭，露出複雜又隱晦的笑容。「是嗎？」她這麼問。

「雖然很高興聽到你這麼說，但事實應該相反吧？」

「相反？」

「對。不是『這麼好的女孩為何結不了婚』，以真實的狀況來說，正因為她是個好女孩所以才結不了婚。」

架心頭一驚，彷彿有某種尖銳的東西刺入心中。

希實說的不是架，她在說的是真實。可是，架卻大受打擊。原因不明。只是忽然湧上一股難以言喻的惆悵——同時，內心深處有種恍然大悟的感覺。

「正因為是個好女孩，學生時代循規蹈矩，為了不讓父母擔心，連男朋友也沒交，從未累積戀愛經驗，長大成人後才忽然發現自己動彈不得。只在備受家人呵護的環境下成長的她對陌生人懷有恐懼，害怕受傷。即使談了戀愛，為了繼續做個好女孩，連一點心機都不會耍，不懂怎麼與他人競爭，無法脫穎而出。」

耳邊忽然響起一個聲音。

——反而覺得她這麼努力讓人很有好感，一想到她是為了架這麼做的，也覺得很有勇氣。只是啊，她的手法太拙劣了啦，覺得有點可惜而已。因為，她做那種事鐵定會被我們看透的啊。

美奈子這麼說過。在大原家，看到真實站起來想幫大原太太的忙或幫忙哄小孩時。

「父母心目中的『好孩子』，往後的人生未必能過得很順利。」

希實這麼說。架也只能點頭。

「的確如此……現實中，比起老實誠懇的人，輕佻花心的人還比較受歡迎，結了婚又離婚的人也有。」

在婚活過程中，這種人架看多了。不只限於女性，婚活認識的對象對架的評價往往是「社交性高」。每次聽到她們說「之前認識的人都太老實了，聊不起來」，架都暗自心想，原來老實又不善社交的男人這麼多啊。老實與誠懇明明是對結婚對象的讚美之詞，現實卻是這兩種特質在婚活一開始時往往造成阻礙。

所謂的輕佻，或許也可以換個角度說是人生經驗豐富。反過來說，老實又不善社交的男人就沒有這種特質了。最重要的是，老實人沒有心機，不懂算計，男人和女人都一樣。

傲慢與善良。

傲慢在婚活中會造成怎樣的障礙，架自己已有深切體會。但是，本該被譽為美德的善良也會這樣，這就教人難以忍受了。

實在太難受了。架心想。

「真實回來之後，請別太責怪她喔。」

和架談完之後，希實帶著桐歌走出大門，又輕聲這麼對架說。一時之間不知如何回應，架只能看著希實。架的母親已經在玄關和她們道別，這時並不在旁邊。

希實露出為難的表情，淺淺一笑。

「就算真實因為某種原因，現在真的和那個跟蹤狂在一起……」

架知道希實想說什麼。他想，原來如此。

真實的姊姊也懷疑妹妹和男人一起失蹤是出於自己的意願。事實上，警方也這樣暗示過架。

今天和希實這麼談下來，架一方面因她的冷靜而得救，一方面也覺得哪裡不太對勁。對於真實下落不明的事，她就算表現得再急切一點也不奇怪。原來如此，或許正因希實想到了那個可能性，擔心的程度也就沒有那麼嚴重了。

「我沒有自信不責怪她……」

倘若事情真如希實所說，架的心情難以言喻。那個男人此時此刻也還和真實在一起，一想到這個，架就擔心得像要發狂。更別說真實是自願消失了。架死也不願意這麼想。

希實露出落寞的微笑。

「架的心情我很明白，我也會擔心真實。但是，如果那是真實自己做出的決定，我多多少少還是會希望尊重那孩子的意願。」

雖然不是父母，做姊姊的也一樣溺愛妹妹。

一旁的桐歌眨著一雙大眼抬頭看希實，好像很睏的樣子。希實說：「抱歉哪。」

「說了奇怪的話，真抱歉。」

目送希實母女離開後，回到家裡，母親正在收拾她們喝過的茶和果汁。手上拿著空的布丁容器，和架小時候用過的一樣。架心想，這東西竟然還在家裡，不由得佩服起母親的愛物惜物。

「桐歌妹妹她們回去了？」母親這麼問。

「對啊，今天謝謝媽。」這時，架終於忍不住發問。

「媽。」

「嗯？」

「我和真實結婚之後，媽會希望我們一起住在這個家嗎？」

擁有許多嗜好的母親，或許根本不想過那種忙於照顧孫子或顧慮兒子媳婦的生活吧。

原本架一直這麼想。但是，手上不停收拾東西，看也不看架一眼的母親這麼回答：

「總有一天當然希望可以這樣啊。上次我也這麼跟真實說了。」

「跟真實說了？」

架第一次聽說。母親的語氣卻很自然。

「又不是什麼嚴重的事。我只是說，有我一起照顧小孩一定比較輕鬆，想搬來的話隨時可以搬回來啊。」

架深吸一口氣，就這樣屏住呼吸。難以置信。

母親竟然對真實說了這種話。就算她說「不是什麼嚴重的事」，這聽起來不就是在催促抱孫和同住嗎？架自己連要不要生小孩的事都還沒好好跟真實談過。

「這又怎麼了嗎？」母親望著架，眼神說明了她真的沒有別的意思。察覺自己口乾舌燥，架問：「那真實怎麼說？」

「她說好啊，有媽媽在放心多了。」

「媽，不管是一起住還是孫子的事，妳怎麼什麼都沒跟我說過。」

情不自禁脫口而出，母親依然一副沒什麼大不了的樣子嘟噥：「我沒說過嗎？」

架無言以對。留下客廳裡的母親，獨自離開。

走到剛才母親陪桐歌一起玩的和室，自己待在裡面。這間房間平常很少使用，總覺得現在還殘留幾許小孩玩鬧過後的開朗氛圍。淡淡斜陽從靠簷廊那側的玻璃窗照進來。

就連自以為很理解的母親，架都有搞不清楚的地方，更別說是真實了。自己真的敢說認識真正的她嗎？

真實提出想離開群馬，是在小野里那裡相親第二次並拒絕對方之後的事。對方是真實自己選的，外表符合她喜好的牙醫助手。

會是他嗎？架暗忖。

一出現這個念頭，心就像被人抓緊似的，掠過一陣焦躁的心痛。

真實現在也和這個人在一起嗎？據她的說法是沒有交往過，什麼都沒發生過的對象。真實是出於自己意願和這個人一起失蹤的嗎？

關於真實的過往，有件事只有架知道。

這應該是連家人，包括真實的母親與姊姊都沒聽說過的事。

——我是第一次。

和真實交往一陣子之後，第一次在她家過夜時，真實這麼說。

開始交往，除了她之外已經沒有其他特定約會對象，彼此又都是成年人了，會這麼發展也是順理成章的事。

淋浴之後，上床裸裎相對，抱在懷中的真實身體硬得像石頭。和柔軟的肌膚與溫暖的體溫相反，因為緊張的關係，她的手臂、背部和腳底繃得就像一根棍子。

真實在發抖。

在那之前，她只是默默承受架的親吻，躺在架懷中毫不抵抗，這時卻像終於忍受不住似的，突然說出那句話。

那泫然欲泣的虛弱嗓音，讓架情不自禁發出短促的驚呼。真實雙手摀住自己的臉，即使在只有橘色燈泡照明的昏暗房內，仍能清楚看出她滿臉通紅。

真實伸手遮住眼睛，手臂下的嘴脣緊咬著。

架一聽就知道，那不是單純為了討好男人說的話。說完那句話的真實緊張得快哭出來，在羞恥心與——說是屈辱感也不為過的情感折磨下，她似乎很想當場逃離。從緊咬著嘴脣的模樣也能看出，說完那句話後她立刻就後悔了。真實不願讓架看到她的表情。

因為難為情。

因為太難為情，恨不得自己現在馬上消失。感覺得出她強烈地這麼想。

三十三歲。想到她的年齡，架首先浮現的念頭是「不會吧」，隨即後悔自己這麼想。架能理解。

真實大概原本也沒打算說吧。想當作沒有這回事，讓一切自然發生。但是，最後還是忍不住說了。

不是謊言也不是演技。真實現在——非常恐懼。

「真實。」一輕喊她的名字。

真實依然摀著臉。

「真實，轉過來看我。」

耐著性子繼續呼喚。親吻，和過去一樣親吻她。為了解除她的緊張，親吻她遮住臉龐的手，親吻露出來的臉頰，撫摸她的頭髮。

不知道呼喚了幾次，真實才總算放下手臂。雙眼溼潤，呼吸急促紊亂。無言哭泣的真實以微弱的聲音說「對不起」。那是像過度換氣一樣斷斷續續的聲音。

「為什麼道歉？」

「說了這種話，讓你壓力很大吧，對不起，我——」

「沒關係。」

不想再讓她繼續說下去。

用親吻堵住她還沒說出口的話，不由分說地探入舌頭，以至今最粗魯的方式。真實輕聲驚呼，聲音旋即消失在喘息中。接下來，架忘我地向她索求，真實也不再說話。

彷彿最後的抵抗，真實的手臂、腿、腹部、背部瞬間用力擋住架的手臂。然而，在連舌頭都要為之融化的執拗親吻與愛撫下，她的身體終於漸漸放鬆。

好久沒像這樣拚了命地擁抱誰了。

並非因為她是處女而興奮，只是不想讓她再那麼痛了。

真實的呼吸聲逐漸變成不知所措的呻吟。

「架，我……」

把臉埋進想說什麼的真實耳邊，進入她僵硬封閉的身體之前，架在她耳邊反覆低喃

「我喜歡妳」。我喜歡妳，所以不要哭。

聽了架的話，真實哭了起來。雖然原本就流著眼淚，直到此時才發現自己正在哭泣似的，真實突然哭出聲音。就在這時，她的情感破裂了。

因緊張和恐懼而僵硬的身體一旦打開就變得非常柔軟，毫無抵抗地接受了架。湊上前問臉頰微微抽搐的真實會不會痛，她立刻抓住架的手臂，把臉藏進其中。

抓得架手臂發疼，真實發出揉合哭泣與呻吟的喘息，終於開口：

「我也喜歡架，不要停。」

架想起待在父母身邊時的真實。

她和跟蹤狂沒有交往過，和對方之間什麼都沒有，就只是被告白然後拒絕了。這話應該是真的。

自己是真實的第一個戀人，對此，架從未懷疑過。然而，會不會在不知不覺中對這件事太有自信了呢？

就算這樣，那也不代表真實沒有別的男人。她的人生未必沒有其他故事。

隔週，架接到意想不到的人打來的電話。

上班時間，私人用的手機振動。一看到是以市外區碼開頭的陌生電話號碼，架忽然有個預感，匆匆接起電話。

「這是西澤先生的電話沒錯吧？」

電話那頭傳來優雅的聲音，令人不由得挺直背脊，一陣緊張。想起上次在前橋和這個人見面，站在她面前說話時，感覺就像站在法官面前等待判決。

「好久不見，忽然聯絡不好意思。現在方便說話嗎？」

是小野里夫人。

她的聲音雖然輕柔，但架早已明白那只是表面的溫和。回答了「是」，聽得出自己寒暄的聲音有些沙啞。

「說是可以見面。」

小野里一上來就這麼說。架「咦」了一聲，她又繼續：

「真實小姐的相親對象。來我這裡時介紹給她的第一位男士，聽我說了事情之後，對方表示可以和西澤先生見面。他的名字叫金居智之。」

腦中同時響起陽子說「金居先生」時的聲音。那個由陽子做出選擇，陽子比真實還中意的電子機械製造廠工程師。

不讓人稍微喘息，小野里接著又說：「他現在住在前橋，已經結婚了。不過，如果您能過來一趟的話，他說見面也沒關係。怎麼樣？您要來前橋一趟嗎？」

架不明白小野里為什麼忽然願意幫忙牽這條線，或許覺得很有趣吧。想到小野里那高深莫測的優雅微笑，這也不是不可能的事。

不過，就算是那樣也無妨。

「我想和他見一面。」架回答。

第四章

不知道是哪個人，架花了點時間才找到。

星期天的午餐時間，對方指定的義大利餐廳生意興隆，或許是這附近很受歡迎的餐廳吧。有結伴前來的年輕女性，有讓小孩坐在嬰兒椅上的夫妻檔，也有帶著祖父母來用餐的一家三代，各種年齡層客人都有的店內已經客滿。打開門，首先映入眼簾的是按照順序登記名字的表格，旁邊就是等待區，這裡也擠滿了人。

店內瀰漫橄欖油與大蒜的香氣。

對方指定碰面的地點，真的是這間店嗎？環顧店內，看到一個男士從座位上半站起身子，對站在門口的架輕輕點頭。架直覺應該就是他了吧。

「請問您是金居先生嗎？」

走到靠窗的這個位子詢問，對方立刻點頭：「啊，是的，我是。您是西澤先生吧？」說這句話時，「吧」的聲音輕了點，聽起來很像「您是西澤先生唄？」不過，和年輕人沒家教的語氣略有不同，對方給人一種比較憨厚隨性的感覺。

「不好意思，我想說找這附近最好吃的店，跟我老婆商量之後，她也說不然就這裡吧。沒仔細考慮就選了這裡，現在才發現好像不太適合談話。」

「不會的，沒關係。讓您久等了，我才不好意思。」

其實架是按照約定時間準時抵達，不過還是這麼道歉了。金居則搖著頭說「沒有關係啦」。

「這裡星期天不接受預約，所以我才先來等。」

「原來如此啊，真抱歉。再說，三月這時期正值年度結算，您工作一定很忙吧。」

架客氣地這麼一說，金居就爽朗地搖搖頭。

「不會不會，我今天休假，也沒什麼要緊事。」

從店內擁擠的程度看來，金居肯定很早就來了。架微微低下頭，在金居對面的位置坐下，一邊趁機偷瞄金居的表情。

出乎意料——這是第一眼看到他時的直接感想。

聽說金居曾在東京知名電子機械製造商當工程師時，下意識想像的是戴眼睛、穿西裝，體型比一般人更纖細的類型。然而，眼前的金居智之體格魁梧，與其說是理工男，說他是個運動員搞不好更有說服力。

肌膚晒得黝黑，像個少年似地頭戴棒球帽。身上穿的T恤和罩在T恤上的格子襯衫看來都不太新，站起來時還看到牛仔褲屁股口袋破了個洞，皮夾一角從洞裡露出來。仔細想想，星期天怎麼可能穿西裝，話雖如此，第一印象還是出乎意料之外。

架心想，這個人應該不太注重外表也不太講究流行吧。相較之下，今早自己出門前特地選了看上去最新的一件有領外套。不知為何，對這樣的自己反而感到難為情。

要去見女友過去拒絕的對象，而且是面對面坐下來談。這種前所未有的經驗讓架湧現不可思議的心情。金居是不被她選擇的對象，自己才是被選上的那一方，若說沒有優越感是騙人的。儘管沒有明確的角力心態，但也難免湧現不想輸的心情，架會拿出衣櫥裡最好的外套，恐怕也是出於這種心態。

「難得的假日，真是不好意思。」

「不會啦。您一定也很折騰吧？今天是從東京過來的嗎？」

「對，今天早上。」

「開車嗎？」

「是。」

「這樣啊，畢竟搭電車的話得多繞一大圈，還要轉車也很麻煩。來前橋的話，還是開車比較方便。」

金居的語氣單純坦率，架終於放鬆緊繃的身體。這麼一來，才發現自己相當緊張。

「要吃什麼？」

金居說著，熟練地出示菜單。架客氣接過。就連這種時候，在看主餐前還是先確認了葡萄酒和啤酒等飲料部分，只能說是職業病了。不知是否注意到架的動作，金居問：「雖然時間還早，要喝兩杯嗎？」

抬起頭一看，金居露出爽朗笑容，比了個舉杯暢飲的手勢。他說這話的語氣也不帶言外之意，就是想到什麼說什麼的感覺。

「如果您等一下不會不方便的話啦。」

「不了，很可惜我等一下還要開車。」

「啊，對喔。說的也是。才剛問過就忘了，真抱歉。您距離比較遠，不像我可以找代駕幫忙開回家。」

接著金居又自言自語：「但我也不可能大白天就喝到要找代駕就是了。」聽他這麼一說，架忍不住笑出來。

「這間餐廳看起來很不錯，不能喝兩杯太可惜了。早知道不該開車來。」

「這裡的披薩啦義大利麵啦，什麼都很好吃喔。要是晚上來的話，還有生火腿之類的下酒菜。」

「您平常都和家人一起來嗎？」

「是啊。平常都和老婆小孩一起來。這裡有兒童專用座椅，也會幫忙準備兒童餐具，很為帶小孩上門的客人著想。」

第一次見面，而且對方還是自己一度考慮交往對象的現任未婚夫，這種事對金居來說應該很荒謬，也可以想像他的心情有多複雜。然而，從剛才到現在，金居表現出的言行舉止沒有一絲勉強。他一定是個真正有度量的人——個性可能還有點遲鈍。不過，架對他的遲鈍很有好感。相較之下，因為真實選擇了自己就產生優越感，為了和對方較勁，連服裝都那麼在意的自己格局實在太小。別說和架較勁了，打從一開始金居就沒把架當成敵人，大概連想都沒想到架會把自己視為對手。

「今天的事，尊夫人也知道嗎？」

點完餐，架這麼問。金居這次依然爽朗地點頭。

「知道。應該說，接到小野里夫人的聯絡時，最先建議我來和西澤先生見面的人就是我老婆。」

「夫人那麼說嗎？」

「是啊。她說跟蹤狂這種事很嚴重，要是有任何被懷疑的可能，乾脆見個面澄清一下比較好。反正，只要看一眼就知道我們家和事件毫無關聯，家裡也沒有多餘空間藏一個人。有需要的話，也可以來家裡看個清楚。」

模仿妻子的語氣，金居苦笑著說。

「不是我在說，我家真的很小。生了小孩之後空間更是狹窄。現在正在討論要搬家還是乾脆蓋自己的房子，這方面的事我全都丟給老婆決定，最近還因此被罵了呢。」

儘管一臉拿太太沒轍的表情，說這話的金居其實顯得樂在其中。架向他道歉：「不好意思。」

就算金居的太太沒這麼說，架也已經明白。

不是他——他不是真實的跟蹤狂。

來到這裡，見到金居的那個瞬間，架就這麼認為了。

應該不是他。

這麼一來，和真實有關的線索又斷了，一切將回到起點。失望的感覺瞬間掠過心頭，但鬆一口氣的心情卻更強烈。一方面拚了命想得到線索，另一方面又害怕得知真實真的陷入危急事態。說來丟臉，見到金居之後，他散發的開朗氛圍著實令架安心了不少。

架身邊沒有金居這種類型的男性。同時，架也直覺明白這種類型的男性在真實出生成長的鄉下地方是會受到周遭喜愛，適合在這裡生存的類型。

——或者，和都市或鄉下無關。他這種遲鈍少根筋，與人相處時不鑽牛角尖的個性其實是一種天賦。擁有金居這種天賦的人適合「組織家庭」，架很清楚這個人一定擁有一個幸福的家庭。正因為那是自己沒有的，所以架心生羨慕，但也無話可說。

「讓尊夫人擔心真的非常抱歉。我不是懷疑金居先生，不可能懷疑。只是實在一點線索也沒有，想說跟您談過之後，說不定能有什麼收穫。抱著求助的心情，才會拜託小野里夫人請您跟我見面。」

再次正面凝視金居。

「我們這邊發生的事，您大致上聽小野里夫人說了吧？」

「聽說了，」金居深呼吸，表情瞬間凝重起來，「我嚇了一大跳。認識真實已經是很久以前的事，那之後也沒再見過面。一直以為她還住在前橋，沒想到再聽到消息竟然是說她遇上跟蹤狂，而且現在已經不住在這了，真是意想不到。」

不愧是金居，依然是有話直說的語氣。提起真實失蹤的事時，眾人都會小心選擇遣詞用字，和金居的直白形成明顯對比。不過，他的語氣並不惹人厭。正因沒有無謂的顧慮，聽起來反而順耳。

「我也報警了。但是警方說，在不知道跟蹤狂身分的情況下，警察也無法採取行動。我認識真實是她搬到東京以後了，關於她之前在家鄉發生的事什麼都不知道。想麻煩金居先生回想一下認識時的經過，如果其中有任何可能和事件相關的線索，無論多小的小事也沒關係，希望您能告訴我。」

「話是這麼說，我認識真實已經是很久以前的事了，總共也只見過三次左右吧。」

金居這麼說不是嫌麻煩推託，他的語氣甚至透露著歉意。

「撇除這點不說，不管怎麼樣，當時都是以可能交往為前提見面的，彼此也會盡可能不提過去的戀愛。真實是這樣，我當然也是。」

說到這裡，金居像察覺什麼似地低聲驚呼，再次望向架。

「不好意思，我從剛才就一直喊她真實，好像跟她很熟似的。其實是因為當初見面時就這樣稱呼了，反而想不起她姓什麼。小野里夫人打電話來時久違地想起她的姓，現在又忘了……請問，真實姓什麼來著？」

「坂庭。坂庭真實。不過，沒關係的，當時怎麼稱呼就怎麼稱呼。」

架這麼一說，金居聳了聳肩，又說了一次「不好意思」。

「認識真實那時，我才剛回到前橋，老實說，生活裡一口氣發生了很多事，我自己也手忙腳亂。」

「聽說那之前，您在東京的公司任職？」

「對。雖然老家在這邊，但我大學就去東京了。」

「您在東京工作了幾年啊？喔，不是啦，因為我也曾轉換過一次跑道。」

為了順利開啟對方的話匣子，架主動提起自己的事。

「以我自己的狀況來說，換工作時已經超過三十歲了，當時還真有點不安。」

「喔……我啊，其實在前公司沒有待很久。我原本就比較晚出社會，因為讀的是理工科，系上繼續攻讀研究所的人很多，我也就自然而然往上念了，研究所畢業才找工作。」

這麼說來，他的最高學歷就是碩士。從他草草帶過的語氣判斷，金居應該畢業於相當知名的大學。無論是婚活過程或工作上，架偶爾會遇到像他這樣隱瞞學歷的人。不但沒有把學歷拿來炫耀，高學歷反而像是一件尷尬的事。對於正在找結婚對象的女性來說，她們擔心的或許是高學歷嚇跑對方。不過，金居的狀況純粹來自良好的教養。

對金居的說話方式抱持好感的同時，架也因此想通了一件事，內心波濤起伏。

真實的母親相中的，大概正是金居的學歷吧。

金居有些坐立難安，伸手調整了一下頭上棒球帽的帽簷，笑著說：

「雖然只工作了一段時間，我開始覺得自己不適合東京那間公司。現在回想起來，可能只是忽然從學生成為社會人，心情還沒調適過來吧。總之，我就是一直在煩惱自己是否不該待在那間公司。當時的我不懂，其實不管在哪裡工作都很辛苦。」

不過啊。這麼說著，金居露出嚴肅的表情。

「那年正好遇上地震。」

「地震？」

「對，東日本大地震——人在東京工作時發生了這麼不得了的事，我開始覺得『現在不是做這種事的時候』。」

「那種感覺……我大概懂。」

那次地震被稱為前所未有的大災難。即使每天看著東北海嘯的畫面，聽著最新受災狀況，待在交通癱瘓狀況隔天就獲得解決的東京，那年不管是誰都會有這種感覺吧。即使只是一如往常過著一成不變的生活，還是難免懷抱罪惡感。那種感覺，至今仍鮮明地烙印在架心中。

「那金居先生是因為地震的影響才把工作辭掉回前橋的嗎？」

擔心老家狀況，決定回故鄉生活。這樣的事在當時並不罕見。即使是在東京出生成長的架也能體會那樣的心情。不料，金居搖了搖頭。和提起學歷時一樣，臉上浮現因為難為情而想隱瞞的尷尬表情。

「不，其實我沒有馬上回老家。那時，我一鼓作氣跑到東北去了。在南相馬市待了差不多一年吧，和地方上的人們一起搬運殘骸瓦礫或清除汙泥。」

架睜大雙眼。

「您的意思是去當了義工嗎？」

「嗯，對。」

「不惜辭掉工作？」

「應該是說，結果看來或許是這樣，但該怎麼說才好呢，我並不是為了當義工才辭掉工作的。剛才也說過，原本就覺得不適合那間公司，只是正好就在那時發生了地震。如果只是為了當義工，我應該不會辭掉工作。」

服務生端上附沙拉的義大利麵。「吃吧。」金居說。

「義工有各式各樣的人，其中也有不少人沉迷其中。說『沉迷』可能用詞不當，但是必須承認，用鏟子搬運汙泥，直到粗棉手套和橡膠長筒靴都不堪使用，埋頭做這些事的時候，腦中雜念完全屏除，感覺彷彿能夠永遠做下去。說到做義工，或許會被以為是想得到別人的感謝才去做，其實倒也不是。當然啦，受到感謝時也會很高興就是了。」

可能實際上真的被誰說過或問過這種事吧。金居草草帶過，露出不知所措的微笑。

「真的不是有什麼了不起的志向或出於正義感才去做這件事。幸好之前工作還存了一點錢，當義工那段期間也有免費的地方住，該怎麼說呢……現在回想起來，我當時應該是處於某種中毒狀態吧。」

「中毒……狀態？」

「這樣說聽起來或許有點奇怪，但我那時過得很充實。在那邊和一群義工一起生活雖然也有不方便的地方，但氣氛就像學生時代的宿營，身邊多了一群夥伴，和地方上的人也建立了情感。我因為在職場上沒能得到這些，總覺得在那裡找到容身之處，現在也還和當時的夥伴及地方上的人保持聯絡。我想，這種人與人之間的維繫，今後也將成為我的財產。但如今想想，可能還是因為經歷了那麼嚴重的震災，精神狀態和平常不太一樣。」

金居再次露出尷尬的微笑。

「即使我的動機是這樣，實際上汙泥確實清乾淨了，我的行動算是派上用場，也有為此感到高興的人，這樣也可說是好事一樁吧。」

「……我覺得很了不起。」

架謹慎地選擇詞彙，最後還是只說得出這一句話。

那場震災後，肯定有很多人開始思考自己能做什麼。架就是其中之一。只不過，若細想自己實際上究竟做了什麼，幾乎沒有具體行動的記憶。依然待在東京，頂多捐了點錢和配合做了一些呼籲。地震至今這麼多年，連一次也沒真的前往災區過。大多數人只是想想的事，金居卻實際採取了行動。以他的個性確實是會這麼做的吧，架從和他的談話中看得出來。面對如此具有行動力的他，無論架說什麼，聽起來都毫無分量可言。

「是嗎……？」金居苦笑著說。

在他心中或許仍留有當時無法釐清的心情。「那我開動了。」金居拿起叉子，將剛送上桌還冒著熱氣的義大利麵捲起來送入口中。架也跟著望向自己的盤子。

金居忽然抬起頭，一邊吃一邊接著說：

「不過呢，這樣那樣的過了差不多一年左右，老家的爸媽火大了。說我辭掉好不容易找到的工作，到底想要怎麼樣。老爸破口大罵，老媽一看到我就哭。到了那時候，我也開始覺得沒必要繼續留在東京，心想搬回老家也是不錯的選擇。這麼想著，姑且先回來看看，結果，回來第二個星期就被安排去面試現在的公司。因為我老爸認識公司董事，想辦法把我塞進去了。」

換句話說，就是靠關係錄取的啦——金居以自嘲的語氣這麼說。這番話讓架想起前陣子從真實姊姊那裡聽到的「推薦就職」。不是出於自己意願選擇工作，彷彿眾人分食一塊事先準備好的大餅一般，大家平分就業市場上的職位。這種想法在這裡似乎天經地義。

真實畢業的那所女子大學據說有透過推薦方式進入地方企業的保障名額，以這個管道就職的女孩多半直接成為未來同事的媳婦人選。在某種陰錯陽差下，真實和金居說不定根本不用相親，直接就在他現在的公司自然相遇了。光是從這點也能感覺出鄉下地方生活圈的狹窄。

「去小野里夫人那裡相親，說來也差不多是這樣，」金居說，「回到老家，開始工作不久，父母忽然開口要我去相親。在那之前，我從未考慮過結婚的事。只是聽說對方看了我的照片和履歷之後非常中意，想說不然姑且見個面吧。」

「去婚姻介紹所登記前，令尊令堂沒有先跟您商量這件事嗎？完全沒有？」

「婚姻介紹所……？喔，說的也是，小野里夫人那裡也算是一種婚姻介紹所。」

金居苦笑道「我沒把那裡想得太正式」，架心想，以他的個性確實會這麼想。

「小野里夫人人很好呢。」

聽著金居天真的聲音，架以微笑打馬虎眼，再喝口水掩飾。

相信小野里只是好心牽線，認為人與人之間存在無條件的善意，恐怕也是生長在這塊土地上的人特有的感覺。委託小野里介紹需要登記費，介紹成功還要支付酬勞的事，金居的父母可能根本沒有告訴他。真實也是。

「搬回老家不久，爸媽就問過我有沒有女朋友了。一回答沒有，事情就在我不知不覺中進行了下去。之前父親說找工作的履歷表要用，我就給了他一張大頭照，那張照片也被擅自拿去當相親照。知道這件事時我真是嚇死了。」

「好扯喔。」

「很扯對吧？真希望他們饒了我。」

金居雖然苦笑，語氣還是很開朗。

「我爸媽一副自以為了不起的樣子，說我只有在這裡才找得到對象。可是我又不是沒交過女朋友，他們什麼都不懂就那麼說，真是氣死人了。」

「也難怪你會生氣。」

為了不讓場面太過嚴肅，架以輕鬆的語氣答腔。金居半開玩笑地看著架的眼睛說：

「是不是？」

看到這樣的金居，架暗自心想，他也是一樣啊。在父母看不到的地方經歷了各種事，也曾有過戀人，然而一旦回到父母身邊，還是會被當成小孩。在父母心目中，他就是個連相親都得靠父母籌劃，自己一個人連談戀愛都不會的小孩。

——因為他們從沒信任過。

不經意地，架想起真實姊姊的話。

認為自己必須幫孩子做決定，必須幫孩子採取行動，否則孩子就什麼都辦不到。父母之所以如此認定，未嘗不是因為他們既老實又善良。他們無法想像自己的孩子融入社會、獨當一面或發揮社交能力的模樣。

「只是啊，既然相親的事都進行下去了，對方又說中意我，那就去見個面吧。當時見的對象就是真實。」

「西澤先生。」金居的聲音多了點鄭重的感覺。看著架的眼睛，他接著說：

「我想，真實應該不太喜歡我。」

「不，怎麼這麼說呢。」

架不假思索地回應，金居輕輕揮了揮手。

「沒關係沒關係。雖然聽到的說法是對方很中意我，實際一見面就知道，真實對相親的事不太起勁。當時我心裡就想，咦，怎麼不太對。後來又見了幾次面，結果還是被她拒絕了。大概是見了面之後發現我和她想像中的不一樣吧。」

中意金居而選擇他的不是真實，是真實的母親。雖然不知道金居知不知道這個，站在他的立場想必相當錯愕。自己只是被父母催促才相親，更何況聽說的是「對方頗中意自己」，實際見了面真實卻態度冷淡，他一定很不是滋味。

「當時你覺得她怎麼樣？」

猶豫一番後，架還是問了。金居回答：

「她很文靜，不知道是緊張的關係，還是原本就這種個性。只是後來想想，大概是覺得無聊吧，她應該對我不太滿意。」

可想而知不是一段太好的回憶，金居說來語氣依舊淡然平靜。只是，與其說他努力這麼表現，倒不如說跟真實的關係原本就只像擦肩而過的路人，他也真的對這件事不在意。

「所以，基本上見面時都是我在說話，另外還去了小杉購物中心看電影，好像也開車兜風過一次？不過，真實條件很不錯，我當時也覺得可以繼續交往下去。」

金居苦笑著說。

「差不多約會三次之後，她就說『還是沒辦法，抱歉』，我才知道，啊，原來人家根本不中意我啊。也曾想過既然如此何不一開始就明說呢，男人畢竟還是比較遲鈍一點。」

「這樣啊。」差點脫口道歉，架硬生生吞了一口氣。

光聽陽子描述，還以為金居的態度更積極，其實他似乎沒把事情看得那麼重。從這件事上也能看出陽子過度的一頭熱，她是把自己的願望強加在事實上了。

架問金居：「您和真實第一次見面就是單獨見面嗎？還是有父母陪同？」

「是單獨見面喔。說到相親，給人的印象多半是在料亭或飯店之類的地方，先由父母或媒人陪同，之後才是『讓年輕人自己聊聊』吧。不過，現在好像已經不是這樣了，當時我也有點意外。」

「和她見面時的事，您還有什麼其他印象嗎？任何小事都可以。」

「嗯……您的意思是可能和跟蹤狂有關的事嗎？」

儘管語氣悠哉，金居很清楚架想問什麼。「我想想看喔……」這麼嘟噥著，繼續用叉子捲起義大利麵。

坐在對面的架也繼續吃起義大利麵，看金居默默思考的樣子，心想希望大概不大吧。

真實和金居相親後才遇到那個跟蹤狂的可能性很高。別的不說，那都多久以前的事了，不記得也是理所當然的——不料，金居忽然說「啊，對了」，抬起頭，微微歪著頭說：「可能完全無關也說不定喔，真的只是一點小事。」

「當然沒關係，請問是什麼事呢？」

「那時我跟真實一起去小杉購物中心看電影，看完後去喝茶，碰巧在那裡遇到真實的朋友。不是男生，是女生朋友。對方和丈夫兩個人一起，好像懷孕了吧，肚子很大。」

「是。」

「那個女生叫住真實，兩人說了一些『好久不見』、『最近都在幹麼』之類的話。我還記得對方看了看我，問『妳男朋友嗎？』真實說『不是啦，只是認識的人』。」

「然後啊，」金居繼續說，「那個女生和她丈夫離開後，我問真實『妳朋友喔？』真實卻說『是朋友，但不是很喜歡的朋友』。還記得當時我對這答案感到很意外。」

金居眼中流露困惑的神色。

「在那之前，我跟真實在一起時一直覺得她是個好女生，沒想到她會這樣說自己的朋友。我和真實那時幾乎可說是不熟，她卻對我說得這麼白，這讓我嚇了一跳。」

感覺得出和真實的這番對話，讓金居對真實的好感打了折扣。

連這種程度都無法接受，可見這個人純良的程度。不過，架對這樣的他頗有好感。反觀自己早已經習慣從學生時代至今那些女性友人的口無遮攔，金居純樸的反應令架不由得莞爾。

話說回來，得知真實曾說出那種話，架本身也不太能接受這件事。不是說不能有討厭的朋友，只是毫不掩飾地對約會對象說出這種話，這實在不像真實的作風。

「若說還有印象的，大概就是這件事了吧，」金居的語氣充滿歉意，「沒幫上忙真不好意思。」

「您說的小杉購物中心，是這附近那間購物商場嗎？」

「對，那是一間很大的購物商場，裡面還有電影院，我們家出門購物時大概都是去那裡。」

金居總算露出安心的表情。

「今天也是，其實我老婆帶小孩去那邊買東西了。那裡的兒童商品也很齊全。」

「您和尊夫人也是在小野里夫人那裡認識的嗎？」

和真實的相親失敗後，小野里是否又介紹了其他對象呢？架這麼問，金居卻搖搖頭。

「不是的，後來我就沒在小野里夫人那裡認識其他人了。不過，也可以說是真實的事推了我一把。」

「推了你一把？」

「對啊。在那之前我從來沒考慮過結婚，當然總有一天一定是會結的，只是沒有具體思考過。可是，被真實拒絕後，我才發現自己得積極一點才行。像是公家機關主辦的青年聯誼或市政府主辦的婚活派對之類的，過去我從來不感興趣，那之後才開始積極參加，因此認識了我太太。」

各地的地方政府現在積極推動青年聯誼的事，架也聽說過。公家機關主辦的青年聯誼，架在剛開始婚活時參加過幾次。參加人數雖然多，但也因此無法深入交談，架自己在那裡認識的人都沒有進一步的交往。金居能在那種地方找到終生伴侶，只能說是奇蹟了吧。

「您參加過很多次嗎？」

「咦？」

「婚活派對啊，青年聯誼之類的活動。」

架忍不住這麼問。出乎意料的是，金居回答的次數不多。

「青年聯誼和婚活派對各參加一次。和我老婆是透過婚活派對認識的，不過，活動當天我根本沒看到她。」

「沒看到她？」

「我參加的那場婚活派對，主辦單位製作了參加者名冊。因為當天人數眾多，無法和每個人說到話，所以就製作了類似介紹所有參加者的名冊發給大家。裡面附有照片和履歷等等。」

「是喔！」

架忍不住發出驚呼。在這愈來愈注重個資的時代，這種少根筋的做法還真是罕見。話說回來，事前應該有取得參加者的同意才是。反過來說，現代人的婚活之所以綁手綁腳，或許正是太遵守這種時代禮儀的緣故。

金居微笑著說：「我回家後根本忘了這名冊的存在，是我老婆參加完活動後，回家重新看了名冊才注意到我。她說當時心想，原來還有這個人啊，對我很好奇的樣子，就聯絡了主辦單位，問說能不能跟我取得聯絡。」

「好厲害！」

架再度發出驚呼。正因為自己也參加過婚活，知道這種行動力有多難得。這才是真正值得讚賞的行為。

金居既難為情又喜孜孜地繼續說：「接到她的聯絡，我們決定兩人單獨見面，一開始就很談得來。我心想，這個女生很不錯，便主動向她提出以結婚為前提交往的請求。」

金居愈說愈難為情，再次浮現那個尷尬的羞赧表情，即使如此，仍難掩聲音裡的炫耀語氣。

「正好那時候，我因為工作關係必須換部門。要是換了部門，可能得調到外縣市，因為公司在新潟和長野都有工廠。所以，我想在那之前和她正式展開交往，就提出了那樣的請求，結果……」

「是。」

「結果她很爽快地說，要是以結婚為前提交往，最後還是分手，兩人年紀也都不小了，到時豈不是更難受嗎？我喜歡金居先生，金居先生也想結婚，與其交往，不如乾脆結婚吧。」

架倒抽了一口氣。

這次連「好厲害」三個字都說不出口了，感受到言語無法形容的震撼，腦中浮現的，依然是小野里夫人說的話。

當架問她，「婚活順利的人和不順利的人有什麼差別」時，她是這麼回答的。

——婚活順利的人，都是知道自己想要什麼的人。同時也是看得到自己今後生活願景的人。

金居的太太正是這樣的人。

後來嫁給金居的這位女性，當時就看到了自己未來生活的願景。

同時，架也這麼想——看在現年三十九歲，已經知道婚活是怎麼一回事的自己眼中，金居太太毋寧值得尊敬。但要是更早以前，比方說，還在和亞優交往時三十二歲的自己，若是聽到金居太太這番話，又會怎麼想呢？或許會用「女人真可怕」來形容她的積極態度吧。過去的自己就是如此傲慢，竟然認為自己有資格使用這種詞彙形容對結婚採取積極行動的女人。

當時的金居不曉得幾歲呢？但是，和年齡無關，以他的個性，即使聽到女人說這樣的話，一定也不會做負面解釋。

無論學歷或工作經歷，金居做為結婚對象的條件絕對不差，甚至應該算是好的。但是，他口中的「像我這種人」也不是故作謙遜之詞。他總是不過度評價自己，當別人對自己示好時，也懂得心懷感激。世上就是有他這種人。和當時無法把亞優視為獨一無二的架不同，金居懂得珍惜眼前的對象，懷著感謝的心情視對方為自己的唯一。在評價對方時，用的不是自己強項的高標，反而是用最低的標準衡量對方。現在架已經很明白，在婚活中順利找到對象的，都是能做到這點的人。

所謂「找到對的人」，或許應該是這樣才對。

正因為把對方的價值想得比自己高，才能對對方的話語及心意心存感激。此時的架很難不想起過去的自己，那個不懂感恩的自己。

「我大受感動，所以主動向她正式求婚，告訴她如果是這樣的話，我也希望能和她結婚。只是，萬一我真的換部門，可能得離開群馬，她也有她的工作，之前也是考慮到這點才沒有求婚。結果她說『我願意』。」

「夫人那時幾歲啊？」

架掙扎許久，終於把這問題問出口。金居看著他說：

「應該是二十六吧？她小我六歲。」

這麼算來，當時的金居是三十二歲。金居的妻子小他六歲——這件事也令架大受打擊，亞優最早對架提起結婚的事時，彼此正好就是那個年紀。

為什麼呢？架百思不得其解。

為什麼看得見人生願景的他們，在那麼年輕時就能把結婚的事放在腦中，主動尋找對象呢？既不是被父母催促，也不是看到身邊的人紛紛結婚的緣故。為什麼他們懂得**在該著急的時候好好著急**呢。他們和我們——和我及真實有什麼不同？

有人教過他們應該那麼做嗎？

——那哪是別人教了就會懂的東西。

架想起最近好像聽誰這麼說過。聊到惡意和心機要怎麼學會時，真實的姊姊希實這麼說過。那種事必須靠親身體驗才能從中領悟。

某種意義來說，或許希實說的沒錯。人生的願景如果不自己動腦想，肯定無法看見。不過，有些人就算看不見，也能在父母安排或隨波逐流中過日子就是了。

「婚禮辦得挺倉促的。」

金居接著說。一邊說話一邊找空檔進食的他，已經把自己那份義大利麵吃光了。相較之下，幾乎只負責聽的架卻還剩下超過一半。

「隔年，我真的被調到長野的工廠，所以在那之前，我們先在老家辦了正式婚禮。」

「太太把工作辭掉了嗎？」

「她原本在信用金庫上班，那裡的上司在婚宴上致詞時還酸了我幾句，說好不容易她工作都上手了，眼看就要出人頭地卻被我娶走，造成公司嚴重損失。」

這麼說來，她不是約聘人員，而是正職員工囉。能在鄉下地方的信用金庫找到正職是多麼不簡單的一件事，連架也想像得到。雖說婚禮上的致詞多少有點誇大其詞，無法確定她是否真的那麼優秀。但是，能讓上司在公眾場合說出這種話，至少可以肯定她深受上司和同事信賴。

那是真實身邊不曾發生的事。

不是推薦就職，就是靠人介紹，順水推舟地靠父母找到工作，連結婚對象都靠父母幫忙找。和真實的狀況不同，像金居妻子這樣的例子，架在自己身邊看過許多。架能清楚感覺到，金居的妻子參加婚活是出於自己的意願，後來更主動爭取和金居認識的機會。

架一直認為真實在群馬的婚活和自己在東京的婚活不一樣。現在看來，這或許不是群馬與東京的差異。畢竟金居的妻子無論婚活與就職，都和生活在大都會的人的經驗類似。

「其實我們結婚後，就這樣在長野住了好一段時間，回前橋才不到兩年。所以，這段期間這邊發生的事我真的完全不知道，真實的事也想不出有什麼可能的線索。」

「我明白了。」

架點點頭。和金居這番談話下來，漸漸感覺到自己找錯人了，今天等於是浪費了他的時間，這令架坐立不安起來。小野里說的沒錯，金居和真實一點關係也沒有。他活在與真實和架不同的世界，過著自己的生活。

「今天真的非常不好意思，耽誤了您的時間。」

架這麼道歉，金居急忙舉起手揮著說：「不會不會。」接著，他瞄了架的表情一眼。

「這麼說來，您應該不會再懷疑我了吧？知道我不是真實的跟蹤狂……」

「當然當然，剛才也說過，我打從一開始就不是抱著懷疑的心情跟您聯絡。真的非常抱歉。」

「不會，只要您能理解就好……啊，真是太好了。」

金居打從心底鬆了一口氣，從他說的每一句話都能聽出為人的善良。他的正直和給人的好感，不知為何也刺激著架，令架無地自容。這不是金居的問題，是架自己的問題。正因自己沒能擁有金居的那份正直，才會產生自我厭惡的心情。

架的義大利麵盤子裡，最旁邊的起士已經開始變硬。冷掉的義大利麵幾乎吃不出什麼味道了。

說服客氣推辭的金居，架伸手拿起帳單，打算支付兩人份的餐費。站在收銀台邊排隊等結帳時，金居朝玻璃門外望去，「啊」了一聲。

午餐時間已過，店內不再人聲鼎沸。金居視線前方是玻璃門外寬敞的停車場，裡面停的車也比剛到時少很多了。一位帶著兩個小孩的女性站在那裡，大的孩子大約四、五歲，小的差不多兩歲。

那是一位身材纖瘦，個子不高的美女。穿著寬鬆的棉質上衣和長裙，給人稍嫌稚嫩的印象。不過，若想成是帶著兩個小孩的母親，這點倒也不明顯了。兩個孩子站在她身旁，對店內用力揮手。

金居也朝門外揮手。

「是我老婆和小孩。真是的，都說好我會去購物中心接他們了，真拿她沒辦法。不好意思啊。」

「兩個都是男孩嗎？好活潑喔。」

「第三個是女兒，預產期在夏天。哎呀，養小孩不容易啊。」

經他這麼一說，架才仔細打量金居的妻子，相對於纖細的四肢，肚子確實有點大。會穿那麼寬鬆的衣服，大概也因為懷孕的緣故吧。似乎察覺了架的視線，金居太太朝這邊點頭致意。架也點頭回應，對金居說：

「您快過去吧，這裡我來就好。」

「咦？」

「我來結帳就好，您先請吧。今天真的非常感謝您。」

「這樣喔？不好意思啊，那就恭敬不如從命了。」

金居一臉抱歉地說「多謝招待」，然後望向架。

「希望能快點找到真實。」

「謝謝您。」

金居朝店外走去。門上的銅鈴發出叮鈴叮鈴的清脆聲響。同時響起的是孩子們喊「爸爸！」的聲音。架轉頭一看，他們面前正好停著看似金居妻子駕駛的小型車。車牌上鑲著的應該是孩子們喜歡的迪士尼造型外框。

不經意感覺到視線，架轉移目光，金居的妻子正看著自己。

站在抱起孩子的丈夫身邊，她緊盯著架的臉，像是想確認什麼。時間大概不到五秒。一瞬間，就只是短短一瞬間，她的眼底似乎浮現嘲弄的目光，這應該不是架的錯覺。

拿著帳單的右手手指微微彎起，強忍視線不再朝金居父子望去，架轉向眼前的收銀台。

金居的妻子——她大概是為了看架一眼，才特地開車過來接丈夫的吧。和今天早上為了見金居而特地選擇有領子的外套，打算一較長短的架懷有相同心情。不過，她較勁的對象不是架，而是架身後那個過去曾經甩掉丈夫的女人——真實。

她無法不來看架一眼，透過這一眼確認現在自己的幸福。架的心情雖然複雜，但不是不能理解她的想法。架就是能夠理解。

她那位豪爽的丈夫，可能根本沒有察覺剛才那一眼。對她來說，恐怕這樣就夠了。增加的只有架徒勞無功的感受。

感覺好累。面對金居太太嘲弄的視線，與其說是不愉快，愧疚的心情反而更強烈。很想告訴她，妳不用這麼劍拔弩張也沒關係的——反倒是架自己，陷入輸給了她的自虐情緒之中。

結完帳，走到停車場，已經不見金居一家人的身影。

回到車上，原本打算立刻回東京，卻不由自主打開導航搜尋。打上「小杉購物中心」，立刻出現位於前橋的地址，選定地點後按下，顯示距離這裡只要十分鐘車程。

不知道自己為什麼想這麼做，回過神時，已經驅車前往小杉購物中心了。

正如金居所言，小杉購物中心是一間很大的購物商場。在寫著「KOSUGI」（小杉）的大看板下，還有大小差不多的UNIQLO、星巴克及電影院等招牌。開到附近一看，架就有點後悔了。開不進停車場的車沿著建築物排成一圈，占掉了一條車道。該不該進去呢？架猶豫了一會兒，反正也沒其他事好做，就跟著其他車一起排隊吧。

以停車場為目的地，車陣緩緩前進。朝車窗外望去，可以看見停車場入口和購物中心入口附近的情形。排在這裡的大多是小型車或可以容納多人的家庭式廂型車。看到和金居太太車上一樣的迪士尼造型車牌框，瞬間差點以為他們還在，不過不是。仔細一看，停車場內還有許多和金居太太的車類似的小型車，這樣的車在這裡一點也不稀奇。

不是為了做什麼才來這裡。架等了大約十分鐘，終於將車停在離購物中心建築相當遠的地方，走進購物中心內。一走進去才想到，現在是星期天的下午啊，果然很有星期天下午的感覺。

購物中心充滿攜家帶眷的人，氣氛熱鬧。

這一帶的居民不管是購物還是看電影都來這。

換句話說，約會應該也是來這了。然而，環顧整個商場，卻很少看見年輕情侶。有夫妻檔，也有看似高中生或大學生的清純小情侶，卻幾乎沒看到類似當年一起來的金居與真實，或跟還在進行婚活時的架差不多年紀的情侶。書店也好，美食區也好，星巴克也好，就算一時之間看到男女成對的組合，隨他們的視線望去總會看到跌跌撞撞的小孩，或是看到女方包包上掛著孕婦的識別牌。或許因為帶著這種目的尋找，架總覺得這裡懷孕女性和貼心陪在身邊的男性組合特別多。

大家都在哪裡呢？

感覺就像這棟購物中心硬性規定大家在經歷童年時代與學生時代後，都得毫無異議在此組織家庭似的。彷彿一種無言的壓力。真實就是在這樣的土地上生活到三十出頭的嗎？

既沒有想買的東西，也沒有想做的事，只是隨意漫步商場中。女性服飾店頭展示的衣服，和真實常穿的風格類似。差不多每兩間店就會有一間擺出跟金居太太身上那條長裙類似的裙子。換句話說，就是沒有什麼特色。幾乎毫無特色可言的服飾賣場，也不是品味低俗，就只是沒特色。

架想起金居身上那條看似穿了很久，褲袋都破了的牛仔褲。金居再怎麼說也稱不上有時尚品味，甚至看在某些女性眼中，應該是會覺得老土而不想接近的類型。然而，這樣的他在回到妻兒身邊時，他們看起來是非常協調的一家人。

這座購物中心裡充滿許多像金居家一樣的家庭。在這群人之中，架找了條長椅坐下。旁邊就是手扶電梯。那裡既不會出現真實的跟蹤狂，也看不到真實或她過去和金居一起來時遇見的「不太喜歡的朋友」。明知如此，架還是注視著不斷循環的電梯輸送帶。

鄉下地方的大型購物中心也好，裡面販售的衣服也好，穿著那些毫無特色衣服的一家人也好，吵鬧的小孩子也好，這一切對過去的架來說，或許都是想敬而遠之的事物。他也可能認為這一切與自己一點關係都沒有，絲毫不放在心上。

但是，現在的架不這麼想了。

現在的他想的是——好想和真實一起來。

好想和妳一起融入這些毫無特色，攜家帶眷的人群中。

不知道在那裡坐了多久。

拿起手機查看，大原不知何時傳了訊息來。內容是對架的擔心，也不落痕跡地詢問搜尋真實的進展如何。是一封非常體貼的訊息。

另外有一個語音留言。不是電子郵件也不是LINE，而是語音留言，在這時代可以說是滿罕見的事。說不定是真實打來的，架不由得暗自期待。不過，打開一聽，原來是麻布的婚宴會場米朗潔花園。

對方表示，關於婚禮和婚宴的預約，希望能儘快回覆確認。架深深嘆了一口氣，無言地把手機從耳邊拿開。

真實失蹤至今已經快兩個月了。

距離九月的婚宴還有半年。婚宴場地的預約要不要取消，架還沒找任何人商量過。距離婚宴日期三個月內取消的話就要扣百分之二十的違約金。這個期限漸漸逼近了。

預計舉行婚禮和婚宴的日期及場地，架與真實皆已告知雙方父母。要是沒找到真實，當然不可能舉行婚禮。然而，如果現在取消預約，不就等於承認真實不會在那之前回來了嗎？這點架無論如何都不想接受。

萬一正如希實所說，真實和跟蹤狂離開是出於她自己的意願，那麼就算她人回來了，或許還是無法舉行婚禮。自己可能只是緊抓著微薄的希望不放罷了。

提不起勁回電給婚宴場地。就這樣，終於能夠承認。

「終於能夠承認」的心情湧現。

真實失蹤那天，架內心浮現的第一個念頭。

這件事至今沒有告訴任何人過。

「又要從頭來過了嗎……」這就是架那天第一個浮現的念頭。情不自禁浮現了這樣的念頭。

真實失蹤，去報警，正式確定她下落不明的那一刻，這就是架心頭湧現的真實感想。

大原不也說過嗎——明明好不容易才下定決心的啊。

這句話正確得可悲，就算粉身碎骨也無法否認。和亞優分手後，先是一直忘不了她，之後又經歷了痛苦的婚活過程，終於能說服自己「和真實交往就行了」，但交往兩年還是無法下定決心結婚。像金居太太那樣跳過交往過程直接結婚成為家人的事，架連想都沒想過。他甚至還想出結婚前先嘗試同居的方法，多設定了一段懸在半空不上不下的時間，就是無法下定決心。

然而，發生跟蹤狂的事後，架第一次產生想保護她的心情，無法放她孤單一個人。好不容易想跟真實結婚了，好不容易能夠這麼想了。

事到如今終於能夠承認，之所以能下定決心，是因為自己也想和購物中心裡許多家庭擁有一樣的幸福，想和真實成為那樣的一家人。

一思及此，心就猛烈地發起抖。為什麼會發抖也不知道。年近四十的大男人了，真是窩囊——儘管這麼告訴自己，喉頭還是湧上一團熱氣，險些發出聲音。在流淚之前先哭出聲音，這種哭法架第一次經歷。用手摀住眼睛，不想被任何人看見。

真實失蹤那天，架第一個浮現的想法不是擔心真實的安危，也不是無法原諒跟蹤狂。倉皇中，他第一個想到的是自己。

又要從頭來過了嗎？

好不容易才找到真實這個對象，認為自己能和這女孩共組家庭，又要再度失去了嗎？為了找尋新的對象，又要再次投入看不到盡頭的婚活，從頭開始找起，重複那些一來一往的過程了嗎？光想就害怕。一方面擔心真實，一方面無法直視自己的孤獨與不安。究竟是為了什麼尋找真實的下落？說不定不是為了真實，而是為了自己。

喜歡一個人明明是一件單純的事，為什麼這麼為難。好不容易能夠喜歡，如果不執著在這段情感上，實在不認為找得到下一個人。所以自己才會像這樣搜尋真實的下落吧。人說戀愛的本質應是喜悅與歡樂，為什麼自己卻是這麼痛苦，只覺得心受到消磨？

眼前的手扶電梯不斷轉動，承載了那麼多人，自己在尋找的那唯一僅有的人卻不在這裡。明明不可能出現在這裡，架卻無法離開長椅，只是不斷凝視電梯輸送帶。彷彿在此等待真實如奇蹟一般出現。

第五章

真實過去工作的群馬縣政府，是一棟氣派的建築。

高高聳立的縣府大樓隔壁是另一棟近代化的縣議會議事堂建築，旁邊的停車場不時有汽車忙碌地駛進駛出。隔著一條寬敞道路的另一側則有另一塊地，上面矗立幾棟宛如電影布景般的復古建築。那些應該也是公家機關吧。想來，與縣政府相關的行政機構大概都聚集在這一帶。

三十三層樓高的縣政府大樓最上層似乎有個瞭望台，遊覽車的隨車導遊高舉與公家行政機關氛圍格格不入的旗子，正帶領一群觀光客朝電梯方向走去。架聽到觀光客裡有人說中文，沒想到這種地方也會有外國觀光客，不免有些吃驚。

正逢午休時間，從縣政府出來用餐的員工也不少，人人行色匆匆。

混在分成幾組等待電梯的團體觀光客之間，架也乘上了電梯。瞭望台樓下那一層好像有餐廳，不少人是要搭電梯去那裡。

瞭望台很大。

在瞭望台上漫無目的走動，走到最近的窗邊一看，底下有一條河川流過。還看得見一處占地廣大的公園。

公園裡櫻花綻放。

平常很少注意到的櫻花樹，只有在花季盛開時才突然釋放存在感。現在的架即使看到花開也不太雀躍，因為這只提醒了他，真實失蹤的冬天已經過去，時序進入下一個季節了。內心隱約想著，原來這裡的櫻花開得比東京遲啊。賞花季節的公園果然擁擠，連從這邊看下去都能感受到賞花人群的活力。

看著下方發呆時，背後傳來打招呼的聲音。

「是西澤先生嗎……？」

聽到一個細細的聲音以不太有自信的語氣叫自己的名字，架回頭一看，眼前站著一位女性。

「是的。」注視眼前的女性，架輕輕吸一口氣。

「是有阪小姐嗎？」

「我是。」

她這才鬆了一口氣似地點點頭。

「不好意思，勞煩您到這種地方來，還連時間都配合我。」

「別這麼說，是我先拜託您的，我的工作時間比較自由，所以請別介意。」

「原本是想跟您約下班後的時間，可是我孩子還小，下班後得馬上去幼稚園接小孩，真是不好意思。」

架聽說有阪惠和真實同年，外表看起來卻像大真實好幾歲。臉上化著很淡的淡妝，穿的是色彩單調的衣服。光澤布料的白色襯衫上披著深藍色的羊毛衫，下半身搭配細條紋的深藍西裝褲。乍看之下以為是制服，想想應該是特地選了看起來像制服的服裝。髮型也很樸素，只用素色髮夾束起馬尾而已。

這位女性在真實過去工作的縣政府上班。是希實查到並聯絡了她，再介紹給架的。她同時也是真實的國中同學。

架對她深深低下頭。

「我才不好意思，您有小孩一定很忙，還抽時間跟我見面，真是抱歉。」

「現在是午休時間，沒問題的。我也跟辦公室說好等一下可能會晚一點回去了。」

真實也是給人沉穩印象的女人，眼前的有阪惠更是加倍穩重，或許是因為有家庭的緣故。「我們坐下來聊吧。」在她的催促下，兩人在瞭望台找了張長椅坐下。

大多數觀光客都站在窗邊瞭望景色，沒有人坐在椅子上。

「那條是利根川嗎？」架這麼問，惠點點頭。

「是的。有時下過雨後水量爆增，從這裡看過去還會覺得可怕。還有，那邊是赤城山。從這邊看的話是利根川看得比較清楚，如果想看山，就要從相反方向看出去。」

架只聽過利根川，對赤城山這名字就感到陌生了。雖然陌生，也只能說「這座山很美呢」。聽架這麼一說，惠再度點頭。

「赤城山、榛名山和妙義山，這三座山在我們這邊是小學運動會時分組用的名字。東京的學校可能都分成白隊和紅隊吧，我們這裡則是叫赤城團、妙義團等等。」

一邊以有些匆促的語氣說明，惠一邊朝山的方向望去。接著又說：

「其實昭和廳舍樓下有咖啡店，約那裡的話至少可以喝個茶。只是很多縣政府員工這個時段都會在那邊休息，只好跟您約在這裡，連杯茶也沒法招待，早知道我應該買點什麼帶來才對。」

「沒關係，請別介意。」

「瞭望台觀光客多，員工倒是不太會來。我平常也幾乎不來這裡。其實景色很美，不來才是可惜。」

她口中的「昭和廳舍」應該就是旁邊那些具有復古氛圍的建築物了吧。心想差不多該言歸正傳，架坐直身體，她果然開口問：

「聽說真實失蹤了，是真的嗎？」

惠壓低了聲音。架點頭說「是」。想來，希實已經把大致上的情形跟她說過了。

惠倒抽了一口氣，低呼「真不敢相信」，聲音低得有如呻吟。架問：

「您最近有和真實聯絡嗎？」

「聯絡得不是很勤……但我知道她要和西澤先生結婚的事。沒記錯的話，婚禮預計九月舉行吧？真實說要辦在東京，還邀請我去參加。」

惠小心翼翼地看著架，那視線令他如坐針氈。架強裝平靜再問：

「她大概是幾月跟您聯絡的呢？」

「大概是一月中旬左右。她說已經辭掉當時的工作，結婚前還有一點自由時間，回前橋時再約我碰面。」

這麼說來，就真的是真實失蹤前不久的事了。惠抬起頭，看著架的臉：

「我也常聽她說起西澤先生喔。結婚的事，她非常開心——到底發生了什麼事？雖然從希實姊那裡聽說了，我還是不敢相信。」

「她遇上了跟蹤狂。」

架這麼一說，惠的表情頓時變得僵硬。她以生硬的語氣說「我有聽說」。架繼續說：

「我沒有見過那個跟蹤狂，所以不知道是哪裡的什麼人，不過真實說過是在群馬時認識的。她現在很可能跟那個跟蹤狂在一起。」

「平安無事嗎？」惠的聲音聽起來像凍結一般僵硬。

「我不知道。」架這麼回答，也只能這麼回答，這事實令他心痛。

「警方說除非知道對方是誰，否則不會採取行動。」

架凝視著惠。

「我猜想跟蹤狂應該是她在這邊認識的人。真實不是忽然辭掉工作獨自搬到東京居住嗎？說不定是為了從那男人身邊逃離。我認為，她在這裡工作時可能有發生過什麼事。」

「真實忽然辭職時，我也嚇了一跳。更何況，如果是在這邊一個人搬出來住也就算了，竟然還搬到東京去。」

「關於那麼做的原因，她有提過什麼嗎？」

「感覺不像有什麼特別原因。真要說的話，都是些正面積極的理由。像是我也差不多該自立了，人家不是說三十而立嗎？之類的。」

「三十……？」

「人一過三十歲就會自然產生這種心境吧。實際上她搬出去時可能是三十一或三十二歲，但或許在那之前就一直有這想法了。我還以為她是在東京找到正職工作了呢。」

三十而立啊——輕易就能想像真實以謙虛的口吻說這句話的樣子。架又開口：

「想請教一個問題。請問，縣政府的臨時員工是能長期任職的嗎？可以待好幾年？」

「啊，可能是『臨時』聽起來像短期工作，其實很多人都做很久喔。雖然是一年一簽的約聘，只要跟職場上的人培養出信賴關係就能每年續約。真實過去是這樣，我也是。」

希實連繫架的時候說，有個真實的國中同班同學也在縣政府工作，可以介紹給架認識。當時她也提到對方和真實一樣，都是縣政府的臨時員工。

「我因為生小孩的關係離職過，現在孩子狀況較穩定了，所以又回來當臨時員工。」

「原來還可以這樣啊。」

「大概是因為我原本就在這裡工作，主管信任我的經驗吧。說來也很感恩。」

「您國中和真實同班對吧？」

「對啊，不過畢業後就沒有聯絡了。在這裡遇到時我們都很驚訝，直說世界真小。」

惠繼續說：「其實我們錄取的部門不同，那時是碰巧遇到。真實還在這裡工作的時候，我們常一起吃中飯，晚上也常一起去喝兩杯。」

惠輕輕吸口氣。

「我想，真實對異性應該不算太積極，甚至可以說不太急。」

「……我想也是。」

架根據自己的印象，情不自禁這麼說了，惠這時才第一次露出微笑。

「這樣說吧，她對聯誼之類的事好像不太習慣。縣政府組織龐大，我也曾被拜託過主辦聯誼聚餐之類的事，原本以為她一定會參加，真實卻說『這種活動，我還是算了』，讓我滿意外的。心想她又沒有男朋友，為什麼不參加？所以我就跟她說，參加這種活動也算是經營人際關係，還是邀請了她，她就回答『我不適合這種事，看到像我這樣的人在場，參加的男生也會失望吧』。」

「她竟然這麼說嗎？」

這種說法未免把自己貶得太低了吧。惠苦笑著說：

「尤其一開始的時候特別明顯。我想她是個性太老實了。工作一陣子之後，漸漸也學會了彈性，做人才圓滑了點。不過我猜，學生時代的她對異性應該也不太積極。」

「妳們不聊異性的話題嗎？」

「會聊啊——真實她不是去相親了嗎？」

因為不確定架知道多少，惠小心翼翼地試探，刻意用輕鬆的語氣這麼說。架點點頭說：

「這事我聽她爸媽說了。」

「她會找我商量相親的事，像是『最近跟這個人見面了，妳覺得如何？』之類的。」

「具體來說，她都說些什麼？」

「都不是什麼好聽的話喔。像是來相親的人第一次見面就像小孩子一樣戴頂棒球帽，牛仔褲口袋裡的錢包還連著別在褲頭上的腰鍊，總覺得這種傢伙不怎麼樣……大概都是這類的話。」

這說的應該是金居吧。雖然不確定是不是和架見面時戴的那一頂，一聽到戴棒球帽，架腦中就浮現金居的樣子。

「真實還說對方品味低得難以置信，身上穿的棉質上衣圖案很奇怪，為什麼不穿素色的就好，不然就穿UNIQLO也可以。偏偏他好像有什麼奇怪的講究，這點也讓真實看不順眼。她還說，聽說對方是個工程師，但完全看不出來，應該和自己合不來吧。」

架也知道一群女人在批評不在場的人時能把話說得多毒辣，只是沒想到，原來真實也不例外。

說了一長串的惠，此時才露出有點不好意思的表情，可能覺得自己太多嘴了。

「另外一個是看了照片覺得不錯，見面才發現對方是完全說不上話的類型，真實也很遺憾的樣子。」

「這是第二個相親對象嗎？」

「應該是。真實總共跟幾個人相親過？」

「據我所知，是兩個人。」

「那應該是了。」

「完全說不上話的類型是什麼狀況？」

「聽說對話完全無法成立。該說對方是怕生嗎？不管真實說什麼，他只回答一兩句，然後對話就此結束。對方不主動提問，也不會自己製造話題。即使如此，他還是表示想繼續見面，讓真實很傻眼。」

「這樣啊……」

聽到這個，架知道自己內心鬆了一口氣。雖然真實對那個男人沒有好評，但畢竟當初是她先看上對方的長相，主動做出選擇的第二個相親對象，架一直把對方視為假想敵。不得不承認，架一直想這麼說服自己——就算真實現在跟這個人在一起，一定也不是出於她自己的意願。

「沒記錯的話，這第二個相親對象好像是高崎人？」架問。

惠接著說：「對，記得她也說過，這也是一開始會選擇他的原因之一。真實說自己從出生到成長都沒離開過前橋，找個高崎人也不錯。」

「有那麼不一樣嗎？」

老實說，對架而言根本不明白哪裡不同。不管是前橋或高崎，不都位在群馬縣內嗎？

這麼一問，惠就笑了。

「是啊。相較起來，前橋這邊有縣政府和大學，城市的氛圍比較死板；高崎那裡有新幹線通過，給人商業城市的印象。兩地的人也都視彼此為對手，甚至可以在縣內的書店找到《前橋對上高崎》之類的書呢。」

就算內心尋求改變，結婚對象還是只考慮住在同一個縣的人，這挺像真實會做的事。

不過，與其說是架認識的真實，更像她父母及姊姊口中的真實。希冀生活能有某種改變，想脫離父母的干預，尋求自由，卻又害怕離家太遠，所以就算要結婚，最好還是找同一縣的人。

正因如此，架重新體認到，這樣的真實會說出想自己一個人生活，搬到遙遠的東京，對她而言是必須下定一大決心的事。

惠拉回話題。

「我想，真實的相親應該不太順利。對方似乎很滿意真實，但按照真實的說法，和對方就是名符其實的『沒得談』。」

「這樣啊……」

架一邊點著頭，一邊感覺胃底隱隱抽痛。

想起那個性格豪爽，令架留下好感的金居帶著妻子離開時的身影，以及金居太太凝視自己時那抹嘲弄的視線。

「沒得談」的人們。

真實或許真的對眼前的女性友人這麼說了。嫌相親對象服裝品味差，社交能力低落，連話都談不來。說她無法想像自己跟那種人結婚。

但是，事實是有別的女性選擇了那樣的金居，認為他條件好，想成為他的妻子。比真實年輕、有行動力，在職場上深受上司青睞的女性，人家可是選擇了金居。

真實或許沒有好好把對方看在眼裡。

儘管遺憾，架仍無法不這麼想。只因為對方打扮老土，光憑這一點就認定對方不適合自己，認定自己和對方「沒得談」。都已經這麼認定了，要她再進一步去看對方的優點，恐怕打從一開始就是不可能的事。不去看對方的優點，而是拚命找尋可以用來拒絕對方的缺點，找出說服自己不選擇對方的原因——架在自己的婚活過程中也常這麼做。現在的他已經非常清楚這有多傲慢，然而，假設今後架要再次展開婚活，他也不敢保證自己會不會重蹈覆轍。

缺乏戀愛經驗與人生經驗的真實，追求的到底是什麼樣的結婚對象？

為什麼經過那段婚活後，真實選擇了架？

「我雖然沒見過對方，但也覺得真實在相親時遇到的人確實很有可能是跟蹤狂。」

「真實當時還有提過關於其他男人的事嗎？」

如果是相親的對象，架也調查過了。可是，按照真實的說法，跟蹤狂是她還在群馬時曾追求但遭她拒絕的人。

「除了相親之外，比方說，職場上有沒有人向她告白，但被她拒絕了。真實提過類似這樣的事嗎？」

「或許有吧，我不確定……真實跟我聊到戀愛話題時，其實不太提及特定對象。包括相親的事在內，她更常掛在嘴上的是『都遇不到好對象』，她煩惱的主要是『要去哪裡才能找到好對象』。」

「她也常這樣問我，」惠又苦笑著說，「她總是說，好羨慕小惠跟先生是自然認識的。身邊雖然很多朋友說結了婚就失去自由，小惠家倒是沒這方面的問題。被她這麼說，我也不知道該怎麼回應。」

「有阪小姐很早就結婚了嗎？」

「也不知道這樣算不算早……」惠露出難為情的微笑，「我剛才也提到，是在跟縣政府其他部門共同舉行的聚餐上認識了我先生，二十五歲時結婚的，應該和一般人差不多吧。真實也有來參加婚禮喔，婚宴就在那邊舉行。」

惠站起來，朝窗外指去。架跟著起身，順著她手指的方向望去，看見一棟像是飯店的建築物。旁邊還有一棟看似教堂的圓屋頂建築。大概是這一帶的老字號飯店吧。

不經意想起真實讀的女子大學推薦就職的事，接受推薦找到工作的女孩，進入職場後就成為同事的「最佳媳婦候選人」。縣政府正職員工和來當臨時員工的年輕女性結婚，或許也是類似的狀況。惠在生完小孩後還能回到原本的職場工作，和她先生是縣政府正職員工應該不無關係。

架想起希實的話。

——結論不就變成真實結不了婚的原因只是因為她不受異性歡迎嗎？既然同樣環境的女孩都能結婚，剩下的原因就只有真實魅力不足了。

惠和丈夫的相遇在她那個年紀是順理成章的事。反觀真實，不習慣聯誼之類的場合，因為害怕受傷，就先用「像我這種人」之類的話貶低自己，為的是做好被甩受傷時的心理準備。於是，這樣的真實在那個年紀落後同齡女孩，無法像惠一樣**遇到對的人**。

「我也鼓勵她說，那些講自己結婚就失去自由的人，說不定結了婚都很幸福，也因此感到安心啊。對了，當時就是在瞭望台這裡說的。」

「欸？」

「雖然我不太常來，真實倒是偶爾會來這裡想事情。只要有一點休息時間就會來，有一次我們碰巧在這裡遇到，那時她也跟我商量了戀愛結婚的事。」

惠朝遠方的山望去。她看的是剛才那三座山的哪一座，架分不出來。

「我也曾乾脆跟她說，已婚的朋友們說結婚一點也不快樂，會失去自由什麼的，這些話只是在體恤單身的朋友，其實沒必要當真。因為我自己就是這樣。」

惠唐突地這麼說，眼神再次飄向窗外。

「結婚後固然少了自由，邊養育小孩邊工作也確實很辛苦，但生活因此穩定了啊。最重要的是，結婚雖然少了自由，有時這樣反而輕鬆。和朋友的聚餐或自己的嗜好，隨著年齡增長往往無法持續。我先生在育兒和家務上算是願意幫忙的，但這種話當著別人的面說有點難為情，有些人還會以為我在炫耀。有時是因為這樣，才故意說婚姻的壞話。」

她應該是個誠實的人吧。從她的語氣裡，架感受到不同於真實的認真。

瞭望台安靜下來，剛才成群的觀光客不知何時離開，已不見蹤影。

「這種話我平常也不會說。但是，真實就是會把人家說的那些照單全收——人家都說結婚很辛苦，不結也不會怎麼樣吧。她未經深思就這樣接受了。所以我才跟她說實話。」

真實的那股憨直，架也很清楚。正因為個性憨直，只要別人鋪了路，她就會往上走。

沒有自我，無法自己決定。

「只因為相親不順，她就說『我是不是欠缺喜歡人的情感』，我跟她說沒這回事，要是來了個帥哥，妳還不是馬上喜歡上人家。她就笑著說『好像是耶』。」

惠刻意瞥了架一眼。架不知該做何反應，只能回答「這樣啊」。

「嚴格說起來，真實的相親之所以不順利，是因為她都在清庫存商品的花車裡找對象吧？我這麼對她說了。清庫存商品的花車裡或許也有機會挖到寶，但妳為何不去擺滿正常標價新商品的架上看看呢，想要的東西那邊才是應有盡有，妳應該過去看看才對。我這樣跟她說。」

惠說得若無其事，架卻聽得差點喘不過氣。默默望著她，惠依然滿不在乎地繼續：

「直接就走相親路線，還不認識就兩人單獨見面，真實就是去了這種地方才會遇不到好對象。換作是她排斥的聯誼聚餐，吃一頓飯能和好幾個人交流，從交流中也可以看得出對方的待人接物，這樣不是比較好嗎？我是這樣建議她啦。」

「真實怎麼回答？」

「她說好啊，那我再去那種地方找找看。」

惠渾然未覺自己說的話有多殘忍。老實說——別說當時的真實了，眼前的架聽了就先自尊受傷。

清庫存商品的花車。

和賣新書或新專輯的地方不一樣。

惠學生時代應該有幾次戀愛經驗，畢業後又自然遇見現在的對象並且順利結婚，這樣的她說那種話肯定沒有惡意。但是她不明白，從以前就缺乏戀愛經驗、無法採取行動的真實，其實也是花車上的庫存商品之一。真實不是抱著好玩心態跑來挑揀花車商品的顧客，她自己就是花車上的商品。

架也是。儘管年輕時有過在聯誼中與異性交流的經驗，也頗受異性歡迎，不是沒有和異性交往過。但是曾幾何時，狀況已經不是那樣了。

惠或許是抱著「我朋友才不是花車商品」的意思說這種話，她所謂的庫存商品指的應該是真實相親遇到的那些「沒得談的對象」。然而，看在旁觀者眼中，真實就是庫存商品之一。如果沒有爸媽在後面推，她就無法前進。

架想起小野里夫人說「婚姻介紹所不該是最後的辦法」。但在惠的心目中，婚姻介紹所就是用來清庫存的地方。正因世間多數人的想法都像她一樣，小野里才會如此憤慨。

惠抬起頭，看著架說：「所以，聽到她要跟西澤先生結婚的時候，我也很高興。那時真實看起來好幸福，我想她去東京確實是正確的抉擇。」

架默不吭聲，心情複雜。

站在人變少的瞭望台窗前，想像過去真實和惠站在這裡的樣子。比現在年輕、不成熟、幼稚的真實一邊俯瞰下方，一邊對朋友訴說戀愛煩惱的模樣。

「她去東京前，跟幾個國中同學最後約了碰面。那時也不覺得她是為了什麼事才要離開這裡，感覺不到那種氣氛。其中一個朋友開玩笑說『別丟下我』，真實還笑著說『抱歉抱歉』。」

「那個說『別丟下我』的朋友，和真實特別要好嗎？」

「嗯……不是特別常碰面，但應該算是吧，因為她高中也和真實同校，該怎麼說呢，她們的小圈圈很團結。」

惠微微苦笑。

「你知道嗎？真實她們高中的集體意識很強。」

「是香和女子高中吧？」

「透過大學的推薦就職名額，很多人畢業後又進了同個職場，從國中到高中都是死黨的人，一直到出社會後繼續跟死黨當同事，這樣的例子很多。真實雖然不一樣，但大家聚集在一起時，她們學校的人感情就是明顯好。」

「別丟下我」這句話，是在什麼情況下，懷著什麼心情說出口的呢？

「那位朋友未婚嗎？」

架忍不住這麼問。惠的臉上瞬間露出失言的表情，一會兒之後才點頭說「對」。語帶猶豫地，她又接著說：

「真實她啊……跟那個朋友道別後曾對我說『她怎麼毫不掩飾地講出真心話，這樣真的好嗎？別聽她好像在開玩笑，其實她是認真的吧……』這樣講或許不太好聽，說這話時的真實顯得很高興。」

真實應該是沉浸在她小小世界裡的優越感了吧。至少看在一旁的惠眼中是這麼認為，架也很清楚這一點。惠又接著說：

「所以……我認為真實去東京，單純只是為了追求生活中的期待或變化。不像是為了逃離跟蹤狂或什麼討厭的人事物。」

「可以請問您一件事嗎？」

架這麼說，惠抬起頭。架想起前陣子聽說的事。

「聽說真實和第一個相親的對象去小杉購物中心看電影時，好像在那裡遇到了朋友。那時那個朋友似乎正懷著身孕，和她先生走在一起。差不多是五、六年前的事。那位朋友會不會是你們的共通友人？您想得到可能是誰嗎？」

問這個並沒有什麼深意，只是真實在那個地方出現時的線索實在太少，便抱著姑且一試的念頭提出來問問看。架繼續說：

「對方問了她『是妳男朋友嗎』，真實回答『不是啦，只是認識的人』，大概是這樣的對話。」

「會是誰呢？五、六年前的話，那個時候生小孩的朋友會是誰呢……」

「真實好像說那是『不太喜歡的朋友』。對幾乎是初次見面的相親對象說這種話，我總覺得不太像真實會做的事。」

架這麼一說的瞬間，惠低聲「啊」了一聲，問架：「對方長得很可愛嗎？」

「是不是有點豔麗的感覺，眼睛大大的……」

「我沒有直接見到，細節就不清楚了。」

架制止想繼續舉出對方特徵的惠。她才說：「可能是小泉。沒記錯的話，小泉那時正好要生第一個孩子，回娘家待產。」

「那位泉小姐，也和真實一樣讀香和女高嗎？」

「不，小泉不是。國中雖然和我們同班，但她上的是和真實姊姊同一所高中，大學也去東京讀。」

聽到惠說出那間大學名稱時，架有一點驚訝。是自己的母校。

「她結婚後，現在住在東京。聽說原本在貿易公司工作，和先生結婚後就辭職了，那陣子回來應該是為了待產。」

「真實不喜歡那個朋友是嗎？」

「該說是不喜歡嗎……我只是想起以前也發生過類似的事。」

「類似的事？」

架這麼一問，惠便露出有點為難的表情，像是不知道該從何說起，陷入短暫沉默的思考後，她才再次開口：

「……有一次因為工作需要，我們借了縣內某間短期大學當會場，在那邊舉行會議。雖然是其他部門主辦的會議，我和真實都有一起去幫忙。那時，我們在大學附近的便利商店遇到小泉。那次小泉好像也是碰巧回娘家。」

——好久不見！咦？是小惠和真實？妳們兩個怎麼會在一起？妳們有這麼要好嗎？

小泉這麼問，兩人回答「是工作」，還說了現在都在縣政府工作的事。

當時，小泉說了一句話。她看著真實說：「對了，真實妳好像也是這間學校的？」

惠說：「我想小泉那時根本沒有認真聽我們說話，才會沒頭沒腦這麼說。一開始我們也沒聽懂她的意思，真實還疑惑地『嗯？』了一聲，然後我們就直接回會場幫忙了。等到會議接待的工作告一段落，真實才像突然想起來似地說——」

——仔細想想，剛才小泉是搞錯了吧？她是不是以為我是從這間短期大學畢業的？

「真實說這話的聲音既沮喪又憤怒。」

——好不甘心喔。

「我們一起工作那麼久，我第一次從真實口中清楚聽到她說『不甘心』，第一次看到她那麼生氣，所以有點嚇到。小泉她……該怎麼說呢，其實沒什麼心機，說那種話也沒有惡意。真實根本不需要為了那種事跟自己過不去。我這樣安慰了她好半天，她的情緒才平息下來。起初我也不懂為什麼真實氣成那樣，過了一陣子才想通。對於自己從香和女子大學畢業這件事，真實比我想像的更自豪。」

「我想——或許正如妳所說的。」

在這狹窄世界裡的自豪，來自培育她成長的陽子的價值觀。惠雖然沒有說得很清楚，當時真實的反應，簡單來說，就是「被瞧不起了」的情緒。

站在她的立場，一定會認為「我明明是從名門女子大學畢業的」。

於是，惠嘆了口氣，繼續說：「可是……那些事對小泉而言根本微不足道。說實在的，那時真實一直放不下這件事，我對她也有點不耐煩了，所以就把話說得比較直。」

——看在小泉眼中，地方上的女子大學和短期大學都差不多啦。惠這麼對真實說。

「小泉她從以前頭腦就好，人長得可愛，又很用功，高中也進了將來有望考上東大的學校。我想她一定花了很多時間念書。站在這種同學的立場，不管我們這些人上的是哪所大學對她來說都沒什麼兩樣，因為一樣不如她。」

惠說得滿不在乎。正因她說得滿不在乎，這話更重重刺進架的內心，在他心中迴盪。最重要的是——不久前的架也抱持同樣想法。聽到陽子炫耀真實讀的是地方上名門女子大學時，架曾感到滑稽，認為那種價值觀只適用於這個鄉下地方。

「話是這麼說，我自己讀的也只是地方上的短期大學。」

惠再次苦笑。那不是討人厭的笑容，反而看得出她某種程度已經看得很開。在這樣的微笑之後，她繼續說：

「所以我就忍不住跟她說了。我說，看在小泉眼中我們都一樣，她對我們一點興趣也沒有，所以妳也別那麼在意了。」

感覺背脊微微發涼。架沒有說話，繼續聽惠往下說。她輕輕嘆了口氣。

「我先生是群馬大學畢業的，所以，只要和他的家人講到這個，我就會有一樣的感覺。公公婆婆常會提到他們送兒子去上大學，是為了讓他學習什麼什麼，換成是我家，我爸媽就算記得我上的是哪所大學，肯定也搞不清楚我讀的科系。對他們來說，重要的是供我上大學，至於我在那裡學習到什麼就不關他們的事了。現在我已經明白這一點。」

聽著聽著，架漸漸能體會真實當時的心情。

——才不一樣。她一定是這樣想的。

儘管惠說「看在小泉眼中我們都一樣」，對真實來說，事情大概不是這樣的。她一定很焦慮，很想大喊「才不一樣」。

惠之所以能這麼豁達，懷著某種冷靜的情緒認為「大家都一樣」，恐怕是因為她已經結婚，擁有家庭的緣故。若是身邊沒有那位和自己成長於不同環境，擁有不同價值觀，從地方上國立大學畢業的丈夫，她說不定也無法像今天這麼豁達。

架試著想像。兩件事確實有類似的地方。和金居一起去小杉購物中心的真實，被小泉這樣的朋友問「是妳男朋友嗎？」對真實來說，只不過是走在被自己批評為「品味差得難以置信」的男人身邊就被這麼問，她當然會回答「不是啦，只是認識的人」。

那時的真實有什麼想法？好丟臉，這才不是我男朋友，才不是。

也可以這麼解釋吧——我的價格明明比這高多了。

然而，想起自己對金居的好印象、他待人的真誠以及和妻兒一起離去的背影，架還是會這麼想。

看在那個朋友眼中，原來都一樣。

這不是帥不帥或有沒有穿衣品味的問題，問題的次元不一樣。跟丈夫走在一起，挺著大肚子的泉打從一開始就對這些事毫無興趣。她看真實的眼光，也不像真實以為的那麼瞧不起人。對她來說事情很簡單，她想問的只是真實和金居是「建立家庭的狀態」還是「情侶狀態」，如此而已。然而，正苦於婚活不順利的真實卻因為自我意識過剩而拘泥起那些小地方。

所以她就算投入婚活也結不了婚。

真實和架都一樣。

架也已經察覺，那種從容是自己實際上還無法獲得也看不到的境界。

架在婚活中苦於「遇不到對的人」，為這件事跟已婚友人諮詢過好多次。每次他們都說「哪有什麼對不對的人」。和這種感覺很像。

就是因為已經結婚了，他們才說得出這種話。他們對架說「我也不覺得自己遇到的就是對的人啊」。那你為什麼要跟現在的對象結婚呢？要是這麼問，他們大概回答不出來，頂多只能說「就是知道是她」吧。他們明明就是「遇到對的人」了卻不承認，這令架羨慕不已，也感到自己無法融入大家。沒辦法在正確的時間「以自然的形式」遇到對的人，事到如今才開始婚活的自己因此痛苦不堪。

「看在小泉那樣的女生眼中，我們大家真的都一樣啊。」

惠又強調了一次，聳肩苦笑。

「過了幾年，我也碰巧在小杉購物中心的兒童遊戲區遇到小泉。當時她對我說，小惠，妳現在在市公所上班對吧。我說不是喔，我是在縣政府。她只說咦？是喔？我只記得妳是公務員——她好像連我是臨時員工也不知道，我跟她說了老公也在縣政府上班的事，她就說真好，夫妻工作都很穩定——明明就不是這樣。」

惠望向窗外，視線前方是一個看似小型遊樂園的地方。平日白天園內也有遊客，從瞭望台上就能看到幾個家長正帶著小孩搭乘電車造型的遊樂設施。

「嘴上那麼說，她根本一點也不羨慕吧。我是沒問小泉的先生從事什麼行業，但感覺得出來，她應該認為公務員的工作雖然安定但很無趣。」

即使這麼說，惠的語氣聽來一點也不沉重。架有點訝異。

一定是因為自己明明是臨時員工，卻被泉當成正式公務員的緣故。當時惠應該因此覺得滿開心的吧，從她現在的話裡清楚聽得出這一點。

看在小泉眼中，大家都一樣。

縣政府也好，市公所也好，臨時員工也好，正式公務員也好，短期大學畢業也好，地方上的名門女子大學畢業也好……

明知這一點，仍會因為那微不足道的誤會和虛榮而心喜，這是為什麼呢？惠也和真實一樣，擁有小小世界裡的優越感，只活在這個世界裡。

嘴上說真實和自己一樣，那麼對惠來說，區分「我們和小泉不一樣」的基準是什麼？架思考著這個問題，忽然恍然大悟。不知為何，領悟的瞬間起了一身雞皮疙瘩。

那個基準或許是——「有沒有離開這座城市」。

停留在自己的視線範圍內，從出生到成長都沒有離開過這座城市，升學就業都在這座城市中完成的是惠和真實。和她們不同，懂得思考自己想做什麼，選擇離開這裡的泉應該是「那種女生」。正因如此，惠一邊用近乎嚮往、充滿讚美的方式提起泉，一邊還是和她撇清關係，說她是「和我們不一樣的女生」。

架想起真實的朋友那句「別丟下我」。

在小杉購物中心度過學生時代後，剩下的步驟只有建立家庭了。必須和誰成為夫妻並成為誰的父母才行——架想起自己在購物中心裡感受到的氣氛。

無法在這塊土地上達成這個目標的真實，與那個說著「別丟下我」的同學。架忽然明白她們在這裡活得多麼侷促。惠之所以能豁達地承認「自己和小泉那種女生不一樣」，之所以能和泉撇清關係，是因為她在這塊土地上已經建立了家庭。沒能建立家庭的真實有多痛苦，惠無法理解。

還不確定是不是有什麼直接原因促使她那麼做。但是，就算不是為了躲避跟蹤狂，架似乎也稍微能體會真實想離開這裡的心情了。就連假日去逛個購物中心都可能遇到認識的人，這個地方就是這麼狹隘。惠和平日住在外縣市的泉巧遇時，不也正是在購物中心的兒童遊戲區嗎。

不結婚就無法離家，家人也不讓她獨立。既然無法融入這塊土地，真實能想到的就是乾脆離開這裡，成為「和自己不一樣」的那種女生。

現在的架已經能夠理解這種心情。

「真實失蹤的原因，您真的都沒有想法嗎？」

道別時，出乎意料地，惠這麼問。

兩人站在瞭望台電梯門前，架陪著說自己得回去工作了的惠一起等電梯。送她下去後，架打算自己在瞭望台再待一下。

架望向她，惠道了歉。

「不好意思，很抱歉說這種失禮的話，可是，除了跟蹤狂之外，我在想會不會是真實自己的心情有所動搖？」

「妳的意思是……婚前憂鬱症？」

架這麼問，惠默不吭聲。過了一會兒，才語帶猶豫地點頭說「對」。

「真實個性很敏感，容易受傷，我在想，會不會是和西澤先生之間發生了什麼事。」

「直到她失蹤前一天我們真的都過得很平常，連架也沒吵過。」

明明想冷靜，還是克制不了忿忿不平的語氣。架脫口而出：

「如果原因是跟我結婚的事，我就不會像現在這樣特地跑來這裡問妳這麼多了。」

「但是，真實外表看起來文靜，其實有她強硬的地方。」

「什麼強硬……」

憤怒情緒翻湧的同時，架忍不住嗤之以鼻，發出輕蔑的悶哼，情不自禁摺話：

「如果像妳說的這樣，她已經失蹤超過兩個月了。這段期間她究竟在哪裡做什麼？對父母、朋友什麼都不說，她一定知道這樣大家會擔心，到底是怎樣的婚前憂鬱可以讓人做到這種地步？」

「我不是這個意思，很抱歉造成你的不愉快。」

她大概是出於擔心，才會忍不住那樣問吧。惠低下頭。

「結婚的事，真實真的非常高興，但也正因為這樣，我有點擔心。真實缺乏戀愛經驗，所以對婚姻更容易懷抱夢想。她有點理想太高的毛病，現實中只要遇到一點小挫折，就可能形成很大的反彈。」

「挫折？」

架絲毫不認為和自己結婚會造成真實任何挫折，反問的語氣也就不太客氣。惠不由得苦笑。

「婚事決定後，真實看起來真的很幸福，所以我有點擔心。說了自以為是又失禮的話，很抱歉。」

「不……我才應該道歉，讓您擔心了。」

「我也會祈求真實早日回來的。真的，希望她平安無事回來。」

說著，正好電梯來了。簡單告辭後，她搭上電梯。只載了惠一個人的電梯關上廂門。

留下來的架獨自走回瞭望台的長椅。一時之間無所事事，只好拿出手機。在工作相關的郵件中，發現一封來自陌生寄件人的信。

信件標題是「真實小姐的事」。

打開一看，收件人架的名字下方那行「第一次寫郵件給您」映入眼簾。原來是真實在東京工作時那間英語補習班的同事。真實剛失蹤那陣子和這位女性聯絡了幾次，後來也接過她幾次電話。當時彼此交換了聯絡方式，所以才寫信來吧。

真實登記的那間派遣公司始終不願積極提供協助，連架表示想直接聯絡真實工作的英語補習班時，對方都顯得面有難色。反而是補習班同事都打從心底擔心真實，現在也還時常關心架的近況。

這位和架聯絡過幾次的女性是個精通英文、中文和日文的台灣人，聽說和真實年紀差不多。架不知道她的中文名字叫什麼，只知道英文名字是Janet，寄件人也顯示為這個名字。真實還在那裡工作時，經常聽她提起這位Janet。

「第一次寫郵件給您。

不知道那之後，有找到跟真實小姐相關的其他線索嗎？

我們很擔心，大家現在也常在說是不是能多找一些跟她有關的事。

就在這時我們想到，架先生是否看過真實小姐的Instagram呢？她上傳了很多照片，其中或許有什麼我們不知道，但是架先生看了就明白的東西。

現在雖然停止更新了，如果方便的話，還請您上去看看。」

文章雖然有點生硬，已經是程度很高的日文了。

看了這封信，架有些意外。完全沒想過真實會玩社群網站，過去兩人也從未聊過相關話題。明明是這麼大的線索，怎麼都沒想過要查查看，架不免感覺自己真是無用。

連操作手機的手指也不太聽使喚了，趕緊按下隨信附上的網址。

打開的畫面中，第一個吸引架視線的，是真實的Instagram帳號。

Mami

daily
love
life

接在這幾個單字的後面，是數字1125。但是，真實的生日是九月七日。1125。

十一月二十五日是架的生日。

真實每日的愛與生活1125。

這就是她的帳號名稱。

眼前，剛才看到的遊樂園中遊樂設施還在轉動。背後群山環繞，附近就有河流經過，還盛開著櫻花。這座城市悠閒且美麗。

架倒抽一口氣。真實開始玩Instagram，是在和自己交往後不久。

裡面充滿真實的照片。

最後一次更新是一月二十一日。她離職之前。

和架一起去輕井澤時拍的照片、東京都內餐廳的照片、也有去參觀婚宴會場時拍的照片。每張照片旁邊都配上短短的文字。

記錄生活點滴與紀念日的照片之間，穿插著啤酒瓶或標籤的照片。看到這些照片的瞬間，一陣痛楚沉重地壓上架內心深處。那些都是架公司代理的商品和標籤。

「還以為每一種都喝過了，沒想到又有了美味的新發現。啤酒的世界真深奧，我還在學習中。」

一起去吃飯時，從沒看過真實在餐桌上拍照。這些標籤照究竟是什麼時候拍下的呢？架想像自己離席時，一個人留在位子上的真實拿出智慧型手機按下快門的情景。難忍內心的激動。

——那是架辛苦工作的成果，我不想講得好像都是我的功勞似的。當然，聽到他們那麼說我很高興，也很想跟他們炫耀一下，可是我忍住了。

忘了什麼時候，真實曾經這麼說過。

Instagram上也有很多真實自己的照片。多半用了濾鏡，不是有些褪色感，就是蒙上一層柔焦，營造出一種時下流行的氛圍。咬著吸管近拍整張臉的照片和平常真實給人的印象完全不同，雖然應該沒有修圖，但也有著柔嫩美肌和閃耀大眼，就像從雜誌上剪下來的照片。從自己喜歡的角度自拍的照片充滿時尚感，使真實看起來都不像真實了。Instagram上她的臉對架來說顯得好陌生。

但這就是真實。

上面也有幾張架幫她拍的照片。不過，這些精心挑選上傳的照片都和架熟悉的真實不太一樣，彷彿雜誌上的讀者模特兒似的。

靠光線拍出讓自己更上相的照片，這種事對經歷過大量婚活洗禮的架來說毫不稀奇。只是架心想，她根本沒必要拍這種照片。

從真實失蹤那天至今，架臉上第一次流露自然笑容。看著真實的照片心想，妳根本就不必這樣勉強自己。不用拍這種裝模作樣的照片，原本的妳對我來說就夠有魅力，夠可愛了。就算不是世人標準中的時尚美人，我還是覺得很可愛。

一時之間並未找到透露跟蹤狂線索的照片或文章。原本以為至少能找到一篇有言外之意的訊息，往回翻看了很久還是沒有任何發現。可能擔心被認識的人看到，刻意不留下那類令人不安的訊息吧。每張照片下都有看似真實朋友留下的留言。像是「好羨慕喔，男朋友公司的啤酒，我下次也想喝喝看」、「大姐，妳酒量很好喔」等等，都是半開玩笑的口吻。其中似乎也有Janet和補習班同事們的留言。架對這個Instagram帳號的存在毫不知情，她卻對這些外國人同事公開，總覺得這點也很符合真實的行事作風。從照片和文字敘述裡看到的真實，比架認識的真實更開朗活潑，個性也更開放。或許她是受到同事的影響才開設Instagram帳號的吧。原來她也有這樣的朋友，感覺有點不可思議。架意外發現自己或許不太知道真實的事。

回家後再用電腦仔細看吧。

這麼想著，正想停手時，忽然一張照片映入眼簾。

熟悉的，裝在蒂芬妮盒子裡的戒指。

這篇貼文發表於架將這枚戒指交給真實，向她求婚的隔天。

「今天要跟大家報告一件事。

我即將和交往對象結婚。

還不太敢相信。問了好幾次『真的娶我就可以了嗎？』

我一直以為自己將一個人活下去，過只有自己一個人的人生。以為我適合的是孤獨的戀愛。

從以前就不擅長與人競爭，和人對立或融入人群。有點低調的我。

不會只為了自己出風頭就擠開別人，我就是我，或許是因為一直抱持這種態度的關係，連配合別人說話都不太會，回過神時，大多數時間都是自己一個人。

從未和女性友人出國旅行，也不曾迷上歌手而去參加演唱會，連自己都覺得這樣的我有點奇怪。

然而，終於出現認為這樣的我也很好的人，選擇我與他攜手共度人生。我真的真的，除了感謝還是感謝。

最喜歡你了，謝謝。」

從手機螢幕上抬起頭，眼前山上的天空出現一抹宛如雨後陽光的光芒。也因為這樣，感覺四下比剛才陰暗了一些。

就在這時，手機微微震動。

簡直就像真實算準架抵達這裡的時機一般。架急忙朝螢幕顯示望去，真實姊姊希實的名字出現在螢幕上。

「喂？」

「喂？是架嗎？我是希實，你現在方便說話嗎？」

她的聲音依然那麼酷似妹妹，令架心頭為之悸動。內心咀嚼著彷彿受那聲音打擊的滋味，架回答「可以」。

她這麼說：「我知道真實第二個相親對象是誰了，是在高崎市當牙醫助手的人。」

忽然聽她這麼一說，架一陣錯愕。發出短促的「欸？」希實繼續說：

「是我媽想起來的。她說當初用對方的名字上網查高崎市內的牙醫診所，找到一間『花垣齒科醫院』，聽說在地方上頗受好評。」

陽子不是對真實自己選的第二個相親對象興趣缺缺嗎？

即使如此，她還是著手調查了一番啊。調查之後，發現對方家境不錯，也不管相親是否順利，陽子一定會把這話拿去對誰說。就像她「忍不住」把女兒相親對象的身家資料拿給朋友看一樣。

忍不住。陽子一定又忍不住這麼做了。

「我搜尋之後也找到了，他們現在不叫『花垣齒科醫院』，招牌改成『花牙醫診所』。院長的名字是花垣勉，應該是相親對象的父親。」

希實為自己擅自採取行動道歉。

「我想說如果我搞錯人，害架白跑一趟也不好意思，就先打了電話過去確認。接電話的就是花垣家的兒子，和真實相親的牙醫助手本人。」

架抿緊雙脣，屏住呼吸。在小野里介紹下，真實自己選的第二個相親對象，是架到目前為止認為最可能是跟蹤狂的人。

「妳和他說到話了嗎？」

「嗯。他說小野里夫人有打電話問起關於真實的事，但似乎沒告訴他詳情。我把現狀告訴他之後，對方非常驚訝。」

還不能確定是真的驚訝還是裝出來的吧。

這個有著真實喜歡的長相，由她親自選擇的對象。但是實際見面後，卻是「無法說上話的類型」，被真實遺憾地判定為「沒得談」的對象。

金居那時也是如此。對方一定很錯愕吧。明明事前聽到的都是真實頗中意自己，怎麼實際見面後就被她拒絕了。

真實的母親也說過——真實從高中就念香和女子，對方父母也看過真實的身家資料表，一定全家都很中意真實吧。我聽小野里夫人說，真實拒絕對方後，他父母還聯絡了小野里夫人，說是無論如何都想繼續交往，問她能不能想想辦法呢。

架還記得陽子說這番話時振振有詞，聲音中充滿對女兒價值的自豪。

與此同時，架也想起剛看完的真實Instagram內容。

——我一直以為自己將一個人活下去，過只有自己一個人的人生。

——以為我適合的是孤獨的戀愛。

——然而，終於出現認為這樣的我也很好的人。

除了架之外，明明就還有其他人「認為這樣的真實也很好」。

明明就有，只是真實不喜歡而已。無論是金居還是那個牙醫助手花垣，她都無法認可。她沒有選擇他們，而是選擇了架。現在架已經無法單純為這件事感到喜悅。真實把對方的心意踩在腳下，只要不是自己認可的對象，她就當作自己人生故事中沒有對方的存在——實際上見了金居，看到他建立的家庭後，架更是這麼認為。

真實對那兩人的態度正是傲慢。

在架心中，當然還是難以拂去被真實選上而產生的優越感。求婚那天，真實懷著什麼樣的心情揣摩今後將與架踏上的人生道路，想到這個內心也還是很高興。縱使如此，架內心還是有所不平。明明就有其他「認為這樣的真實也很好的人」，是真實自己拒絕了對方。拒絕對方，然後說成不曾存在過。其實她說的沒錯，連看都不看對方一眼，一心只想按照自己意願談的戀愛確實是「孤獨的戀愛」。

「對方說願意跟我們見面。」

聽到希實這麼說，還坐在長椅上的架瞪大雙眼。

「真的嗎？」

希實接著說：「嗯，所以我也一起去。一起去問問他。」

拿著手機思考，一個深呼吸後，架問：

「姊姊，很抱歉這麼麻煩妳，可否問問對方今天稍後能見面嗎？」

「咦？」

「其實我現在人在群馬縣政府。上次姊姊介紹給我真實的前同事有阪小姐，我剛才和她碰面了。等一下我馬上去高崎。」

聽得出電話那頭的希實倒抽了一口氣。架說：

「如果關於真實的事對方能提供什麼線索的話，時間最好不要拖太久。如果……萬一……我是說萬一對方現在有可能和真實在一起，接到姊姊妳的聯絡之後，他或許會馬上把她帶到別的地方。」

儘管用了「如果」、「萬一」等假設性的言詞，架內心已有一半這麼認定。說不定對方還沒放棄真實，這個念頭還是很強烈。

「……我知道了，」過了一會兒，希實說，「我來跟對方確認，問完馬上聯絡你，等我一下。」

「姊姊。」架不明白自己為何選這時候問這問題。回過神時，在掛掉電話前，架最後這麼問了：

「姊姊，妳知道真實大學讀什麼系嗎？」

「咦……？」相較於剛才急迫的對話內容，這個問題彷彿天外飛來一筆，希實瞬間發出愕然的聲音。

像希實這樣勇於反抗父母，憑自己意志決定升學與就業之路的人，大概正是惠口中「和我們不一樣」的女性。

架之前聽希實說過，她大學時讀的是經濟系。因為和自己所學相近，所以架很有印象。然而，架並不知道真實大學讀什麼系，她也從沒提過自己在大學裡學什麼。

希實的語氣有點狼狽。

「呃，沒記錯的話，是香和女子大的……抱歉，查一下應該就知道了，你很急嗎？」

聽到這語氣，架輕輕閉上眼睛，心想「唉……」。

她根本不記得了。即使是如今這麼心繫妹妹的姊姊，也不記得妹妹在大學讀的是什麼科系。在她心目中，那種事肯定一點意義也沒有。

「我記得那間學校只有法律系和文學系，反正就是其中之一了。」

——從以前就不擅長與人競爭，和人對立或融入人群。有點低調的我。

——不會只為了自己出風頭就擠開別人，我就是我，或許是因為一直抱持這種態度的關係……

腦中閃過真實Instagram上的文字。

因為大家都上大學所以自己也要上大學，因為父母已經決定了所以去縣政府上班，因為本來就該這樣所以去相親。

儘管這當中完全沒有真實的自我意志和意願，她還是有她自己對異性的嗜好，也有她的自尊——因為在這個小小世界中還是有著自戀，所以無法獲得自由。總是感到痛苦。

但是，世界上擁有自我意志的人究竟有多少？有資格責備真實的人，究竟有多少？

架睜開眼睛。

「不，沒關係，不好意思。」一向希實道歉，掛上電話。

接著站起身來，靠在寬廣窗邊的扶手上，等待希實再次來電。

她立刻就回電了，說真實的第二個相親對象花垣學答應和架見面。

第六章

面對坐在眼前的男人，架不知如何是好。

困惑——說得更清楚一點，是錯愕。

花垣學指定的見面地點，是高崎市內外環道旁的連鎖家庭餐廳。和與真實第一個相親對象金居見面時不同，這次是自己臨時要求見面的，只能約這種地方也是無可奈何的事。

下午三點多的家庭餐廳裡，有身穿連身工作服看似作業員的男性顧客正在吃遲來的午餐，也有帶著年幼孩童的母親們正在享用下午茶，隨行的孩子們吵鬧不休。午後傾斜的陽光照入店內。

店內的客人之中，有一個男人正朝架的方向微微起身，欲言又止地望過來。沒有自信的眼神對上架後，立刻眨了兩次眼。

和金居那時不同，架看一眼就確定他是花垣。

「是花垣先生吧？」

走到座位旁這麼問，他點頭說了聲「對」，聲音很小。

「不好意思讓您久等了。敝姓西澤，非常感謝您今天接受我無理的要求。」

打完招呼，對方只發出一聲輕微的「喔」。桌上放著的應該是他喝過的哈密瓜汽水和水杯。

花垣五官精緻秀氣，人很瘦。白皙的臉很小，最吸引人目光的是雙眼皮明顯的大眼睛和略顯鷹勾的高挺鼻梁。難怪真實看到相親照片時會選擇他。不過，或許因為頭髮太長的緣故，花垣散發一股不安定的氣息。或者該說——他不太像社會人士，也可以說是保持學生時代模樣的成年人。

年紀應該和真實差不多。三十五歲上下的他看起來之所以像學生，和服裝可能也有關係。身上的馬球衫本身質料很好，但卻皺得誇張。

服務生過來點單，說是不能單點咖啡，只能點喝到飽的飲料吧。架便點了一人份的飲料吧。服務生離開後，架問花垣：「您的工作沒關係嗎？」

按照希實的說法，打電話到他工作的牙科診所時，接電話的正是花垣本人。這麼說來，現在他應該是丟下工作特地過來的吧。架這麼一問，花垣就說「是」，這時才第一次發出讓人聽得清楚的音量。

「沒關係。」

「抱歉約得這麼倉促。因為我今天碰巧來群馬，想說如果可以的話，就馬上跟您約一約，才會提出這種無理的要求。」

花垣又點點頭「喔」了一聲。架坐直身體說：

「我想希實小姐——坂庭真實小姐的姊姊應該已經在電話中提過，真實小姐她現在下落不明。」

花垣始終盯著架看。他看起來很神經質，不斷眨眼。下定決心開口時，架反而還比較緊張。

「在失蹤之前，她遇上了跟蹤狂。」

花垣表面上沒有太大反應，只是無言繼續盯著架。頻繁眨眼似乎是他的習慣，架甚至看不出他到底緊不緊張。

「我只知道對方是她在群馬時認識的人，除此之外什麼線索都沒有。所以，我正在找她當時認識的人，想請問一些當時的狀況。今天耽擱了您的時間，真的非常抱歉。」

「不會。」

花垣這麼說。只是，在說完這簡短的兩字後又陷入沉默。架以為他會說點什麼。等了一會兒，他依然保持沉默。

不可思議的沉默。

是因為心虛所以沉默，或是為了掩飾什麼才不開口嗎——總覺得都不是。話雖如此，他也不像對這件事毫無興趣，因為他的眼睛始終凝視著架。

和金居那時明顯有什麼不一樣。看不出他想對架說什麼或問什麼。

「雖然您跟真實小姐見面已經是好幾年前的事了，還是想請教一下，有沒有什麼可能的線索？」

「可能的線索？」

架捱不住沉默，只好主動提問。花垣思考起來，視線終於從架身上移開，停留在半空中，口中再次喃喃自語「可能的線索……」，沉默的時間長到令架期待花垣可能說出什麼特別的答案，結果他還是低聲回答：「想不出有什麼……」

「這樣啊。」

從這幾句簡短的對話，架開始明白。

一如真實對惠轉述的內容。

——是個完全說不上話的類型。

——對話完全無法成立。該說對方是怕生嗎？不管真實說什麼，他只回答一兩句，然後對話就此結束。對方不主動提問，也不會自己製造話題。即使如此，他還是表示想繼續見面，讓真實很傻眼。

實際見面之後就能明白。問什麼他就答什麼，除此之外，他似乎不認為自己有必要主動問什麼或說什麼。架曾聽說不善言詞或社交性低的男人，即使其他各項條件出眾，在婚活場合仍很難有所進展。現在架似乎也明白原因何在了。

話雖這麼說，但不表示花垣是跟蹤狂的可能性已經消失。剛才的沉默說不定是為了掩飾對自己不利的事，故意裝出來的表現。

得認真判斷清楚才行。

「花垣先生，聽說您在高崎當牙醫助手？」

「對。」

「從跟真實小姐相親那時就從事這行業了嗎？」

其實這些資訊早就知道了，架只是為了找話題才這麼問。花垣這次依然只是短短地「嗯」了一聲。他似乎認為「嗯」就是明確回答了。

「牙醫院長是令尊？」

「對……啊，不對，跟真實小姐認識那時是他，不過現在是我弟。」

第一次從他嘴裡說出這麼長的句子。雖然提到了真實的名字，架卻捏了一把冷汗，擔心自己是否問了不該問的事。醫院網站上看到的院長名字「花垣勉」原來不是他父親，而是弟弟。希實提到醫院名稱變更過的事，可能院長就在那時從父親換成弟弟了吧。

從父親手中接手醫院的不是哥哥而是弟弟，哥哥只以助手身分在醫院工作——這肯定有什麼內情。不知如何反應才好，架只能答腔「這樣啊」，花垣又說了一次「對」。

對話就這樣中斷了。

無論是架的工作或真實的事，花垣依然什麼也不問。那看起來不是賭一口氣故意不問，也不是對這些事毫無興趣。要是真沒興趣，他就不會來這種地方和架見面了。即使如此，花垣還是什麼都不說也不問，不主動開口說任何話。

過了一會兒，才聽到他低聲嘟噥了什麼。

「嗯？」

「飲料吧……」

起初沒聽清楚，架抬起頭望向花垣。

「飲料吧……你不去拿飲料嗎？」

「啊……」

架都忘了這回事。花垣指了指放了各式飲品的角落。

「那我先失禮一下。」

架這麼說著起身，花垣無言點頭。

走到飲料吧旁，按下咖啡機上的按鈕。等待飲料裝入杯中時，察覺自己一陣疲憊。苦於找不到適當話題，最後只能默默無語。因為得不到對方太大反應而不禁感到不耐煩，後悔自己來這種地方做什麼。

想到這裡，架略帶自嘲地笑了。

這簡直就像婚活時跟話不投機的對象見面時的場景。

自己正在設法和對方多聊一點，努力舒緩場面氣氛，對方卻唐突地指出「你還沒去拿飲料」——他這麼說甚至沒有惡意，反而是出於善意和認真的個性。花垣身上就有這種牛頭不對馬嘴的特質。架完全可以想像他和真實約會時的狀況。

一群媽媽帶著好幾個孩子朝飲料吧走來。喝什麼好呢？我要哈密瓜汽水！我要可樂！可是我媽說不能喝可樂……趁他們還沒走過來，架趕緊離開。

端著咖啡回到座位上時，花垣正滑著手機。是在聯絡誰嗎？會不會是真實——這麼想著，架倉促朝手機螢幕投以一瞥。沒想到，出現在螢幕上的既不是電郵也不是通訊軟體，是——手機遊戲的戰鬥場面。架只是短短離開座位一下，他就玩起來了。看到這個，架緊繃的身體一口氣放鬆。

「……您今天為何願意來跟我見面呢？」

回過神時，已不假思索地把這問題問出口了。花垣放下手機，輕輕「欸」了一聲。架繼續說：

「為什麼，您今天願意來見我呢？您只不過在幾年前和真實小姐透過相親有幾面之緣，為什麼願意丟下工作來見我呢？」

花垣沉默不語。但他看起來並無不悅，眼中流露的純粹是困惑的神色。

「那我就直說了，」架的聲音有些顫抖，「其實，我懷疑您可能是真實的跟蹤狂。所以今天才來找您。」

花垣瞪大雙眼。

說這句話時下意識改變了稱謂，從「真實小姐」變成「真實」。這麼一來，也不用想套什麼話了。架無奈地繼續說：「您應該也有察覺我這麼想吧？」

「沒有……」

驚人的是，花垣眼中依然只有困惑。正因為他話不多，看起來更不像演戲。

花垣搖搖頭：「我完全沒想過這種事。」

不善交際，看上去弱不禁風的花垣或許確實不是受女性歡迎的類型。然而，說不定真實就是放不下他的弱點，對他產生了感情。萬一乍看之下消極沒有行動力的他，忽然展現強硬態度抓住真實，對她坦言一直喜歡她的心情……

腦中想像的情節一旦起了頭就一發不可收拾，架開始覺得這是很有可能發生的事。結束和真實的相親後，他過的是什麼樣的生活，架無從得知。但是，怎麼想也不認為他會和金居一樣組織家庭，過起安定的生活。這樣的變化不會出現在他身上。金居與妻子已順利踏上人生下一步，成為了「一家人」，和那樣的金居不同，花垣身上散發的是跟自己還有真實一樣的味道。一種無法前進的味道。

「那麼，為什麼您今天願意來見面呢？」

重複一樣的質問。

難道不是因為你心虛嗎？難道不是因為你現在正和真實在一起，所以才對我感到好奇，想來看一眼嗎？架這麼想。

「因為……您說想見面。」

花垣這麼說。眼神並未低垂，始終凝視著架。

「就這樣？」

這次是漫長的沉默。架心想，我說了什麼奇怪的話嗎。家庭餐廳裡，剛才在飲料吧旁遇到的那群小孩活潑笑鬧，他們的笑聲從花垣和架之間飄過。

過了一會兒，他才又發出聲音。這次也聽不清楚，架反問：「您說什麼？」

「……因為擔心。一般都會擔心吧。」

像是勉強擠出來的聲音。說完這句話，花垣的耳朵和臉瞬間脹得通紅。

「所以我也很擔心。」

這次的聲音比剛才大了點。

聽到他的聲音，輪到架沉默了。因為花垣的話聽起來一點也不像說謊。

毫無理由地，架就是知道。

不是他。

如果他心裡打著更多壞主意，如果他具備擄走真實的行動力，並且想將她藏起來的話，至少做得出更像樣的表情。然而，好不容易才能說出這句話的花垣臉上表情看起來既生氣又想哭。他平常一定很少表露自己的情緒吧，才會做出這麼難看的表情。

不過是幾年前見過幾次，如今早就毫不相關的對象，還是會擔心對方。這句話肯定不是謊言。

因為她失蹤了，因為她身邊的人正在為這件事傷神，所以他來了，如此而已。

人家為什麼找他，是不是在懷疑他，這種事花垣做夢都沒想過。毫無心機，毫無算計，甚至可以說老實到了駑鈍的地步。就像他自己說的「因為你說想見面，所以我就來了」。世上真有這樣的人。架自己雖不是這種人，但他也知道世上真有這麼老實的人。花垣就是其中之一。老實單純，內心沒有一點陰影的善良人。

坐在他面前，架不知自己該如何是好。

困惑——說得更清楚一點，是錯愕。還有反省，猛烈的反省。因為根本就不是他。

這時，花垣慢條斯理咬住眼前哈密瓜汽水的吸管。吸了一口汽水，途中還輕微嗆到。

看著這樣的他，架認真也坦率地想向他道歉。

「對不起。」

花垣還沒從嗆到時的駝背姿勢中坐正，頭轉過來。

「您這麼擔心，我還懷疑您。」

「沒事。」

說話又變回小聲，然後窸窸窣窣說了什麼。雖然很抱歉但真的聽不清楚，架問了「什麼？」花垣抬起頭：

「……如果您還有所懷疑的話，去問我爸媽也沒關係。我不管是工作還是回家都跟他們在一起。」

所以他是和父母住在一起了。架回答「我明白了」。既然是跟父母同住，真實現在在他身邊的可能性更是降低許多。

「還有……」花垣說。聲音低沉微弱，不過，還是能聽清楚他說什麼。

「如果還有什麼能幫上忙的地方，請隨時跟我聯絡。雖然我可能什麼忙也幫不了就是了。」

架這才領悟，從跟他說第一句話時起，自己就下意識地貶低了他。

還處在歉意中的架向他道謝，花垣似乎不太習慣接受別人道謝，只是尷尬地輕輕點了點頭。

花垣再次喝起哈密瓜汽水。不是用手拿起杯子，而是身體前傾，嘴巴直接靠近杯子，就像小孩子一樣。

架結完帳，走到家庭餐廳附設的停車場時，已在店內道別過的花垣還在那裡。站在他自己開來的輕型車前，一看到架就輕輕低頭致意，掀動嘴脣。他說的應該是「謝謝招待」吧，聲音依然模糊難辨，但是看得出來，那對他來說已經是儘量放大的音量了。

深藍色的輕型車和金居太太開的粉彩色輕型車不一樣，看起來很舊了。車牌上不像金居太太的車那樣掛著裝飾框，後照鏡上也沒有項鍊造型的芳香劑。

架聽說鄉下地方的男人對汽車裝飾很講究。和大都市不同，汽車是鄉下地方的生活必需品，架能體會男人們想把錢花在這上面的心情。但是，花垣對他的車似乎毫不講究。

架心想，他是個寡慾的人。

站在自己這種「不善良」的人的立場看，花垣的自我欲望真是淡泊得驚人。尋找真實的過程中，架再次體認到世界上確實有這種人存在。他們多半過著不求太多的生活，但也正因如此，經常被說是「沒有自我」。

下意識把自己BMW的車鑰匙重新拿好，藏進手心。並非擔心讓他認為是炫耀，而是架自己真的感到尷尬和羞恥。就算知道架有這種想法，花垣大概也沒什麼感覺吧。包括這點在內，都讓架感到沒來由的羞恥。

架並不討厭他，只是一看到他就無地自容，希望他趕快離開。然而，花垣就像個不機靈的小孩，始終呆站在停車場裡看架。

望著他，架心想。雖然也覺得自己哪有資格說這種話，但是看到像他這樣的人無法獲得幸福，內心仍不免一陣落寞。只要一點改變就好——雖然不知道該改變的是什麼——他或許也會是小杉購物中心裡那些毫無特色的家庭成員之一。

為什麼無法實現呢？

「今天很謝謝您，請先回去吧。」

架這麼說，花垣露出惶恐的眼神，過了一會兒才點了點頭，鑽進自己的車子。

架站在原地，直到看著他那輛小車消失在外環道上。

知道花垣是這樣的一個人後，一方面感覺得救，一方面也陷入一籌莫展之中。接下來，手頭就沒有任何找尋真實的重大線索了。在這塊土地上，已經沒有其他地方可以去。不管去哪裡，一定都找不到接近事件核心的事。生活在群馬時的真實，缺乏決定性的戲劇情節與生活插曲。

唯一得到的結果，就是什麼都沒有得到。

沒想到的是，事情到了下個星期，竟出現意料不到的發展。

那天晚上，架受邀參加聚餐。

和學生時代那些死黨好友一起。老實說，架提不起勁參加。只是知道大原也很擔心真實的事，再加上正好工作不太忙，所以還是去了。

「架，好久不見。」

被店員帶到桌邊，卻沒看到大原。在場的只有傳訊息約自己的美奈子和她的死黨阿梓。約定時間是晚上七點，因為工作關係遲到的架抵達時已經八點多了。

「咦？其他人咧？」

在並肩而坐的兩個女生面前坐下，架才察覺不對勁。四人座的桌子，和平常聚餐時的狀況不同。別說大原了，連平日最好約的那幾個男生都沒出現。

「今天只有我們兩個喔。有點事想問架——應該說有點事想跟你說。」

「說什麼？」

「抱歉，你以為是大家聚餐嗎？」

阿梓一邊歉疚地說著，一邊遞上飲料的菜單。看到這裡有比利時產的啤酒，熟知這個品牌美味的架立刻點了這個，她們同時勤快地裝了一小盤桌上的沙拉和義大利麵，放在他面前。

看來，今天她們兩個是專程找自己出來的。

「什麼事啊，有點恐怖欸。」

身材好又長得漂亮的她們，雖然比二十幾歲時已穩重了不少，化妝與穿著打扮還是毫不馬虎。只有自己一個男的面對她倆，不免還是有股壓迫感。

以前學生時代，小團體內如果有人戀愛，男生經常像這樣被約出來談。架最先想起的就是自己也曾因為戀愛的事，被女性友人圍攻「你怎麼可以甩掉她，太可憐了」。當時那些幼稚的對話，多半正因年輕才說得出口。回想起來固然懷念，如今彼此都有工作和家庭，再怎麼說，也不會像過去一樣為了人際關係或別人的戀愛拚命。所以，架實在想不出自己被她們單獨約出來的原因。

「哪有什麼好恐怖的。」

美奈子微微苦笑。然而，平日耍嘴皮毫不留情的她，說完這句之後應該會再挖苦個兩三句，今天倒是馬上收斂了。

架的飲料一上桌，阿梓就說聲「辛苦了」，舉起自己的杯子輕輕碰杯。不知為何表情有些緊繃的阿梓說：

「架啊……聽說真實失蹤了，真的嗎？」

正打算夾起沙拉的手停下來，架回看她一眼。這次輪到美奈子開口：

「你一直在找她嗎？」

「妳們聽說啦？真實的事。」

「不久前聽大原說的。那之前我們都不知道，所以嚇了一大跳。」

美奈子點點頭，朝阿梓的方向望去。

「大原說架好像很憂心，所以問我們女生有沒有聽真實說過什麼。但是，和亞優那時不同，我們跟真實又不是那麼熟……」

「是啊……」

不知該如何回答，架只能隨便點頭。美奈子問：

「聽說架每個禮拜都去真實老家？你每個禮拜跑去群馬嗎？」

「說每個禮拜是太誇張了啦。」

儘管覺得事情受到誇大，但心情上確實處於一直找尋真實的狀態。包括遍尋不著而產生的疲倦，其實也差不多了。

「多久了？」

「快三個月了。」

自己說出口才發現，啊，已經這麼久了嗎。

和花垣見面後，架完全束手無策。正在考慮下星期是否要去一趟真實老家和陽子及正治見面，但又不認為去了會有何進展。目前為止只限定在群馬搜尋她的跟蹤狂，說不定之後也該去問問真實在東京工作時的同事，例如之前寄信來過的Janet。

「她是二月失蹤的嗎？」

「對。」

「架，你瘦了耶。」阿梓這麼說。

自己沒有感覺，但或許真是如此。架沒回應，無言地喝啤酒。看來，她們今天約自己出來是因為擔心吧。不料，美奈子忽然說：

「我跟你說……」

「嗯？」

「我們見到她了。」

見到真實了。聽到這句話，架差點把嘴裡的啤酒噴出來。一點也不誇張。

「在哪裡？真實她現在人在哪裡？」

面對一股腦追問的架，美奈子急忙搖頭「不是啦」。一旁的阿梓用紙巾擦拭架打翻的啤酒。

「不是她失蹤之後……應該是失蹤前，一月三十一日，那時真實應該還沒失蹤吧？」

「對。」

確實是她失蹤前，但是，這正好是她失蹤的前一天。

那天她去參加公司為她舉辦的餞別會，難得比架還晚回家。

「你都沒聽真實提起這件事嗎？」

美奈子的語氣不知為何夾雜困惑。她是因為和阿梓彼此確認過了正確日期，才決定約架出來的嗎？

「沒聽說。那天我先睡了，隔天我出門時她又還沒起床，沒好好說上話。」

架情不自禁朝兩人探身。

「妳們那天是幾點遇到真實的？妳們知道她隔天就失蹤了嗎？」

「知道。聽大原說了。」

美奈子點頭，眼神嚴肅。只是不知為何，那雙眼睛看起來像要哭了。阿梓從旁說明：

「我們是晚上遇到真實的。碰巧在我們幾個女生聚會的店裡，遇到她和一群人。」

「我們跟大學社團的夥伴正在喝兩杯，有阿渚還有多佳子她們……」

「看到真實手上捧著一大把花，想說應該是餞別會吧。當時其他人去結帳，他們好像已經要散會了。」

架從未聽說過這件事。如果是真的，真希望能早點知道。面對說不出話的架，美奈子繼續說：

「最初是阿渚發現的。她說，妳們看，那個是不是架的未婚妻？我們一看，真的耶，是真實。就在這時，阿渚大喊『喂，真實，不嫌棄的話，要不要一起來喝兩杯？』你也知道阿渚那個人就是這樣，想到什麼就立刻行動。」

「她跟真實說，要慶祝你們訂婚。」

聽不出她們這麼說是想包庇不在場的朋友，還是想把責任推到她身上。架有些不耐煩地催促：「那真實怎麼說？」

「真實她們已經結束餞別會，她原本好像要走了，一個看似上司的人跟她說『是妳朋友？那就留下來吧』，然後她就走到我們這桌來。」

「那時大家都喝醉了——忍不住就說了。」

「說了什麼？」

美奈子和阿梓對看一眼。一瞬間後，美奈子說：

「我們說，真實手段很高明嘛。」

「手段高明？」

「嗯，能抓住始終下定不了決心的架，還有本事讓你跟她結婚，手段真的很高明啊。想說反正你們都訂婚了，講一下也不會怎樣吧。」

「對啊，在婚活中不但碰巧遇到架這種型的還沒死會，竟然還能和你定下來，她真的超級幸運吧。」

架差點無法呼吸。不知她們如何解讀架一時說不出話的態度，美奈子很快繼續說：

「你想想嘛，像架條件這麼好，也很正常談戀愛的類型，到了這把年紀竟然沒有離婚經驗，簡直就是奇蹟。我也覺得真實很幸運，你自己不覺得嗎？」

架沒有回答。胸口湧上一股怒氣，使他呼吸困難——妳們到底以為自己是誰？

這時想起的，是真實前同事有阪惠口中的「清庫存花車」。對美奈子她們來說，自己的好友架就像在花車中挖到的寶。

明明婚活中的痛苦根本就無法用這麼一句話說明。

自己曾是能夠正常談戀愛的類型，只是在某個階段搞錯了什麼，現在才會在這裡進行婚活——若說架從未有過這種念頭，那就是騙人的了。正因為自己這樣想過，才無法忍受別人不負責任地說這種話。感覺既受傷又火大。

「所以，我們原本就覺得那女的超級幸運啊，該說是幸運嗎？也可以說奸詐啦。」

「什麼意思？」

「誰教她演了一場那麼容易被拆穿的戲，大家都在說，也算她勇氣可佳，這麼做算是值得了啦。」

「咦？」

「不是假的嗎？那女的說什麼跟蹤狂的事。」

美奈子不以為意地說。瞬間，架耳邊失去一切聲音。

只聽見心臟用力跳動。時間彷彿暫停。

默不吭聲，架也知道自己現在臉上肌肉僵硬，只能轉動眼珠望向美奈子她們。沒想到，她們反而出現疑惑的表情，兩人同時「欸？」了一聲，先是面面相覷，再望向架。

「那種事肯定是騙人的啊。架，你該不會到現在還相信吧？」

「是說……」

心臟宛如結冰，要是一口氣說出話來，胸中冰凍的寒氣恐怕會跟著從嘴裡冒出來，化為白霧。

不確定這是憤怒還是其他的什麼。衝擊太強烈了，無法好好將情感化為言語說出口。架凝視兩人。

「妳們到底為什麼只能用這種惡意的方式看待事情？這樣隨便懷疑別人不覺得自己很丟臉嗎？」

「我說啊，你們男生這種地方真的是天真過頭。」

美奈子故作誇張地嘆了口氣，像是完全想像不到架內心受到多大衝擊，語氣非常輕佻，令架難以忍受。

「你想想看，架。你和那女的婚活認識了兩年都無法下定決心結婚，她一定很焦慮，但又沒有勇氣對你正面逼婚。」

「就算是這樣也不會扯那種謊吧，妳想像力太豐富了。」

「欸？可是實際上，你就是因為發生那件事才決定結婚不是嗎？」

美奈子這句話堵得架啞口無言。她接著說：

「我們大家就在說，那件事聽起來太戲劇化了，哪有這麼剛好的事。正好就在你聚餐時打電話來，說什麼她跑出來了，當天就搬進你家同居……這不叫手段高明叫什麼？」

「她不是這種型的人。」

架說得斬釘截鐵。並不是因為自己喜歡真實或願意相信她，這些自己的心情都先放到一邊，唯有這點架無法退讓。

真實是澈底不懂心機算計的類型，善良駑鈍到讓人看不下去的地步。和在人際關係中衝撞打滾學會那種事的美奈子或阿梓不同，從來沒有人教過真實那種事。要是真做得出來，恐怕還會活得比較輕鬆吧。正因為做不到，真實才會在她出生成長的故鄉過得那麼痛苦。這些架也都在群馬親眼見到了。

「我不是要幫她說話，她就真的不是那麼機靈的人。」

「說不定就是這次她非常努力嘗試算計了呢？」美奈子依然二話不說地否定架，「因為那個什麼跟蹤狂的，架只從她嘴裡聽過，根本就沒親眼看到過吧？你不也提議要報警了嗎？」

「我是提過……」

「她確實說過不要報警吧？」

被阿梓這麼一說，架再次啞口無言。

只是結果碰巧這樣而已，架很想如此說明，卻沒有自信說服以惡意眼光看待這件事的她們。

「太扯了啦。」阿梓說。

「你想想嘛，她自己說跟蹤狂對她做了什麼？跟蹤，偷拍，信件還被擅自打開？」

「對啊。」

——架，可能是我想太多了，不過，總覺得好像有人一直在看我。

真實以她慣有的謹慎口吻這麼說。

「信件是沒有被打開，只是好像有應該寄來的東西卻沒收到，大概是這樣。」

「一般人遇到這種狀況應該就會覺得噁心，考慮搬家了吧。她為何沒這麼做？」

「那是因為，一開始沒有明確證據可以證實自己遇到跟蹤狂，她也只是覺得有點不太對勁而已。妳們自己也不會因為這點小事就搬家吧？搬家花錢又浪費時間耶。」

「或許是這樣沒錯，可是，後來她不是說跟蹤狂都跑進家裡了嗎？下班回家時還撞了個正著什麼的。」

「沒有撞個正著啦，只是從窗外看到家裡電燈亮著，她立刻就逃跑了。」

架回覆美奈子的語氣也衝了起來。

還記得那時跟真實說「幸好對方開了燈」，萬一跟蹤狂在黑暗的房間裡埋伏的話，不知道會遇到什麼事。

然而，這兩個女性友人又用欲言又止的表情對看了彼此一眼。阿梓說：

「噯，你不覺得很奇怪嗎？跟蹤狂為何要特地選容易被發現的時間跑進她家？還好心開燈讓她知道裡面有人？」

「對啊，真正的跟蹤狂應該趁她上班時間偷跑進去，這樣才不會被發現。」

「這種事妳們問我，我要問誰？」

雖然真的這麼想，但被她們這麼一問，又覺得頗有道理。在這之前，架從未懷疑過這些事。阿梓用難以置信的眼光看著架，聳了聳肩。

「還有，普通人遇到這種事一定馬上報警的。畢竟，對方已經闖進自己家了耶？」

「真實不願意啊。她說對方可能是自己在群馬時甩掉的人，不想把事情鬧大。」

「可是，不都已經有東西被偷了嗎？首飾什麼的？」

「……對。」

明知承認只是增加她們攻擊的材料，架還是只能點頭。結果不出所料，阿梓立刻發出類似哀號的聲音：「太扯了啦！」

「連東西都被偷了，為什麼還不報警？要是我絕對報警，太噁心了，也無法原諒。」

「真實不像妳們這麼強悍啦。說不想把事情鬧大應該也不是騙人的。」

「這不是強不強悍的問題。」

儘管阿梓這麼說，和真實交往這幾年下來，架其實有點能理解她的想法。不喜歡引人注目，日常生活中也不太講究節日之類的事，盡可能想過得「普通」——世上就是有這樣的女生，而真實毫無疑問屬於這一種。

「噯，我問你。追根究柢，跟蹤狂為什麼會有她家鑰匙？對方怎麼進得了她家？」

「當然是對方擅自打了備用鑰匙啊。用黏土之類的東西塞進鑰匙孔取模之類的吧？」

刑偵劇不是常有這種情節嗎。再說，自己不在家時遭人入侵，這也是很常見的跟蹤狂手法，妳們連這種事都不懂嗎？架懷著急躁的心情望向阿梓，沒想到換來的依然是兩人的白眼。

「你覺得那種事有這麼簡單就能辦到嗎？」

「欸？」

她們默不作聲看著架，架被她們看得狼狽起來，只好改口：

「可能是那天剛好忘了鎖門……」

「啥啊？」美奈子故作誇張地大嘆了一口氣，「為什麼會忘記？」

「妳問我為什麼，我也……」

「一般人哪會忘記啦，女孩子一個人住耶？再說，自己正遇到跟蹤狂，更是不可能忘記鎖門吧？」

誰都可能忘記鎖門啊。然而，面對語氣強硬認定「不可能」的她們，架無法反駁。如果只有美奈子或只有阿梓，或許還有可能好好說話，一次面對她們兩人就沒轍了。女人毒舌到了這個地步是很難阻止的。

見架閉上嘴不說話，阿梓又說：「備用鑰匙這種東西，沒有原本的鑰匙當底本是不可能複製出來的。我們從知道這點時就開始覺得可疑了。如果是這樣的話，說是以前交往的男人擅自拿了她的鑰匙打備鑰還比較說得通。我們就在講，編故事也不編好一點，情節太鬆散了啦。」

「什麼不編好一點……」

全身竄過一股涼意。在理解她們為何這麼說之前，內心已經亂得一塌糊塗。應該要為女友遭言語侮辱發怒——雖然腦子是這麼想的，心卻被另一件事衝擊得亂了方寸。

按照真實的說法，她沒有和那個跟蹤狂交往過。只是對方向她告白，然後她拒絕了。

但是，難道不是這樣嗎？

真實對自己說謊了嗎？

回想起提及跟蹤狂時，真實說的話、遣詞用字，還有當時的表情。

——我不希望只有自己獲得幸福，對方卻因我報警而被捕，那可能會毀掉他的人生。

真實斬釘截鐵地這麼說。

——只是……總覺得不是不明白對方的心情。

——我想，他都三十幾歲了才失戀，心裡一定很難受，該怎麼說呢，那種不安的心情我可以理解。像是對結婚的焦慮、未來的人生等等，說不定都因為被我拒絕而忽然失去希望了。

那種包庇對方的說詞，會不會是因為真實和對方有過超乎想像的親密關係？

「妳們的意思是，真實和跟蹤狂交往過嗎？還是說，其實對方不是跟蹤狂，真實同時劈腿我跟那個人？」

「不是這樣的。架，你振作點好嗎，差不多該認清現實了吧。」

阿梓這麼說。架不明白，露出疑惑的表情，卻看到美奈子對自己投以不忍卒睹的視線。從以前到現在，美奈子是和架交情最好的女性友人。平常朋友中講話最毒的她，今天不知為何嘴巴比阿梓還安分。她開了口，用顧慮著架心情的語氣小心翼翼地說：

「其實我們偶爾會聊到，大家都認為那女的可能不只是架以為的那種『乖孩子』。」

「什麼意思？」

「意思就是，打從一開始，跟蹤狂根本不存在。」美奈子這麼說。

心臟再次猛力跳動。架無言望向美奈子。

「根本沒有什麼跟蹤狂。那只是為了讓架擔心才說的謊吧？只是為了讓你跟她結婚的手段。」

「——不不不不，這才真的是太扯了。」

架不假思索地這麼說。那天，真實看起來打從內心恐懼。在電話裡訴說「好恐怖」的語氣和聲音也不可能是演技。搭計程車趕到架家時，她的肩膀甚至還在發抖——她確實有好好地在發抖。

「她是真的很害怕，別的不說，當時她都哭了耶。」

「都能扯出這種謊言了，流幾滴眼淚有什麼難？你們男人喔，真的太天真。」

阿梓這麼說。美奈子依然顯得有些顧慮，但仍清楚地表達贊同。

「很抱歉問這麼多次，可是架，你實際上沒有見過跟蹤狂對吧？」

「對。」

所以現在才在搜索啊。後悔當初沒有好好聽真實說話，沒有問清對方的姓名和底細。

為什麼自己沒能好好聽真實說話呢？起初，真實說「可能是自己搞錯了」，所以架也沒有想太多，只是敷衍說些「有什麼事馬上告訴我」的話，不曾認真擔心過。

想到這裡，忽然起了一身雞皮疙瘩。

沒錯。起初自己根本沒認真擔心過。對真實說的話，只是左耳進、右耳出。

於是，在真實的描述中，跟蹤狂的存在愈來愈明顯。在真實逃來自己家那天晚上之前，架一直沒當成一回事。從那天晚上之後，才真正開始擔心。

「我們還以為架你早就隱約察覺了。」

美奈子這麼說，語氣充滿無奈。

「以為你已經察覺那女的說謊。只是都打算結婚了，抱著就算說謊也沒關係的心情。難道你真的全部相信嗎？到今天都還相信？」

「我一直相信。」

架說得肯定。剛才還大聲嚷嚷的她們兩人都不說話了。一直相信。直到現在也還相信——架很希望自己這麼想，內心卻已開始動搖。

——拜託你，快點回來！

那是真實第一次用這種語氣對架提出要求。

——救救我，救救我，架。

真實的聲音是如此急迫。但是為什麼，自己現在會因為美奈子她們的臆測而起疑？

「那為什麼她會失蹤？如果根本沒有跟蹤狂的話。」

架這麼說。兩位女性友人依然沉默，只是用帶有深意但尷尬的眼光看了彼此一眼。見到她們這表情，架內心出現不祥的預感。

「妳們該不會……」冷汗沿背脊滑落，「妳們該不會跟她本人說了吧？說跟蹤狂的事是謊言？」

「……說了啊。」

阿梓承認了。架簡直無語問蒼天。不是比喻，而是真的這麼做了。像找藉口似的，美奈子說：

「起初是阿渚說的。她說『真實，妳手段真高明』。那女的一開始好像還沒聽懂，跟我們扯什麼『對，我很感謝架選了我做他的結婚對象』，就因為她這樣，那時我們心裡——這麼說很抱歉——但真的覺得很好笑。」

美奈子這話說得毫不客氣，剛才的顧慮不再，漸漸恢復平日本色。

「好笑？」

「於是我們就跟她說，不是啦，是跟蹤狂那件事。不惜扯這種謊來設計架向妳求婚，手段很高明呢……這也是阿渚說的。」

架說不出話來。在無言以對的架面前，她們說出了更令人難以置信的話。

「可是，那女的沒否認喔。」

「咦？」

「該說是沒否認嗎……總之，那態度應該就是承認了吧？」

美奈子這麼說，阿梓也點頭說「嗯」。架難以置信地問：「怎麼回事？」

「……她忽然不說話了。一臉震驚的樣子，臉色發青。明明可以笑著打馬虎眼或提出反駁，但她都沒有這些反應，突然就安靜下來了。然後問我們——」

——架也這麼認為嗎？

「講這話時，聲音都沙啞了。所以我們也有好好跟她說喔，說我們什麼都沒告訴架，你們兩人如果就這樣決定結婚，我們也不打算多說什麼。只是，看她那反應就知道，跟蹤狂的事真的是她在說謊。而且這女的根本就不習慣說謊，就這層意義來說，她確實是你口中的『乖孩子』啦。」

「嗯，看了真覺得她還不如豁出去光明正大承認。」

心臟掠過一陣擦痛。

真實遇到跟蹤狂的事是不是說謊，這還無法斷定。要是可以的話，架也很想相信她。但是，美奈子她們的形容歷歷在目，完全想像得出真實當下的模樣。

那完全就是真實會做出的反應。腦中浮現真實這麼說著，臉色鐵青的樣子。那想像現實得令架毛骨悚然。就連架都忍不住想說，拜託妳光明正大一點好不好。

架甚至沒有責怪美奈子她們的意思。

「然後呢？」催促她們繼續往下說的聲音軟弱嘶啞，「後來真實怎麼樣了？」

「她就不說話。但是看到那副德性，大家都知道說中了。這麼一想，身為架的好友，有些話就忍不住說出口了。」

美奈子露出今晚最尷尬的神情。架心想，不管再聽到什麼，自己應該都不會再更震驚了吧——儘管這麼想，美奈子卻說：

「忍不住對她說，真實妳或許以為架是自己的真命天子，對他的心情也是百分之百的喜歡，但是架之前有過百分之百的對象，對他來說，真實只是百分之七十的對象喔。」

一口氣。

架倒抽了有生以來最深的一口氣。感覺就像這口氣吸進身體裡某個地方消失了，再度開口時，什麼都呼不出來。

耳邊傳來美奈子的藉口——我們都醉了。

架不知道自己現在臉上什麼表情。可以肯定的是臉部肌肉僵硬，明明想發怒，嘴角卻抽搐得像在笑。

喝醉了，我們都醉了。一直說得毫不客氣的美奈子，現在總算帶點慚愧地這麼強調了好幾次。

「……說自己醉了就當沒事了嗎？妳們。」

好不容易擠出這句話。還以為自己的話語中會充滿憤怒，不料語氣透露出大受衝擊的窩囊情緒，顯得黯然神傷。當然也有對美奈子她們的憤怒，但比那更多的是一股近乎虛脫的感覺——難以言喻的情感揪緊了架的心。

第一個想到，這是自食惡果。那確實是自己說過的話。想和真實結婚的心情只有百分之七十。這等於只給對方打七十分。無法下定決心結婚的原因也就在此。

無法否認。架確實這麼想過。就連向真實求婚後仍是如此。直到她失蹤前，架都還有迷惘。真的和她結婚就好了嗎？

打從心底想詛咒過去的自己。

「抱歉。」美奈子道歉。道了歉，卻又繼續說：「可是架，你看過那女的ＩＧ嗎？」

「看了。應該說，最近才知道她有在玩這個，所以是一口氣看完的……」

就連美奈子她們都比自己更早看過嗎。眼眶深處開始發疼。

「妳們幾個會不會太沒品了？幹麼偷看別人未婚妻的ＩＧ？」

「是碰巧發現的喔。而且，這也是沒辦法的事吧？她自己要對全世界公開啊。」

美奈子搖搖頭，抬起頭看架，眼神欲言又止。

「架，你看了那個都不覺得怎樣嗎？」

「什麼？」

「因為架老是說她是乖孩子，我們也覺得說太多不好，所以一直沒說而已。但那女的ＩＧ，該怎麼說呢……」

美奈子小心選擇遣詞用字，頓了一頓才接著說：

「不覺得很扭曲嗎？」

「扭曲？」

這麼反問時，嘴角微微抽搐。已經不知道是想笑還是想發怒了。

看來，這些女性友人——不只這兩人，大家平常都在背後拿自己的未婚妻當話題，批評得興高采烈。為什麼會這樣呢——一方面這麼絕望地想，另一方面，即使是被她們評為「太天真」的架也明白一點。

之所以會這樣，是因為真實不是她們的夥伴。

和架過去的女友不同，她們和真實是不同類型的人。不知為何，架想起那個沒有親眼見過的真實以前的同學，那個真實對金居說自己「不太喜歡」的同學。明明從未見過那個人，架卻從她身上聯想到眼前的美奈子和阿梓。

內心恍然大悟了什麼，同時湧上一股歉意。

真實肯定也不太喜歡自己的這些女性友人。雖然只安排她們見過幾次面，現在想來，每一次真實大概都很痛苦。

「說什麼自己是低調的人，結果那女的ＩＧ還放了滿多自拍照啊。而且還只有拍得好看的才放上去。看了會覺得其實她超滿意自己，也很有自信吧，自我感覺相當良好啊。」

「帳號還用了架的生日數字，這點也讓人不敢恭維。」

「沒錯！」

她們一定背著架說過這件事很多次了吧，一邊說著一邊贊同彼此。接著，阿梓又說：

「那女的寫自己低調，討厭引人注意，感覺只是出於對受注目女生的嫉妒。她瞧不起那些女生，說什麼希望別人接受原本的她，自己卻什麼努力都不做，簡直是厚臉皮。」

「厚臉皮」這句毫不掩飾的話直接刺入架心中，在內心盤旋不去。

「努力」這個詞也是。「希望別人接受原本的自己」——架想，只要是曾受婚活不順所苦的人，任誰都有過這種血淋淋的情緒。

「對啊對啊。寫的好像是架選擇了這樣的她，我們看了只會覺得她傲慢。到底知不知道自己幾兩重啊，真教人無法原諒。對那女的來說，架或許是真命天子，但對架來說可不是這樣。只不過是妥協之下的求婚，她在得意洋洋什麼。」

架一聽就知道她們說的是哪天上傳的內容，是在ＩＧ報告了架對她求婚的事那篇。

總算明白社群網站的可怕。就連那種私底下寫給自己開心的內容，也會被別人看到，還解讀成當事人完全沒有的想法。

「你別生氣喔，」架什麼都還沒說，美奈子就說了，「因為，要不是說了跟蹤狂的謊，憑她根本不會被選上，她卻寫的像是根本沒這回事似的，沉浸在自己的世界裡。所以實在教人無法原諒。明明是她自己先說的謊，一被別人指責就悶不吭聲，好像她才是受害人一樣。」

妳不是一百分的對象。

對架來說妳只有七十分——只是妥協之下的結婚對象，所以要讓妳知道。

這些話多麼殘忍。她們一定不明白，這是足以搗毀真實整個世界的惡魔宣言。投入婚活時，彼此怎麼在心中計算彼此的價格，這種過程她們根本不懂。

正因為她們不懂，才提得出局外人的忠告。架已經知道她們接下來要說什麼了。

「或許是我們多管閒事。」

不出所料，美奈子這麼說。語帶顧慮地，皺起眉頭，窺看架的表情。

「那個女的，別再交往比較好。」

「……為什麼這種話妳們過去都不說？」

架聽得出自己的語氣已失去感情。不是故意這麼做，說出口時自然而然就變成這樣了。這時，美奈子眼中第一次出現輕微的退縮。

「因為我們不知道後來真實就失蹤了。」

「嗯。架什麼都沒說，我們還以為那之後真實自己跟你說了什麼，結果你們還是決定好好相處下去。再說，我們也有答應她不把跟蹤狂是謊言的事告訴你。」

「要是她自殺了，妳們打算怎麼辦？」

架的聲音滲著一絲寒意。自己說出口才想到有這個可能，心情倏地沉重下來。感覺難以呼吸。

然而，聽了架這句話，女性友人們又是面面相覷。照慣例翻了翻白眼，交換一個架無法理解的眼神。

「……不用擔心啦。」

那聲音冰冷的程度不遜於架，再次半嘆氣地說：

「我說架啊……那女的不可能自殺啦。因為她超滿意自己的啊。低調、不擅長表現自己——還有什麼來著？只適合談孤獨的戀愛？這些都是她寫的吧。話說回來，孤獨的戀愛到底是什麼鬼啊？連在寫負面的條件時，她都會用正面積極的『適合』來肯定自己。那女的就是這種女人喔。自我評價過低，自戀程度卻高到不行。『我會自己放棄，所以你們什麼都別說』，一直都是說著這種話逃避各種事的吧。」

說到這個地步，美奈子的聲音已毫不留情。

一路走來恐怕都和真實走在完全不同道路上，靠著算計心機在一群女人中披荊斬棘走來的這些女友人們，如今看在架眼中就像陌生人。

「架，你人太好了。」美奈子說。

「真實失蹤的原因，你覺得會是哪個？是承受不了自己說出口的謊言，還是因為生架的氣？」

「欸？」

明明想對美奈子她們發怒，聽到這個問題，架卻發出狼狽的呻吟。一口氣明白太多事情，心情來不及整理。

架還沒回答，美奈子就說了。嘴角浮起一抹微笑。

「唯一可以確認的就是，她的失蹤絕對不是出於謙虛退讓。還有，一般人不管怎樣也不會隨便搞消失的。我再說一次，最好不要再跟那女的交往了。架，你真的認為那種女人好嗎？」

按捺著焦慮的心情等到天亮，立刻開車前往真實租屋處。

或許是因為後來有和當初拜託他們開門的不動產業者聯絡過好幾次，熟悉原委的不動產窗口在得知架想再看一次真實的房間時，二話不說就答應了。不需要父母或保證人希實同行。

「我在外面等，結束後請叫我一聲。」

將架獨自留在屋內，不動產窗口離開了。

睽違三個月造訪真實的房間，還是一樣看不出有人回來過的跡象。和剛失蹤時相比，看不出明顯不同。

架這次要找的，是上次沒確認過的地方。

打開壁櫥，包括衣物箱和衣櫥都打開看了。

最後，在放內衣褲的抽屜深處找到架想找的東西。那些東西就像偷偷躲藏起來似的，被人收藏在那裡。

——刻有端整圖案的浮雕寶石胸針，以及架去年送她的項鍊。

跟蹤狂入侵房屋後，真實說有兩樣東西好像被偷走了。一個是母親去義大利旅行時買回來送她，她也一直很珍惜的胸針；一條是架送的項鍊。兩者都是真實平時經常戴在身上的東西，兩人還討論過或許是因為這樣才會被跟蹤狂偷走。那個價格昂貴的胸針，還記得對警方提到可能被偷走的事時，陽子曾歇斯底里大喊「那個胸針不見了？」

項鍊是細緻的銀製品，可能因為放了很久沒戴，好像有點褪色。那天晚上之前，真實每天都戴在身上——既然如此，為何偏偏跟蹤狂來那天這條項鍊會放在家裡呢？架第一次驚覺這一點。

拿起兩件首飾，站在拉開的抽屜前，架動彈不得。房間裡的化妝檯上，放著架求婚時送的蒂芬妮湖水綠小盒子。真實連這個戒指都不帶走嗎？

在感覺不到人的氣息，蒙上一層淡淡塵埃，澈底冰冷的房間裡，架深深吸了一口氣。然後，對自己承認了。

根本沒有跟蹤狂。

第二部

我在夜裡奔跑。

跑在缺乏街燈照明的深夜住宅區一片黑暗中，為了儘快進入光線明亮的場所，腳步不停地全力奔馳。

身體不停顫抖。

對現在自己正要做的事充滿恐懼。因為我知道，一旦做下去了就無法回頭。既痛苦又悲哀。架為什麼要讓我做出這種事。

跑到車站前視野開闊的商店街，幾個路上行人映入眼簾時，我才終於停下腳步。這麼一來，更明顯察覺到自己的顫抖與呼吸有多麼急促。感覺空氣稀薄，瞬間猶豫是否該向周圍的人求助。有「證人」比較好嗎？要做到這個地步嗎？不惜把他人拖下水，只為了製造「事實」。為了把自己逼到無路可退的地步。

下定決心，今天一定要執行，我跑出家門。

要做就得一次做完才行。要是現在心情受挫退縮了，我恐怕再也辦不到。

猶豫的瞬間，身旁的車道閃過刺眼的汽車大燈。那輛車是黃色車身的計程車，一看到以紅字標示的「空車」兩字，我立刻邁步奔跑。

「等等！停車，拜託！」

不顧周遭眼光舉起手，及時跑到車子前。幸好司機似乎察覺到我，打開了車門。

「請先往豐洲方向開，麻煩了。」

近乎跌坐地鑽進後座，一關上車門，腋下忽然驚覺什麼似地噴發汗水。我從口袋裡拿出手機，指尖卻僵硬得無法好好觸碰螢幕。

快點快點快點……

快點出來，快點。

要是沒有一鼓作氣完成，心情就會受挫退縮了。

在通話紀錄裡尋找西澤架的名字。明明那麼常見面——明明在交往，但不往回翻閱通話紀錄就找不到他的名字，這令我焦躁不已。撥通後，耳邊傳來嘟嘟聲。

「——喂？」

一聽見電話那頭的聲音，自己的吸氣聲瞬間變得像漏氣的氣球般尖細，又像嘶啞的哀鳴。要是他沒接的話，一切將在徒勞中結束。那樣就算了，也沒辦法，直到剛才，內心深處都還希望乾脆就這樣算了。

但是，他接了。

我用預先準備好的聲音，拚命裝出走投無路的語氣。架、架、架，救救我。

「那個人……」

「咦？」

接起電話的架身後傳來聚餐的聲音。啊，他又跟那群人去喝酒了吧。比起跟他交往中的我，架和從前那群朋友關係似乎更親密。和對我的小心客氣不一樣，他叫那些女性朋友時總是不客氣地說「喂！妳這傢伙」。我真的一直很討厭看到這些。

視野因淚水而模糊。握著方向盤的司機透過後照鏡窺看，顯然對我的行動感到疑惑。

啊，忘了先問司機能不能在車上打電話。都什麼時候了，我竟然還在顧慮這種事。可是，明明自己平常都會注意到的，遇到臨時得在車內打電話的情況時，一定會先知會司機一聲，否則太沒禮貌了——我明明每次都記得問的。

我有自覺，現在正打算捨棄過往的自己。

手撫胸口，眼淚卻不由自主流出來，順著臉頰滑落。

「那個人好像跑進我家了，怎麼辦？我不敢回去。」

「那個人是指……？」

隱約聽得到架背後的說話聲。「等一下啦——」、「你要這麼說我也……」、「可是那傢伙啊——」。他好像和好幾個朋友在一起，有男人的聲音，也有女人的聲音。他們稱呼架時的語氣和我不同，總是特別親暱。就是那群人。

電話另一端的氣氛變了，架的聲音嚴肅起來。

「真實，妳現在人在哪？」

「車站附近，現在剛搭上計程車。抱歉，我現在可以去架的家嗎？」

「可以啊，當然可以，這沒問題。只是妳說那個人在妳家是……？」

架似乎移動到一個安靜的地方，電話那頭的喧嚷小聲了些。

「下班之後，我正要回家時，看到家裡燈是亮的，那個人在裡面。我沒進去，直接跑出來了。」

「我現在馬上回去，抱歉，我還在外面。」

架這麼說。背後再次傳來聲音。

——喂，架！你在講電話？女朋友打來的？

架不耐煩地回對方「囉唆啦你！」

「真實，如果妳比我先到家，先請計程車司機停在門口，妳坐在車裡面等，最好別落單——」

「我知道，可是、可是，拜託你快點回來！」

我口中迸出哀求。

心裡想的是「你夠了吧，別再拖拉！」

我現在情況很緊急耶！

我明明差點遭到危險，逃了出來，架應該要更認真擔心我才對吧——難道你都不怕我出事嗎？

我覺得好窩囊，淚水又模糊了視野。

拜託，算我求你。為我拚命，保護我。

知道有別的男人纏著我，一般來說不是應該更生氣，更衝動嗎？

先前無論我用多擔憂的語氣說這件事或暗示有這樣的人，架都不曾拚命擔心過。

你一定以為我不可能遇上跟蹤狂吧。

這或許是第一次用這麼強硬的口吻對架說話。我總是擔心要是說了，就會被討厭。一直以來，為了不被討厭，從來不說任何露骨的話。話說出口，我才心頭一驚，「抱歉——」摀住嘴巴，手還是很僵硬。

「抱歉，我不該說這種話。可是，救我、救我，架——」

「啊，真是的！」架心煩意亂地說，「是我不好，不該丟下妳一個人跑來喝酒。」

電話依然維持通話狀態，架似乎已離開餐廳。啊，太好了。他的聲音聽起來總算認真為我擔心。

我哭了。

真不中用。不做到這種地步，他就不會為我拚命。無法讓他拚命的我。

噯——

拜託，別讓我做這種事。

好好珍惜我。說你愛我。

司機已經完全注意到後座的我不太對勁，一聽到我掛上電話立刻問：「妳沒事吧？」

「小姐，妳還好吧？」

「……我還好。」

一邊這麼回答，我一邊想。才不好呢，我一點也不好。眼淚再度湧出，我硬是伸手擦掉了。

快點快點快點……

架一定正在為我趕路。我心存感激，卻仍無法打消恐懼。不知道要到什麼時候自己才會「沒事」。心頭恐懼不安，再次哭泣起來。

只能祈求。

拜託了。好可怕。架，拜託你了。

救我。

救救我。

我不夠堅強，無法靠自己一個人活下去。

已經厭倦被父母逼問何時結婚了。已婚的朋友們不知道是怎麼看待我的？我已經厭倦揣測這些事了。只不過是還沒結婚，就要被周遭認為是「結不了婚」的人，我已經受夠這種事了。

心想，為什麼？

交往之後，我覺得你就可以了。

過去一直說著「找不到好對象」的我，認識了你，開始覺得「這個人就可以了」。交往之後，一心以為終於能夠擺脫那些悲慘的遭遇，還以為終於沒問題了。

我不想逼你。

我一直靜靜等待，希望像眾多朋友那樣自然獲得交往對象的求婚。

救救我。

別再讓我做這種事了。

我好痛苦。

架。

跟我結婚吧。

第一章

回想起來，那是找工作面試時的事。

「本公司是妳的第一志願嗎？」

因為還有父親認識的議員介紹的縣政府工作，眼前這間公司其實不是我的第一志願。學校有很多畢業生利用推薦就職名額進入這間公司，正因如此，我對這間公司有點抗拒。雖說和大家一樣也沒關係，要是可以的話，跟大家不一樣才顯得我比較特別。

所以我這樣回答：「不是，還有別人介紹的工作，那裡才是我的第一志願。」

面試官是一位男性，他看起來似乎有點訝異，但我並未太在意。

「妳的第一志願是哪裡？」

「是縣政府。」

「那份工作——是正職嗎？應該不是吧？」

「應該是這樣沒錯。」

如此回答之後，我才發現自己回答得模稜兩可。但是老實說，我也不知道。父母只告訴我「是縣政府的工作」。是不是正職，我也不知道。

面試官露出難以置信的表情，沒有再多問什麼。

之後，確定要去縣政府工作時，姊姊希實對母親說：「就算只是民間小企業，真實也應該當正職員工才對！」聽到她跟母親的對話時，我才知道自己當時去面試的是正職員工的職位。

因為人家叫我那天去，我就去面試了，心想反正也不會錄取。那時候的我覺得怎樣都無所謂了。

一起去面試的大學同學們後來都獲得內定錄用，只有我沒有。媽媽問我「怎麼會這樣」，我才把面試上的對話說出來。講到被問是不是第一志願的事時，爸媽都傻眼了。

「那種時候不管怎樣都要回答『是的，只要獲得錄取，我打算來貴公司報到』啊。真是的，真實就是太老實了。」

「可是，那不就變成說謊了嗎？」

「有時也需要善意的謊言啊。真實真是的。」

姊姊回家時，媽媽向她提起這件事。我正好從二樓下來要進客廳，她們大概沒想到我會聽見。

「什麼？真實是笨蛋嗎？」姊姊這句話，單純讓我很受傷。說「笨蛋」就太過分了。

我聽見媽媽反駁的聲音。

「沒辦法啊，真實就是老實。」

「你們老是說她老實，因為老實而吃虧的話，老實又有什麼好處？」

「她是乖孩子啦。」媽媽這麼安撫姊姊。

學生時代，我曾謊稱要一起去滑雪旅行的都是女性朋友。到最後一刻，因為還是覺得說謊不好，對母親坦承了「也有男生」。姊姊得知這件事的時候，用同樣的語氣說了一樣的話。

她說：「妳是笨蛋嗎？」

為什麼突然想起這件事，我也不知道。只是突然覺得，和當時好像有什麼很類似。這樣的我，放棄了當一個乖孩子。

就這麼一次，我拋棄了一直以來堅持守住的善良——被迫拋棄。說了一個謊，這輩子最大的謊言，用盡全力。

不誇張，我真的這麼認為，然而——卻像這樣被這些人輕易識破。

「真實，妳手段很高明嘛。」

聽到她們這麼說的時候，內心產生不祥的預感。

架的朋友們都不是我過去交好的朋友類型。我雖然喜歡架，但每次被帶去參加他的朋友聚會時，心裡都覺得很討厭。

可是，我們已經要結婚了。所以，當她們醉醺醺地說「就當作是慶祝你們訂婚」時，我當真了。

只要早一點或晚一點走，說不定就不會被她們看見，我也已經回家了。

「還好嗎？」要先回去的Janet那時擔心地看著我。現在回想起來，或許她也感覺到某種不愉快的氛圍。Janet是我來東京後第一個交到的朋友。開始在現在的公司工作，認識像她這樣的人，老實說，我真的很開心。語言能力好，靠自己實力領取獎學金留日，之後又發揮所學與專長找到工作的Janet，個性比我過去認識的任何日本人朋友更爽快，頭腦又好。和架那些女性友人說話時，我經常在腦中想著Janet，藉此忍耐過去。

我告訴自己，我擁有像Janet那麼有魅力的朋友，根本不用在乎眼前這些人說什麼。以前我曾直接跟Janet說「好羡慕妳的行動力和語言能力」。那時，Janet問我：

「真實，妳會想自己直接跟外國人溝通嗎？還是會想去不同國家生活嗎？如果妳沒有這類強烈欲望，過自己喜歡的人生又有什麼關係？對什麼東西沒有興趣並不是一件可恥的事。」

這句話大大拯救了我。過去，我對什麼都沒有興趣，因此被各種人瞧不起。Janet讓我知道，有問題的是瞧不起我的人。

這麼喜歡的同事那樣擔心我，我還說著「沒關係」，讓她先回去了。

我想我是一時大意了。

「真實，妳在外商公司工作嗎？」

「欸？不是吧？我記得是在學校當行政？」

大概因為剛才跟我在一起的同事裡有美國人和英國人講師，她們才會這麼問。但就連這種問法，都讓人感到厭惡。

來我工作的英語補習班上課的學生大都很認真，其中也有不少人打算考取其他資格或執照。最重要的是，每一位講師都積極學習日語，和我或這些輕浮的人不一樣，他們都是腳踏實地，很了不起的人。我自己當然也不喜歡被人輕視，但更極度討厭這些同事被她們瞧不起。心想自己得說點什麼反擊時，卻聽到她們開了另一個話題：「阿渚妳的英文超流利，是去哪裡補習的嗎？」我頓時說不出話。

「沒有啊，只有出國留學，在日本沒學過。」

「是喔？還以為妳是歸國子女。」

「五歲前確實住在加拿大，但那時的記憶早就沒了啊！」

「阿梓英文也滿好的。」

「還行啦。沒辦法啊，畢竟有個外籍主管，磨也磨出來了吧？」

——原來她們都會外語。

受到這事實的強烈衝擊，我幾乎說不出話。沒想到外表這麼浮誇，給人輕浮印象的她們，頭腦竟然也很好嗎？跟我那些認真努力的同事一樣？

「不過現在這時代，會個英文也沒辦法換什麼好工作。」

另一個人這麼說。我愈來愈不知道該做何回應了。

聽架說，這些女生裡有人已經結婚有小孩了，那麼今天她們是把小孩交給別人照顧，自己出來喝酒囉。這點也讓我難以置信。既然已經走入家庭，為何不好好待在家裡，還要像這樣裝作自己單身似的。無法理解。

「真實，妳手段很高明嘛。」這句話讓我理智斷線，怒火中燒。但我心想，只要自己保持堅定態度就沒問題了。所以這麼回答：

「對，我很感謝架選了我做他的結婚對象。」

就算這些人滿不在乎地對我用親暱態度說話，我仍堅持對她們使用敬語。這麼一回答，她們面面相覷，對彼此使著討厭的眼色。其中一人說：「不是這個意思。」

「我們指的是跟蹤狂那件事。不惜扯這種謊逼架向妳求婚，我們大家都在說，妳手段很高明嘛。」

這些人至今到底說過多少謊。

一想到她們滿腦子都是令世人認為「女人真可怕」的算計與謊言，卻能像這樣打扮得漂漂亮亮，面帶社交笑容，我不由得全身發寒。這話一點也不誇張，感覺身體內側的寒氣就要從嘴裡洩出來了。

就那麼一次，我賭上整個人生在夜裡狂奔，她們卻如此輕易就能識破我、嘲笑我。可見她們活在一個充滿謊言的世界中。

我毫無反擊能力。

哪種程度的謊言算善意，哪種程度的謊言可以接受，我已經搞不清楚了。這才明白，在說謊這件事上我真是個外行人。她們像這樣嘲笑我，但似乎不打算去跟架打小報告。說來可怕，她們明明討厭這樣的我，卻能接受我的謊言。甚至還說我「手段高明」，承認對我甘拜下風。

「真實，妳可能以為架百分之百想選擇妳，不過不是這樣的喔。」

和架感情最好的美奈子小姐這麼說。

「咦？美奈子，妳要講出來喔？」「要講嗎？亞優的事。」其他人的聲音此起彼落，但是，沒有一個人真心阻止她。於是，美奈子小姐對我說：

「架說了喔，妳只有七十分喔。如果是一百分，他早就決定跟妳結婚了吧。會拖到現在，大概是拿妳跟過去那些一百分的女朋友比較的關係。抱歉，我是覺得架在勉強自己。畢竟，妳跟他從前那些女朋友完全不同。架對妳也是還有點客氣的感覺，我一點也不覺得你們合適。」

和架感情最好的美奈子小姐——也是這些人當中，我最討厭的一個。我一直拚命告訴自己只是不擅長和這種人相處，但老實說，我就是討厭她。這時我終於發現，也認為承認這點也沒關係了。

她又沒有要跟架結婚。

她在架的人生中明明什麼也不是，要跟架結婚的人又不是她。不過，這個人應該很喜歡架吧。所以她才無法原諒自己喜歡的架跟她不喜歡的人結婚。

即使能接受我說的謊，甚至拿來嘲笑，卻不能原諒我跟架結婚。

「七十分」和「他應該早就決定結婚了吧」。

「沒能讓他立刻那麼做的我」和「至今交往過的那些一百分的女朋友」。

她們說的這些話——

「在找結婚對象時撿到像架條件這麼好的對象，妳真的很幸運。要不是因為他始終無法忘記亞優，遲遲沒有結婚……」

「架也真是笨，要是正正常常談戀愛的話，早就和誰結婚了吧。」

已經分不出哪句話是誰說的，只覺得她們所有人都在指著我罵。

「正正常常談戀愛」。事後回想起來，就是這句話使我非常痛苦。對這些人來說，架「只是為了找一個結婚對象」才選擇我，我們之間的「不是正正常常的戀愛」。我覺得自己被澈底看輕，根本沒被當人看。

但是，即使如此我也知道——那些自己不知道的，至今沒親眼目睹的事實，從某部分來說，或許只是故意別開視線不去看罷了。

架總是用粗魯的口吻和這些女性友人說話，偶爾也拌嘴吵架，一副樂在其中的樣子。我非常討厭這件事。他從來不會那樣對我。對待我時的客氣小心，說好聽是珍惜我，其實也是一種冷淡。

不過，我一直告訴自己這很正常。

我說服自己，只有我才看得到架紳士的一面，其他人都看不到。

「感覺架很不自在。」

「對啊，一副很無趣的樣子。」

美奈子小姐那麼說，不知道誰附和著她。

「其實你們要結婚是沒關係啦。我們也不打算去跟架碎嘴說妳根本沒遇上跟蹤狂。」

她們不負責任地說。

「反而覺得妳為了架能做到這地步頗有勇氣。只是，身為架的死黨，總覺得無法放手祝福就是了。不過，你們幸福就好。」

嘴上這麼說，語氣聽起來一點也不好。這時，我忽然驚覺——

我應該表現出生氣的樣子，說「那不是謊言」才對，我卻忘了發怒，只是茫然地站在那裡。

明明可以裝傻，我卻連這也做不好。

好想回家。我站起來說「抱歉，我要回去了」。身邊這些人似乎感到滑稽，紛紛笑著說：「看吧，都是美奈子欺負人家。」

「喂，」美奈子小姐叫住了我，「要請我們去喝喜酒喔。」

美奈子小姐面帶微笑。

「我們真的什麼都不會跟架說，放心。」

我已經不記得自己有沒有回話，或是回了什麼。

「真實，Bye-bye。」「別放在心上，下次再一起玩囉！」

她們說出令人難以置信的話，比我高明好幾倍。她們都是專業的說謊高手。我所堅信的「不能說謊」信念在她們的世界裡不是常識。她們在這樣的世界裡活得這麼高明。

走出店外，深冬夜晚的寒氣撫上臉頰，終於流下今天第一次流的眼淚。

我感到丟臉，想儘快離那間店愈遠愈好，於是小跑步起來。比曾幾何時那個夜晚的狂奔更為急迫，口中發出吶喊般的哭聲。

那無力克制，宛如野獸咆哮的哭聲嚇到擦身而過的路人，儘管受到周遭路人注目，我沒有停下來。懷著幸福心情接受Janet她們歡送的餞別會好像已經是遙遠過去，發生在另一個世界裡的事。

我只是想活得善良。

和那些活在虛偽世界裡的人不一樣。

但是，我是不是錯了。

說了跟蹤狂的謊，用算計與心機逼架結婚那時起，我是否已不再善良。是否已失去輕蔑她們的資格。

哭著跑到最近的車站，把餞別會上大家送的花束往牆上砸，直接丟掉了。非常非常悲傷，被迫做出這種事，我非常悲傷。

回到家，架已經進寢室了。

一把火在我心中熊熊燃燒。其實連他的臉都不想看見，其實在生他的氣。但就因為在生他的氣，所以想跟架說話。

只要說了，說不定就會明白今天的一切都是誤會。

只要說了，就能回到什麼都不知情的昨天，那或許才是真實。

「架……？」

我窺看寢室，輕聲呼喚他。架說夢話似地回應「喔……妳回來啦？」但是，馬上翻個身又睡了。

今天架比平常還早回來，講話卻口齒不清，大概還是有去喝酒。

真想殺了他。

據說這個人給我打的分數是七十分。

我當場就想反駁「沒那回事」，卻沒辦法做到。因為這人確實沒有立刻決定跟我結婚啊，還害我撒了那種謊。明明跟我交往了，明明現在正在跟我交往。

除了他之外沒有別人了。我這麼想，所以才跟他結婚，他卻對別人說只給我打七十分。不是八十而是七十，這一點讓我大受打擊。七十分絕對不算低，但也稱不上高。也就是說，不是不及格也不是滿江紅，只是個不知道到底是好是壞，勉勉強強的數字。

把人拿來打分數這件事本身就很過分。

我從沒有打過眼前這人的分數。真的要打的話——真的要打的話，雖然不甘心，但在昨天以前，我會給他將近一百分。

難道你對我不是這樣的嗎？

不是因為給對方打了一百分才決定結婚的嗎？不是因為除了對方之外沒有別人了嗎？對，難道不是因為你選擇了我嗎？

腦中思緒奔騰。

連我在哭的事，這人都沒發現。快點發現，急著安撫我，受我責備而手忙腳亂，然後向我道歉，找藉口辯解。

我腦中一直這麼想，這麼想像。

可是，架都不起來。

明明我一直在床邊哭泣。

整個晚上我都在床邊哭，做好責怪架的準備，幾乎沒睡。

我也想過乾脆伸手去勒睡著的他的脖子，或是從廚房拿菜刀來。

不是想要他死，只是希望他能察覺。

可是，架完全沒察覺。

說不定把他叫起來罵還比較好。但是，我希望他能在我那麼做之前自己先察覺。為什麼只要我不採取行動，這個人就什麼都不會發現？

天亮了，架好像快醒了。

我躺在一旁流淚，他甚至沒有摸摸我的頭就站起來，走向洗臉檯去了。連叫一聲我的名字都沒有。

快點發現、快點發現、快點發現。

我全身僵硬著等待，架卻出門了。

電視劇或電影裡的戀人，其中一方出門時，總會愛憐地摸摸另一個人的頭髮，呼喚對方的名字。那種事從未發生在我們之間。之前我不曾在意這種事，如今卻感到心碎成片片。我終於發現——

自己從未受到珍惜。

因為只有七十分。

因為他對我的喜歡，只有七十分。

聽得到架在洗臉檯邊盥洗和刮鬍子的聲音。做好外出準備後，他就出門了。連對還在睡覺的我說聲「我出門了」都沒有。

沒有他在的屋子裡，我哭著起身。明明已經哭得夠多了，眼角依然滲出新的熱淚。

想起餞別會上大家送我的花束。

從來沒收過那麼大把的花束，我卻把它丟掉了。

明知我昨天參加餞別會，他卻沒發現家裡連一把花都沒有嗎？沒發現我昨天遇到什麼事了嗎？

昨天是我最後一天上班，他也根本沒想到要說點體恤的話，慰勞關心我幾句嗎？

搥打枕頭，像無理取鬧的孩子一樣在床上跺腳翻滾。內心深處暗自期待他這時回來。

明明我是那麼期待。

不知該如何是好。

懷著難以收拾的心情，暫時回到好一陣子沒回去的租屋處。

回去之後，看到自己放在化妝檯上當裝飾的蒂芬妮訂婚戒指盒時，心又亂了起來。

拿到這個的時候真的很開心，是真的。

發出「嗚唔」的呻吟，強忍拿起戒指盒往牆上砸的衝動，把戒指放回盒子裡。因為捨不得，一直沒把戒指戴在手上。但是，總覺得現在如果把這個萬分珍惜的戒指丟掉，彷彿連心也會丟失一部分。

就這樣在屋裡哭了好久。

腦中不斷重現昨天那些人的話和她們的聲音，以及沒能勒住架脖子的事。每想起一次，就會問自己究竟該怎麼做？接下來該如何是好？好想問昨天的每一個人，你們到底要我怎麼做？

就在這時，架打電話來了。

看到手機螢幕顯示「西澤架」的名字時，我全身緊繃。

心裡想的是「說不定他發現了」。

或許美奈子小姐跟他說了。說抱歉，我們喝醉了，對真實說了過分的話。架聽了一定慌了，急著來跟我道歉。

內心一陣雀躍，接起電話。

期待所有錯誤受到匡正，內心就能重拾平靜了。

「──喂？」

然而，電話那頭傳來的，卻是架稀鬆平常的聲音：

「啊，喂？剛才婚禮會場跟我聯絡，關於場地預約有些事要再確認，妳現在可以講電話嗎？」

看來，架那裡什麼異狀都沒有。一想到這點，從昨晚起不知第幾次感覺到的絕望就把我的心染成一片黑色。

美奈子小姐是不會跟他說的。

她真的不會把我的謊言告訴這個人。

她們是習慣住在謊言世界裡的人，就算發生這麼嚴重的事，對她們來說也沒什麼。

所以架永遠不會察覺，也永遠不會向我道歉。

七十分的分數，永遠不會有收回的一天。

這麼想時我才發現，原來我最討厭的就是這一點。

受傷的原因雖然很多，其中最討厭的就是架給我打的分數。想拜託老天爺讓這件事當作沒發生過，讓我從七十分變成一百分。這都無法實現嗎？

我即將跟不給我打一百分的人結婚，一輩子和他一起生活嗎？

「啊，抱歉，現在有點事……晚一點我再打給你好嗎？」

「好啊，我現在也正要出門處理一件工作，晚上再說也可以。」

他掛上電話。在這通毫不拖泥帶水的電話結束後，空虛的感覺不斷擴大。心受了傷。

回過神時，我正在回前橋老家的路上。

不管怎麼想，今天晚上我都無法裝作若無其事的樣子面對架，話雖如此，也沒有勇氣把昨晚發生的事告訴他。

該怎麼告訴他呢？要在省略跟蹤狂謊言的情況下，只把她們對我說的那些過分的話告訴他是不可能的事吧。昨晚我思考過無數次，一旦架跑去責備她們，事情立刻就會曝光。到時候會有什麼後果，光想就教人恐懼。

但是，無法原諒架的心情和恐懼一樣強烈。

我希望有人聽我說話，希望有人安慰我。希望架和我一起數落那些女性友人的不是，陪我一起生氣。有問題的是在謊言世界裡如魚得水的她們，我的心情才是正常人該有的反應。我希望他能這樣告訴我，讓我得以回到至今相信的價值觀世界。

回老家的話，我在那裡生活時的衣服和生活用品都還在，我的房間也還在。所以只帶走最低限度的必需品，我就搭上電車了。

在不知來過幾次的前橋車站下車。平日白天的車站很安靜，站前計程車排班處附近的廣場上，只有推嬰兒車的母親和幾位老人家。與昨晚顛覆我整個世界的狂風暴雨形成對照，乾爽的冬陽明亮地照在每個人身上。

打電話給媽媽吧，請她來接我。

她一定會很驚訝，我打算把事情告訴她。聽到媽媽聲音的瞬間，我說不定會哭出來。一察覺我在哭，媽媽一定會很擔心，然後——正當我想到這裡時，彷彿命運的惡作劇，手機振動了。

我發現自己仍下意識期待看到架的名字。

說不定不用哭著跟媽媽說那件事了。要是架打來的話，這次一定能把話講開。懷著雀躍的心情拿出手機，螢幕上顯示的不是架的名字，竟是我正打算打電話的對象——媽媽。

「——喂？」不假思索地接了。

我以為，媽媽說不定從哪裡得知我回來了的事。媽媽察覺我的心情了嗎？懷著這種想法接起電話，卻聽到媽媽連珠砲的聲音：

「喔，真實啊？是媽啦。妳現在可以講電話嗎？我跟妳說，關於婚宴的事，妳上次不是說親戚只請叔叔嬸嬸，堂兄弟姊妹就不請了嗎？可是啊，美咲現在住在東京，妳婚禮又是辦在東京，至少該請她參加吧？我跟妳叔叔嬸嬸他們聊到婚禮的事，他們也說當天晚上會去住美咲跟她先生家。我跟妳爸就在想，這樣的話，不請美咲好像太失禮？」

媽媽劈里啪啦地說著，我一時無法回應，也感到困惑。

一直等到她說完，我才理解媽媽根本沒有發現我回前橋了。

「啊，嗯……」

拖拉著沒有正面回應，內心逐漸湧現一股不耐。

「婚禮還那麼久以後的事，妳何必急著打來說這個……」

「話是這樣說沒錯，但上次才跟妳講到要不要請堂兄弟姊妹的事嘛，就有點掛心。」

她從以前就是這樣，只要一想到什麼就非馬上去做不可。尤其事關孩子時更是如此。姊姊為此不知和她起了多少次衝突。

媽，聽我說。我跟架……

正想把被她打斷的話說出口，就在這時，我停下動作。

在這晴朗但猶有寒意的二月天空下，一組母子坐在車站前的長椅上。此時，一輛看似來迎接她們的家庭式休旅車開到她們身旁。她們站起來，開車的男人下來協助妻兒上車。

看見那個男人的瞬間，我感到心臟劇烈跳動。

像個少年般戴著便宜貨的棒球帽，身材有點矮胖的那個男人，看起來很像從前和我相親過的對象。名字已經忘了，只記得是個工程師。我完全無法把那個人視為戀愛對象。

孩子們高喊「爸爸」，朝他跑去。孩子的媽媽在後面說「小心不要跌倒」。男人溫柔地對妻子說「歡迎回來，結果怎麼樣？」

由於站在稍遠的地方，我產生一股走上前去確認他長相的衝動。雖然覺得很像當年的相親對象，但也可能只是帽子和服裝及身材正好相似而已。但是，就算聽到聲音，也無法確定是不是他。

男人的身影從視野裡消失，現在只看得到太太。

身材纖瘦，頭髮梳得很整齊，長相普通。就是尋常太太的樣子，我的同學裡說不定就有這樣的人。

看著他們時，我忽然發不出聲音。

「真實？妳最近過得怎樣？沒記錯的話，昨天是最後一天上班吧？」

耳邊忽然傳來媽媽的聲音。瞬間我發現，不行。

現在不能尋求媽媽的慰藉。

「嗯，昨天同事幫我開了餞別會。」

「哎呀，這樣啊。那妳是從這個月開始去架的公司工作嗎？」

「預計是這樣。」

「小心點喔，要是結婚前因為工作的事鬧不愉快，最後無法結婚可怎麼辦？」

媽媽發出不負責任的訕笑。我敷衍地回應幾句「喔、嗯」。

「那就再聯絡。」

和打來時一樣，媽媽自顧自地掛上了電話。

車站前的母子組上了車，早已不見身影。我一直看著那輛車開遠，還在想那人到底是不是以前相親的對象。是不是那個穿著品味差到令人難以置信的金居先生。啊，這時終於想起他的名字。

跟金居先生相親，已經差不多是六年前的事。

這麼算起來，就算對方已經結婚也不奇怪。就算有小孩也一點都沒問題。

那個金居先生戴著棒球帽，穿著不像刻意作舊，就只是穿了很久的破舊牛仔褲。正因事前聽說他是工程師，見面時不禁失望地想「就是他嗎？」不但長相沒有預期的帥，明明一直都住在東京，說話時還是夾雜群馬腔，這點也讓我不太滿意。當工程師的人頭腦應該很好才對，他卻和想像中清瘦的秀才類型完全相反。

和我學生時代暗戀過的男生也都不一樣。那時我心想，原來靠人介紹的對象會和理想差這麼遠，不禁覺得自己好悲慘。

但是那時，我也曾經這麼想——像他這種類型的人，就算早就在哪裡和誰結婚了也不奇怪。

雖然我沒有選擇他，但一定有人願意跟這種類型結婚吧。如果他不是在婚活場合遇到的人，而是同班同學的先生，我說不定會覺得他「人看起來滿好的」。

剛才那個開車來接妻兒的男人，就是這種隨處可見的「好爸爸」類型。

拒絕金居先生時，媽媽說「明明是看起來那麼好的人」。問媽媽「抱歉，可不可以拒絕」時，我哭了。特別中意他的媽媽說「把這麼好的人拒絕掉，他馬上就會跟別人結婚了喔」。聽媽媽這麼一說，我感到有點羨慕。

不過，我並不是羨慕對方可以和金居先生結婚。

是因為我自己沒辦法將金居先生視為結婚對象，另一個女人卻可以，所以我羨慕她。羨慕她不在意他可怕的服裝品味。羨慕她不在意他粗俗的說話方式。羨慕她可以認為「這個人很好」。工作學歷等條件都很好，所以媽媽中意他。要是我也能和媽媽一樣中意這個人，那該有多好。每次和他見面時我都這麼想。希望自己能喜歡上他。但是始終沒辦法，所以我非常痛苦。

正因如此，我真心羨慕能認為金居先生很好，願意成為他妻子的人。

剛才那個搭上休旅車離開，可能是金居太太的人，能將我無法視為結婚對象的人好好地視為結婚對象。這麼一想，我到現在還有點羨慕，並且覺得自己好悲慘。我不是想跟那個人結婚，也不後悔拒絕他，只是，總覺得和他們比起來，自己似乎太不成熟了。

或許是因為現在和我視為唯一對象的架變成這樣的緣故吧。但是，我真的打從心底羨慕看起來再平凡不過的那一家人。我完全不認為自己和架能成為那樣的夫妻。

無法想像架開著車來，那樣溫柔地迎接帶著孩子等待的我。

即使如此……

大概是在東京時，在架的公寓和我自己租屋處都一直在哭的關係，現在已經流不出新的眼淚了。冷風無情刮過哭累之後淚痕早已乾透的臉頰。

即使如此，除了和架結婚之外，我別無選擇。

因為我發現，要是剛才把昨晚的事告訴媽媽，一切就玩完了。

他給我打了「七十分」，還把這件事告訴他的女性友人，以及她們為此嘲笑我的事。要是把這些事告訴媽媽，媽媽一定會氣到發瘋。不但生氣，還會因此討厭架。即使現在還在擔心我「萬一搞砸工作會連婚都結不成」，到時候肯定完全站到討厭架的立場。到那時候，她也不會答應這樁婚事了。就算最後婚還是結得成，往後她一定會動不動就嫌棄架。我不希望事情變成那樣。

倉促之間想到這裡，我就發現了。

我現在不想看到架，認為他很過分，也覺得他背叛了我。現在我還不想回他的公寓——可是，我連一絲「不想嫁給他」的念頭都沒有。

我只希望有人安慰我，說我沒做錯。但是，我沒想過要和架分手。

然而，一旦把昨天的事告訴媽媽，和架大概就得到此結束。就算今後我和他好好談過，一切問題也都解決，媽媽恐怕還是不會接受他。

所以，我不能說。

我想起來了。自己當初為什麼離開家。

為什麼想一個人生活。我想起來了。

那是我還在縣政府工作時的事。

在媽媽介紹的小野里夫人那裡相親不順利——跟職場的人提過這件事後，我就被帶去參加聯誼。那是跟縣政府其他部門男同事合辦的聚餐，起初我都會拒絕，但去了之後發現也滿有意思。只是後來得知也會有已婚男性參加，感覺不像是認真找對象的場合。

裡面有和金居先生氣質相近的人，也有和我第二個相親對象花垣先生一樣不管跟他說什麼都只會點頭的人。已婚男士們故意炒熱氣氛，像拚命想勸我接受對方似地說些「這傢伙其實很老實」之類的話。看到那樣的人時，雖然心裡也會想「啊，確實看起來人滿好的」，但那個人不但不懂得推銷自己，對幫忙炒熱氣氛的同事也不怎麼感謝，這或許就是他找不到結婚對象的原因吧。

老實的好人。

那個時候，我再次羨慕起素未謀面的對象。

縣政府員工、老實認真，是個好人。要是我也能把這樣的人視為戀愛對象，不知道有多好。但是，我就是做不到。從介紹認識的那一刻起，我無論如何也無法將對方視為戀愛對象，遑論進一步的發展。不是故意講反話，要是能出現讓我覺得不錯的人，真的不知道有多好。但是，就是沒辦法。在婚活或聯誼的場合，這樣的事一再重複。

不過，就算是這種話不投機，也不被我當成結婚對象人選的人，人家也未必滿意我。尤其是頭腦好的人，自尊心往往很高。

當時我在議會事務局工作，老實說，進那裡工作前，就算在街頭看到選舉海報，我也分不出縣議會議員和國會議員的差異。跟事務局的同事講這件事時，大家都很傻眼。有次參加聚餐，我為了炒氣氛，就把這件事拿出來說。結果，一個幾乎沒交談過，看起來很老實的男人對我說「妳那樣很糟吧」。

說這話時，他眼中清楚浮現瞧不起我的目光。

「在縣政府工作還這樣，太糟了吧。把那種事在這種場合講出來的妳也很有問題。」即使是這種不受異性歡迎的人也有他的自尊，我心想，現在我就是被他拿來滿足某種自尊心了吧。這麼一想，微笑的嘴角不由得抽搐。他也露出嘴角抽搐的微笑對我說：「真想知道妳父母是怎麼教育妳的。」

這種時候，我偶爾會想起金居先生。金居先生的學歷比眼前說難聽話挖苦人的男人更好，他卻完全不會說這種難聽話，對我總是很親切。我懷著想哭的心情告訴自己，連那樣的人都說想繼續跟我相親呢。只能緊抓著這個事實不放了。這種事，那陣子經常發生。儘管拒絕金居先生一點也不可惜，我還是自私地這麼想，無法阻止自己這麼想。

「可是，真實也很認真向上啊，她有在積極學語言和手語喔。」

幫我說話的是約我參加聚餐的女性正職員工。那段時間我確實在她的邀約下參加了縣政府舉辦的免費課程，和她一起去學語言。雖然不曾認真想學會講英文或中文，唯有手語，總覺得學會的話好像挺酷的。

然而，聽到她這麼說，那個男人更嗤之以鼻。瞥了我一眼說：「學那種東西，能派上什麼用場？」

「妳學那個不是因為工作上需要吧？難道妳想換一個用得到手語的工作？如果不是的話，何必學那種東西？」

明明在聚餐上沒看到覺得不錯的對象，也不怎麼愉快，我還是隨波逐流地跟著去卡拉OK續攤。不知不覺超過晚上十二點，急忙拿出手機一看，有好幾通媽媽的未接來電。

我嘆口氣，也想過是不是該回電，但都出社會了，過去也從沒這麼晚回家過，應該沒關係吧。於是，就這麼直接回家，心想媽媽可能已經睡了。

不料，一點多回到家時，媽媽還醒著。醒著，用冷淡的聲音對我說：「妳以為現在幾點了？」

「妳爸爸也一直等到剛剛才去睡，他很不高興喔。妳到底是去做什麼了，為什麼這麼晚才回來？」

「跟縣政府的年輕同事去喝兩杯。」

「都是女孩子嗎？玩得這麼晚，那些孩子的爸媽到底在想什麼？」

我噤口不語。那時，我已經三十一歲了。只不過是今天碰巧超過十二點才回家，和同事相比，我算是幾乎不曾參加聚餐的人。媽媽用那種訓斥高中生的口吻教訓我，讓我感到非常不對勁。

爸爸不高興的事也是。平常總擺出一副我不結婚讓他很傷腦筋的樣子，現在不過是晚點回家而已他就不高興，這又是為什麼。要是真的交了男朋友，外宿什麼的肯定都是極為平常的事。

「真實，媽決定了，妳把家裡的鑰匙還我。以後媽媽都會等到妳回家才上床睡覺。」

媽媽這麼說，我一陣錯愕。

還以為她在開玩笑，媽卻是認真到不行。

「媽媽頂多只能撐到十一點。記住，只有在妳回家後大家才能睡覺，妳得惦記著這點過生活。還有，超過九點沒回家就要聯絡家裡，懂嗎？」

媽媽這番話說得毫不猶豫，彷彿天經地義。和爸爸的不高興一樣，她在說這些話前並未深思，同時，這些事對她而言理所當然。

媽媽會一直等到我回家才去睡——一想像那個狀況，我手臂上就冒出雞皮疙瘩。

「還有，妳既然有時間跟人家聚餐喝酒，為什麼不幫忙多做點家事？廚房和洗手檯的擦手巾，妳以為平常都是誰換的？玄關和浴室這麼乾淨也不是天上掉下來的吧？妳也該幫忙做家事啊，我們來訂下規矩吧。」

妳也該幫忙做家事啊。我被這種對小孩子說的話震驚了。

繼續這樣下去，我會被綁在這個家裡動彈不得。

不搬出去的話，將就此被母親訂下的規矩吞噬，無法建立「自己的家」。我想起老早就搬出家裡的姊姊。正因為結了婚、有丈夫的姊姊「擁有另一個家」，對母親才絲毫不用顧忌。但我如果繼續這樣過下去，就無法做到像她那樣。也不會有人認為我做得到。

我忽然覺得——媽媽好可憐。

媽媽，抱歉。都怪我一直乖乖順從妳的話，事情才會變成今天這樣。或許都該怪我，才會害媽媽以為她只要這麼做就沒錯。

升學和就職原本都該是我展現獨立的時刻才對。

——真想知道妳父母是怎麼教育妳的。

那天那男人說的話，此時再次翻湧心頭。讓父母遭到那樣的批評，我感到非常抱歉。幫忙做家事、訂下規矩、把家裡的鑰匙還來——母親氣沖沖說著這些束縛年幼小孩的話。我看見她頭上沒染到的白髮，臉上的皺紋也比我學生時代增加不少。看到這樣的她，我覺得很心痛。

媽媽，對不起。

讓妳說這些話真的很抱歉。

那是我第一次打從心底想讓父母看到自己獨立的模樣。

離開父母介紹的工作和婚姻介紹所吧。是該離開的時候了。

靠一己之力生活，靠一己之力尋找結婚對象。只要我還生活在她眼皮底下，媽媽永遠都會插手我的事，永遠會認為「這個孩子自己做不到」。

我想讓她安心。

想自己找到結婚對象介紹給爸媽，我這麼想。

我茫然地望著微陽下車站前的成排行道樹。從以前看到現在，那排櫸樹都像這樣綿延無盡，不知道要延伸到哪裡去。我有一種自己將被吸入其中的感覺。

無法好好整理現在的情緒。

架是我自己找到的結婚對象。

我知道自己被講了過分的話，也認為那無可原諒，但是，我沒有不跟架結婚的選項。

在婚活過程中認識許多覺得不錯，但無法視其為結婚對象的人，費盡千辛萬苦才遇上架。或許是因為他長得好看，關於這點，我也認為自己很現實。但是，遇到一個自己能夠視為戀愛對象的人就是這麼難能可貴。我想好好珍惜這份好不容易才擁有的心情。所以才想跟架結婚。

他有很多嗜好，朋友也多，知道的世界比我更加遼闊。要追上這樣的他實在很辛苦，我想好好努力。發現他似乎願意認真跟我交往時，也覺得這樣應該沒問題了。

我不明白。直到昨天還被我打一百分的架，現在在我心目中的分數是多少。可以確定的是扣分了，縱使如此，我也不願意放棄和他結婚。

這麼一想，另一種不同的焦慮湧上心頭，臉頰倏地發燙。昨天遇到的美奈子小姐她們，會不會把跟蹤狂的真相告訴架呢？我為此恐懼不安。剛才明明還因為她沒告訴架而絕望，現在卻因為她們掌握了事實而非常害怕。即使真的和架結婚，我也必須隨時生活在被她們拆穿謊言的恐懼中。

把手機壓在胸口。連打給母親哭訴的力氣都沒有了。

憑著一股衝動回到前橋才發現，要是我哭著把跟架的事告訴媽媽，豈不等於承認自己做不好嗎？媽媽一定會認為我一個人果然什麼都不會。跟她說「把家裡的鑰匙還來」和「我會醒著等妳回家」時一樣，無論我活到幾歲，還是無法擺脫這種事。

一旦回老家，我就再也無處可去了。

察覺這點時，我真的走投無路。也曾有那麼一瞬間，想著或許可以去依靠姊姊。然而仔細想想，結果還不是一樣。比母親明事理的姊姊對架可能比較寬容，但是，姊姊對我有時比媽媽還嚴苛。「妳是笨蛋嗎？」這種話從小到大不知被她說過多少次。

像姊姊那種一帆風順的人一定無法理解我。

我也想不出任何能聊這種事的朋友。我跟誰都沒有交往到這麼深的地步，就連前同事Janet也是。我很喜歡她，也覺得她很棒，但是過去我們很少聊到彼此的戀愛話題。我擔心那麼有行動力又聰慧的她聽了我這些事，會不會對我失去耐性。即使我把對方當作朋友，我們的感情或許沒有想像中好。發現這個事實時，連我自己都感到錯愕。總覺得，這種時候不能去依賴她。

咬緊嘴唇，凝視那排櫸樹。

繼續待在這裡，不知何時會被什麼人看見。在車站看到我的事，說不定會傳入媽媽耳中。在這裡相親時我就有這種感覺了。雖然很喜歡家鄉，但這裡實在太狹隘。當初相親時，我曾想像萬一遇上國中認識的人怎麼辦？一想就覺得那種事好討厭。雖然對外都說是我自己想進香和女高才去就讀的，但其實我原本想考的是姊姊讀的那所公立高中。萬一相親對象的朋友碰巧熟知國中時代的我，這件事就會被拆穿了。和金居先生碰面時，曾在談話中發現我們好像有共通朋友，當時我也趕快把話題岔開。

跟姊姊提起這件事，被她說「妳竟然這麼在意這種事？」那時，她的語氣和說「妳是笨蛋嗎？」一樣，帶點輕蔑。

「大家都是成年人了，誰會在乎國中時代的事啦。」姊姊這麼說。

姊姊她一定不明白。

我偷偷環伺四周，擔心和認識的人對上視線。關掉手機電源。在自己也釐不清頭緒的心情下，把手機收進包包，回頭走進車站。

——辭掉東京的工作後，我曾去過災區。

我想起那個戴便宜貨棒球帽的金居先生這麼說過。提起「為了當義工而辭職」的話題，或許是想幫自己加分。但是我聽到時，反而覺得跟這人在一起的門檻更高了。

心想，原來他是能做到這種事的人啊。沒有行動力也想不到要去做這種事的我，愈發感到他和我距離遙遠，是不同類型的人，對他更沒興趣了。

「可能跟當時的公司合不來也有關係吧。在那裡當義工時，腦中的雜念完全屏除，無論去那裡的原因是什麼都不重要，只要做整理清掃的工作就好，又能幫上別人的忙。我很慶幸自己去做了這件事，在那裡有提供給義工住的設施，也交到一群好夥伴，對我來說，在那裡的相遇將成為自己這輩子的財產。」

他愈是毫無心機地描述這件事，我對他愈失去興趣，或許因為那聽起來也像在炫耀吧。除了「這樣啊，好厲害喔」之外，我不知道還能回應什麼。

早就忘記的這件事，如今只有「屏除雜念」四個字從遙遠的記憶深處浮現。

能屏除腦中雜念的工作。

那是對我來說既遙遠，又耀眼，活在不同世界裡的人，光是這樣就無法讓我提起勁跟他戀愛，見一次面就知道彼此合不來。從未將他視為結婚對象。

更別說想跟他接吻或上床了。若是試著想像，厭惡的心情總會先浮上來。我羨慕能毫不排斥跟他上床的人。要是能像她一樣，說不定我也早就成為誰的太太了。

——結婚和戀愛不同。

在婚活的過程中，聽過太多人這麼勸我。

可是，只是一起生活，卻不再接吻也不做愛的話，還能稱為夫妻嗎？

每次媽媽說「那麼好的人，妳為什麼不把握」時，我都回答「因為在一起不開心啊」。媽媽說「就為了這點小事」。小野里夫人也是——我感覺得出她對我有些不耐煩。同樣在縣政府工作的小惠說我「理想太高」，真的是這樣嗎？我想要的一直都不多啊。

光是因為不想跟對方接吻就拒絕，這種理由不行嗎？

所謂的夫妻是什麼？

結婚又是什麼？我搞不懂，所以很痛苦。

那位從事牙醫助手的花垣先生長得很帥，我願意跟他接吻，但卻說不上話。為什麼他偏偏是那種完全不自己主動說話的人呢？我非常非常——非常失望。

就不能用這種單純的心情選擇對象嗎？

戀愛和結婚有什麼不同，我無法理解。

我想和架接吻，受到這份心情驅使而採取行動的至今這段日子是個錯誤嗎？

坐在回東京的新幹線上，望著窗外飛逝的景色，我還是不懂。

太難了，我搞不懂。

只想屏除一切雜念。

唯一明白的只有——那些被我看不起，認為「無法視為結婚對象」的每個人，他們沒有跟我結婚，恐怕才是正確選擇。

他們和能夠好好面對他們的人結婚，一定能獲得幸福。

我還這麼想——我和架有好好面對彼此嗎？

架，有好好面對我嗎？

第二章

「妳就是打電話來的西澤小姐？」

在仙台車站前等待時，一位女性走過來，這麼問真實。真實輕輕吸口氣，望向對方。慢了一拍才回應，是因為對電話裡脫口而出的假名感到後悔。其實，脫口而出的那個瞬間就後悔了。只是事到如今才更正的話，又怕對方起疑。

「……是的。」

真實點點頭。下定決心告訴自己，只能用這個名字了。

「是，我就是西澤——西澤真實。」

不能回老家，也不能回自己的租屋處，更不能回架家——這麼想時，腦海忽然浮現的是好幾年都沒想起過的金居先生說的話。

他說東日本大地震過後曾去東北地方當義工，還說在那裡可以屏除雜念，不管抱持任何理由去都不重要，只要協助整理清掃就好，還能幫上別人的忙。他還說那段時間都住在提供給義工住宿的地方。

自己終究沒有那樣的行動力——當時是這麼想的，覺得他和自己是不同世界的人。電視上的情報節目常報導災後太多人不管三七二十一前往災區，造成義工過多，有時反而扯後腿的狀況。每次在電視上看到這種消息，真實都會告訴自己「所以像我這種人還是不要去比較好」，內心深處暗自把這當成自己沒有行動的原因。

「義工的工作，您是怎麼找到的？」

會這樣問金居，其實也未經深思，只是單純抱持疑問。如果是自己的話，一定連怎麼前往災區都不知道。光是在交通工具這一關就受挫了吧。

「方法有很多，最重要的是先打聽當地目前的狀況，發生哪些問題，需要哪方面的人手，可以詢問掌握這類資訊的機關組織，或是去召集義工的非營利組織登記。我當時聯絡的是──〇〇公司。」

當時他確實說了公司名稱。只是，那畢竟已經是很久以前的事，真實現在也忘了。只記得聽到不是政府或其他公家機關，而是「公司」時頗感意外。

「看過電視上介紹的嗎？日本全國都有這樣的公司，他們會協助各地政府機關。這種公司裡聚集許多『社區設計師』，是由這方面專家組成的團體。他們介入行政機關與當地居民之間，協助地區重拾活力，像是成立關懷獨居老人的巡邏隊，或是思考如何建立兒童安全體制。起初知道有這種行業時我也很驚訝──尤其像我這樣，出社會後和第一間公司合不來的人，一直在想『做這樣的工作就好了嗎？』看到電視節目介紹這行業時，深深受到震撼。實際從事的話想必很不簡單，但那肯定是能將人與人連繫起來的工作，感覺很有吸引力。」

真實才稍微展現對這話題的興趣，金居就滔滔不絕地笑著向她說明。

「剛好震災前在電視上看過那間公司，知道他們協助的是東北地方的政府機關，心想他們一定能告訴我要去哪裡才幫得上忙，當時我聯絡的是○○。」

公司名稱雖然想不起來，但還隱約記得那個當時初次耳聞的行業。

「社區設計師」。

拿出手機搜尋關鍵字，果然找到了。

「Processnet」。

看官方網站介紹，正如同金居所說，是一間協助各地政府機關重建荒廢商業設施，透過民宿系統促進地區活化的公司。舉例來說，像是他們有前往瀨戶內海一個叫冴島的地方，協助島上家庭主婦或單親媽媽加入海產加工公司的案例。介紹文字旁配上島民笑逐顏開的照片，令人印象深刻。這個清一色協助女性的案例，不知為何引起自己此刻脆弱心情的共鳴。

網站上也介紹了不少在災區進行的活動。不只日本，似乎也曾前往台灣和印尼等海外災區活動。

為什麼會想聯絡對方？無法清楚以言語說明。

只是不想回家，不想見到架。想暫時冷靜一段時間。

當然不是沒有「想讓架擔心」的念頭，只是一開始強烈的這個念頭已經收斂許多，相較之下，現在更強烈的是空虛失落的心情。

在擔心的時候，他會怎麼做？

真實難以想像。只是，現在還不能見他。

架或許會知道自己根本沒有遇上跟蹤狂的事。這麼一來，兩人可能會分手。真實像個旁觀者一樣思考這些事。因為，如果不跳脫出來思考，總覺得自己承受不了。

在走投無路之餘搭上前往高崎的電車，忽然想起一件事。

想起自己已經不用去上班了，從今天起，自己是個完全自由的人。

沒有任何非去不可的地方。不用上學，也不用上班。有生以來第一次處於這種狀態。既然如此，不妨去個從來沒去過的地方，也可藉此和架保持距離，這樣不是挺好的嗎？

寫了電郵到「Processnet」的網站，表明自己想成為義工，如果可以的話，希望能去有附設住處的地方。信裡也說明自己目前辭去工作，有多餘時間卻還沒決定接下來要做什麼，希望這樣的自己也能為別人貢獻力量，只是現在不知道還有沒有義工工作可以做。

留下自己手機的信箱地址後，立刻收到回信。

簡單往返幾次，對方告知了手機號碼，請真實聯絡一位女性工作人員。這讓真實鬆了一口氣。

電話接通後，在自我介紹時，倉促之間用了假名。

「——我叫西澤真實。」

既然暫時不想和任何熟人見面，好像應該用假名才對。電話接通的當下才想到這件事，沒有時間深思熟慮，脫口而出的便是這個半真半假的名字。

除了坂庭之外，對現在的真實來說，最熟悉的就是架的姓氏了。雖然後悔沒有好好取個假名，既已脫口而出，後悔也來不及了。

對方跟著報上姓名。

「謝謝您打電話來，我是Processnet的工作人員，叫做谷川佳乃。」

說話方式簡單明瞭，聲音聽起來還很年輕，應該和自己差不多年紀。

「西澤小姐，您能到仙台來嗎？」

因為聽金居說他當時去了南相馬市，真實還以為自己也會去福島。不過，被這麼一問，不假思索地回答了「我可以去」。斬釘截鐵的語氣不像是自己的聲音，回答之後連自己都有點嚇到。

決定會合的時間地點，掛上電話。掛上電話後，心一橫，索性關閉手機電源。暫時這樣吧。

在做好和架見面的心理準備前，真實不打算重新開機。從沒想過自己做得到這種事。

做好會很冷的心理準備——可能做了太多心理準備了，踏上仙台車站的月台時，覺得好像沒有想像中冷。

包括仙台在內，真實從來沒踏上東北地方一步。只在電視上或氣象預報時看過地理位置，實際上對她來說是一塊陌生的土地。

真正感受到這裡的冷，是穿過剪票口、走出車站後的事。站在指定會合地點的手扶梯前，背後烏雲覆蓋的陰沉天空飄起淡雪。

無論在東京或群馬，下雪都是一件大事。但是在這裡，大概只是稀鬆平常的景象吧。看著身邊交錯的行人，真實這麼想。沒有人停下腳步，自然而然地接受了習以為常的寒冷氣候。

真實再次體認自己來到很遠的地方。從群馬搬到東京時雖然也有一種來到完全不同地方的感覺，但那是從鄉下到大都會的感想。現在則是從自己熟悉的地方都市來到另一個地方都市，又是另一種強烈的異樣感受。說起來，自己和這地方根本沒有淵源，為什麼會來到這裡呢？是非常不可思議的感受。

「妳就是打電話來的西澤小姐？」

一個女人走到身邊這麼問。真實輕輕吸一口氣，凝視對方：

「是，我就是西澤——西澤真實。」

「太好了，平安見到面。我是谷川，車子停得有點遠，要走一下喔，沒關係吧？」

「是。」

正如對電話中聲音的猜想，這位谷川佳乃小姐看來和自己年齡相仿。她是位表情開朗的美女，身材高䠷。看似沒有化妝，皮膚卻很好，正因素著一張臉，更看得出原本五官就很深邃。

谷川佳乃身穿散發光澤的紫色羽絨外套，腳踏一雙短靴。羽絨外套來自知名品牌，和架冬天常穿的外套是同一個牌子。真實也很嚮往穿這種外套，但又擔心運動風的羽絨外套不適合自己，最重要的是，現在的收入根本買不起，所以就放棄了。不過，架有好幾件不同顏色的，他那些女性友人們當中，也有人穿一樣的羽絨外套。

一想起這件事，厭惡的感覺湧上心頭，身子不由得緊繃。

然而，佳乃和架他們有著決定性的不同。她身上的羽絨外套看起來穿很久了，雖然不到破爛或褪色的程度，感覺得出這是她長年愛用的一件外套。和架及那些女性友人的外套近乎全新的時尚品味不同，這種訴求實用的穿法更適合佳乃，看上去反而比架他們更有品味。她腳上那雙鞋尖有些擦傷的短靴也帶給人一樣的好感。

這麼一想，才發現自己穿的是只擋得住東京冷天的米色羊毛大衣，還有從住在群馬時穿到現在的高跟長靴，忽然一陣難為情。聯絡對方時，說什麼想來為別人貢獻力量，穿成這樣簡直像是跑錯場子。

「那我們走吧。」

沒發現真實內心的慌亂，佳乃率先邁步向前。正想跟上去時，她又轉過頭來問：「妳的行李，只有那些？」

「咦……」

一時之間無法反應過來。佳乃看著真實的手提包——起初只打算回群馬老家，所以提了個容量不大的波士頓包。連自己都擔心這點東西要怎麼度過接下來的生活。

早知道來之前應該先買好內衣褲、盥洗用具之類的東西。臉頰一陣滾燙。正當真實想找點藉口說明時，佳乃又說了：

「如果需要買什麼請告訴我喔，看是要繞去UNIQLO還是藥妝店。」

她的語氣輕鬆得讓人錯愕，真實愣了一下。從剛才開始，寒氣就從大衣縫隙鑽進衣服與肌膚之間，深切體會到這裡的寒冷程度與東京截然不同。要是平時的自己，或許會故作客氣，但是現在——

抱著會被懷疑的覺悟，豁出去了。

「請問……」

「嗯？」

「可以繞去哪裡買件羽絨外套嗎？還有平底靴。」

「可以啊，」佳乃說，凝視著真實點頭，「當然可以啊，我們去買吧。」

買了羽絨外套和靴子，結帳後請店員當場剪掉吊牌。再把原本穿的大衣和靴子折起來放入紙袋，真實穿上紫色的羽絨外套，換上米色的雪靴，順便還買了一頂毛線帽，也一起戴上了。

從來沒有做過這種打扮。

不是女人味的白色和粉紅色，就是不易出錯的黑色或咖啡色，真實發現自己只穿過這些顏色的衣服。

走出車站前百貨公司時，入口處正好有間選物店。在那裡買了大小適中、附有輪子的旅行箱。把帶來的波士頓包及大衣等東西裝進去，頓時減輕不少負擔。

看到映在選物店旁等身大鏡子裡的自己，真實嚇了一跳。身穿運動風羽絨外套，腳踩短靴，拉著旅行箱的自己彷彿不是自己，像是另一個人。

一個有行動力的陌生人。

「那我們走吧。」

在佳乃的催促下，兩人一起走到停車場。拜新羽絨外套之賜，剛才鑽進衣服裡的寒氣已暖和許多。

在佳乃帶領下走到一輛國產小車旁，上車後發現車上幾乎什麼都沒有，看來這輛車不是她的私人物品，雖然車身沒有任何標示，應該是公司車。

「很遠嗎？」連自己現在要去哪都不知道，真實這麼問。

「嗯……」佳乃沉吟了半晌，「不到一小時吧，姑且還屬於仙台市內。」

「仙台算是大都會呢。」

剛才看到幾棟商業大樓及百貨公司，裡面都有不少店面。街道也整齊美觀，雖然不知地震過後的情形如何，現在完全看不出哪裡受到震災影響。真實這麼一說，佳乃就點頭回應「是啊」。

「還有，號誌燈也是。」

「欸？」

「原來不是直的啊。」

「喔。」

車開動後不久，從飄雪的擋風玻璃望出去，真實立刻察覺一件事。以前在小學社會課本中看過，經常下雪的地方，為了不被沉重的積雪壓垮，號誌燈往往不是橫向，而是設計成直向。記得當時還曾訝異原來有這樣的地方，原來積雪這麼重啊。

握著方向盤，佳乃說：「因為仙台市內不太下雪啦。」

「原來是這樣啊。我還以為東北地方到處都多雪。」

「我曾聽這裡的人說，因為他們不習慣下大雪，一旦遇到需要鏟雪時可累慘了。如果是常下雪的地方，居民隨時都會做好鏟雪的準備，但像仙台這樣的地方，忽然下大雪就傷腦筋了。」

窗外景色飛逝。車行三十分鐘左右，周遭已失去商業區的氛圍，開始出現前橋也常見的田地與住宅混雜景色。這時，車開進住宅區一隅。

「到了喔，就是這裡。」

佳乃這麼說。下車時，天色已經有些昏暗。不過，在逐漸西沉的斜陽照耀下，建築物的外觀仍看得很清楚，美得像是一幅畫。屋內散發昏黃的燈光。出發時市區內飛舞的雪花，不知何時已經停了。

好時髦的建築物——這是真實的第一印象。

和一路上看到的日式民宅明顯不同，是一棟有「設計感」的房子。清水混凝土的外牆，中央有扇大窗，裡面流洩的柔和燈光下，看得到天花板上的空調吊扇和現代燈具。

散發一股設計師事務所的氛圍。懷著意外的心情往下一看，發現門旁信箱上有個突出的小招牌。

上面寫著「樫崎照相館」。

「這裡是照相館嗎？」

「嗯，暫時想請西澤小姐在這邊幫忙清洗及整理照片的工作。」

「清洗照片？」

「對。震災後找到的照片，很多都沾滿泥巴或髒汙，這裡就在進行那些照片的清洗及修復工作。」

出乎意料。真實還以為自己也會像金居說的那樣投入肉體勞動。住的地方也是，難道不是金居說的大通鋪宿舍嗎。

然而，仔細想想就發現，對啊。

已經過好幾年了。

從金居那裡聽到的，是地震發生後不久的狀況，都已經是好幾年前的事了。義工能做的事與能參與的工作，肯定也和當時不一樣。更何況真實是女人，不適合從事體力活，又沒有其他特殊經驗或執照。

忽然感到尷尬，一陣侷促不安襲來。臨時起意說要「為別人貢獻力量」、「想屏除雜念工作」，自己這種想法是不是太傲慢了。這份心思該不會都被眼前的佳乃看透了吧？

「我……」

來這裡或許是個錯誤。人都來到這裡了，忽然好想回去。但是，不知道該如何解釋才好，才剛張開嘴，一個人從照相館旁那棟民宅走出來。

「佳乃小姐？」

走出來的，是個看似小學生的男孩。

「喔，是阿力啊。」佳乃這麼說。

「媽媽說，如果今天有人要來的話，我們的行李是不是搬開比較好？」

感覺得出這個叫阿力的孩子一邊跟佳乃說話，一邊把注意力放在自己身上。他是個身材高瘦，即使在冬季也晒得有點黑，看起來很健康的男孩。

身邊已經好久沒見到像運動選手般剃平頭的男孩了。真實心想，真可愛。

「不要緊，已經跟樫崎爺爺借另一間房間讓她住了，阿力和媽媽維持原樣就行。」

「好的。」

男孩不看真實，朝佳乃點點頭，似乎就要轉頭回去。懷疑自己的到來是否給人添了麻煩，真實也不敢抬起視線。就在這時，忽然聽見——

「妳好。」

倉皇間，發現那是在跟自己寒暄，遲了一秒抬起頭，阿力圓滾滾的眼睛正注視著自己。望著那雙毫無心機的眼睛，遲疑了一會兒，真實才好不容易回應「你好」。

男孩打完招呼，點個頭就返回照相館旁那棟屋子裡了。

「那孩子叫阿力，不久前和他媽媽開始住在這裡。」

「是照相館家的小孩嗎？」

「不，不是這樣的。」

那麼，是和自己一樣來當義工，借住在這裡的嗎？但是現在是二月，學校應該還沒放長假，那孩子不用上學嗎？

就在這麼想時，另一個聲音說：

「他們是逃來的，被佳乃小姐帶過來幫忙照相館的工作。」

照相館的門打了開來，走出一位白髮老翁。雖然是位長者，他身穿合身毛衣，頭上戴著帽子，整個人顯得年輕有活力，看上去就像藝術家似的。儘管背有些駝，腳步仍踩得很穩健。

真實不假思索低下頭，老爺爺只輕輕揚了揚下巴。表情沒什麼變化，該不會在生氣吧？真實瞬間繃緊身體。不過，一旁的佳乃語氣還是一派輕鬆。

「啊，這位是樫崎照相館的館長樫崎正太郎先生，這位爺爺和他孫子耕太郎一起經營照相館。剛才那位阿力弟弟和他媽媽現在也會來幫忙。接下來西澤小姐就和他們一樣暫時住在那邊的主屋，麻煩妳囉。」

「啊，好的。」

緊張之中，真實再次向佳乃介紹的那位老爺爺低下頭。

「我叫西澤、真實。請多多指教。」

老爺爺輕輕點頭。

「工作的事就去問耕太郎。」

只用東北方言丟下這句話，老爺爺就走掉了。自己從今天開始就要住進他家，他好像一點也無所謂似的。真實愣愣望著他的背影。

「請問……」

「嗯？」

「這裡現在有多少人呢？那個……我還以為會住在宿舍之類的地方，沒想到是住在一般人家。」

再者，雖說照相館是剛才那位老爺爺和他孫兒一起經營，家裡或許還有其他家人，真實也擔心自己會不會給人造成困擾。

不料，佳乃回答得很乾脆。

「這裡原本是正太郎先生一個人開的照相館。耕太郎在東京學攝影，因為震災才來這裡，畢業後就搬來和正太郎先生兩個人住了。」

說著，佳乃微笑補充：「最近耕太郎的女朋友也不時會來，我看很快就會變成三個人住了。」

「啊，原來是這樣哪。」

「嗯。耕太郎在東京出生長大，因為震災的緣故，讓他強烈產生想和爺爺一起經營照相館的心情。最近已經穩定多了，剛開始的時候，耕太郎學生時代很多朋友也來當義工，大家都住在這個家裡，爺爺早就習慣別人來住了。」

「請問……剛才老爺爺說阿力和他媽媽是『逃來』的，那是指……？」

乍聽之下，真實腦中浮現的是沿海城市遭遇海嘯襲擊，或是受福島核電廠事故影響，失去居所，不得不遷移到其他地方的人。這些事都只在媒體上看過，也沒深入了解——真實為自己從未想要深入了解感到抱歉與無地自容。

「喔……」

佳乃輕輕點頭，露出淡淡微笑。

「大家都有各自的苦衷嘛。」

聽她這麼一說，又有些後悔問了這種話。自己還不是一樣，若是被要求說明為何來到此地，真實一定無法說清楚。包括自己在內，「大家都有各自的苦衷」。光是想像就能理解，阿力母子遇上的恐怕是比自己更嚴重的事，為此湧上另一種歉意。

「現在住在這裡的，除了樫崎爺爺和耕太郎外，就只有剛才的阿力和他媽媽喔。阿力媽媽的名字是早苗，等一下會介紹。我有時會在這個家，有時不在，不過暫時都會在。」

有時在有時不在。

輕鬆說出這種話的佳乃一定是個真正具有行動力的人吧。這表示她的活動據點不只這裡。用手機檢索Processnet官網時，看到他們的活動紀錄遍布全國各地。那樣的行動力讓真實望塵莫及，一想到如此忙碌的她專程來接自己，還親自帶自己到這裡來，不由得再次心懷感激。

明明年紀跟自己相差不多，真厲害——這麼想了之後，又發現這麼想未免太不知恥，換了一個想法。

別說年紀相差不多，比真實年輕卻更有行動力的人太多了。以前看到厲害的人時，總忍不住去揣想對方的年紀，現在已經很清楚年齡不代表一切了。重要的不是年紀，自己就算活到四、五十歲，大概也不可能有那種行動力。

被帶到主屋，在分配給自己的房間裡獨處後，真實靜靜凝視關閉電源的行動電話。想著架的事，然後深呼吸。

原本滿腦子都是架的事，來到仙台，和佳乃見面後，直到剛才都沒想起他。可以不用想起他。

──我是第一次。

第一次在架家過夜時，雖然想過如果可以不說，到最後都不要說的這句話，終於還是忍不住說出口。

不想講這種給他壓力的話。最重要的是，怕會把他嚇跑。明明是這麼想的，當衣服被脫掉，他的手直接觸摸到肌膚，他的吻落在脖子上時，真實瞬間恐懼起來。

在那之前架交往過的對象，包括他的朋友在內，一定都在三十歲前有過初體驗。對他們來說，這是理所當然的事，自己卻沒有這樣的經驗。感覺就像至今刻意不去看的部分，突然被人放在眼前。

雖然也會告訴自己「不只我這樣」。只是至今碰巧沒有這種機會，只要有一點陰錯陽差，我也早就──一直以來都這樣告訴自己。但是真實很清楚，自己一直在意卻又無能為力的是什麼。

上大學時，進縣政府工作時，開始在東京工作時……每每進到一個新環境，交到新朋友，都會在那當中尋找和自己一樣的人。只要認識同樣沒有異性交往經驗的人就感到安心；認識看似經驗豐富的人時則狼狽失措，彷彿自己受到責備，和那樣的人在一起總覺得喘不過氣。

拚了命忽略這種心情，假裝不知道這種心情是什麼。其實，這或許就是——自卑感。

只要一點陰錯陽差，我也早就——

現在正出現了那點「陰錯陽差」，架打算和自己上床。但是，一旦真正面臨這一刻，真實卻不知所措了。從來沒有性經驗，就算聽人說過，也不確定詳情。萬一現在自己做出什麼不正確的事怎麼辦？這種時候該怎麼做才對，從來沒人教過她。沒有性經驗的事，從來無法告訴任何人。

架裸露的胸膛抵在自己胸口，感覺心臟就要穿過胸腔，從嘴裡迸出來了。直接感受架的體溫，覺得自己好愛他。被他觸碰很高興——但是，身體卻討厭地用力緊繃，無法放鬆，連怎麼放鬆都不知道。

對架說出口後，羞恥地用手摀住臉，耳朵也在發燙。

「真實。」

聽見架這麼說。他似乎把埋在自己胸口的臉抬起來，正在窺看自己。

「真實，轉過來看我。」

就算他這麼說，因為自己說了那種話，他應該嚇到了吧。真實害怕得不敢抬起頭。因為恐懼，身體無法動彈。

架湊上臉來，從真實手指縫隙間親吻她的臉頰，溫柔撫摸她的頭髮。

「真實。」

這麼呼喚了無數次。

他聽起來似乎沒有生氣，真實姑且鬆了一口氣。但是她仍這麼想。摀著臉的手掌下，眼角滲出熱淚。

「對不起。」

好不容易說出口，呼吸急促，沒辦法好好說話。

「為什麼道歉？」

「說了這種話，讓你壓力很大吧，對不起，我……」

「沒關係。」

架用親吻堵住她還沒說出口的話。

啊——

這一瞬間，產生一股難以言喻的心情。排山倒海而來的幸福感，瞬間攫取了真實的心與身體。思考就此渙散。

感覺獲得原諒。

過去約會接吻時，架從來沒有像這樣粗魯地伸進舌頭。野蠻的吻奪走真實的語言能力，用力的身體終於放鬆。

身體逐漸融化。

心想，我真的可以嗎？

這把年紀還是處女，沒跟其他異性交往過。不像架那些女性友人那麼會化妝打扮，口才也不好。沒有值得誇耀的嗜好或專長，活在自己的小世界中。

國中時也曾被女生的小圈圈排擠，被霸凌。那時，和那群女生要好的男生是這樣說的：「就算地球上全人類只剩下她一個，我也不會跟她交往，寧可單身！」這件事我一直放在心上。我是曾被說過這種話的人喔，和這樣的我做，真的可以嗎？

比起國中時那些男生，架大概更受異性歡迎。這樣的架，選擇了我，想要跟我做。沒想到長大後能遇到這樣的對象，壓倒性的自豪將我包圍。

如果彼此同年，就讀同一所國中，當時的架眼中或許不會有我。然而，經過這段歲月，現在他卻如此近在身邊，肌膚相親，真是教人難以置信。

——真想知道妳父母是怎麼教育妳的。

連那種沒有異性緣的男人都曾高高在上對我說過這種話。架卻願意觸摸這樣的我，和我接吻，一點也不討厭我。

比任何曾經瞧不起我的人更溫柔，頭腦更好的架，對我過去經歷的事毫不知情，卻像這樣吻著我，願意和我上床。這使真實滿心歉意，好想告訴他，其實我遇過那樣的事——想對他坦言一切。

「啊——」

因為太舒服了，忍不住發出叫聲。架的吻落在乳房，舌頭的觸感令乳頭顫動。瞬間胸部便起了雞皮疙瘩，接著，體內燃起一股炙熱，使我全身顫抖。從不知道自己體內藏有這麼激烈的熱情，嘴裡發出從來不曾發出過的高聲嬌喘。不知道自己竟然發得出這種聽起來像刻意造作的叫聲。

一種和剛才完全不同類型的羞恥心湧上。

「架，我——」

真實心想，得告訴他才行。告訴他過去我是如何介意著各種事，活在種種傷害中。否則對他太不公平。希望架在聽完全部後，告訴我即使如此，他仍要我。

架說了。

「我喜歡妳，所以不要哭。」

那個瞬間。

彷彿自己的一切都獲得肯定，真實哭了。

心想，是這個人太好了。

自己是為了跟這個人上床才單身到現在的。命中注定如此。這個人是自己初體驗的對象真是太好了。至今沒有跟任何人交往真是太好了。

「痛嗎？」

即使疼痛貫穿身體，真實仍拚命搖頭。

「我也喜歡架，不要停。」

求求你，做到最後。

毫不誇張，即使在只有一顆橘色燈泡照明的昏暗房內，世界已完全不同。啊，原來這檔事就是這樣啊。真實心想。

困在這種煩惱中，至今的自己到底在害怕些什麼。想來就覺得滑稽，心中充滿甜美的喜悅。

今後，我這輩子都不孤單了。

那天，她確實這麼認為。

「沒問題嗎？」

把架介紹給父母後，媽媽這麼說。

對於把自己選擇的對象介紹給父母這件事，真實非常自豪。

更別說對象是架，比過去在老家相親過的任何人更帥，更懂社交，工作也是自己和家人身邊完全沒有的類型。他自己開公司，是社長呢。

老實說，介紹架給父母認識，對真實而言是一種對父母的報復。

妳自己一個人什麼都辦不到，什麼也決定不了——父母是這麼看待自己的，真實早就發現了，實際上也被這麼說過。但是，架和他的家人看在真實眼中不僅是非常體面的都會人，更是過往身邊沒有的類型。架的父親雖然已經過世，光看架的媽媽就知道他們夫妻擁有眾多嗜好，他們家也是「好人家」。

父母往來的朋友裡一定沒有這樣的人。這麼一想，就覺得在爸媽面前出了一口氣。

沒想到，當架特地來前橋提親之後，母親卻問真實「沒問題嗎？」

「什麼意思？」

「架啊，看起來不會有點太花俏嗎？那個人，該不會賭博吧？」

「欸？」

從架扯到賭博，會不會一口氣跳太遠了？那天穿著西裝來提親的架，打扮並沒有特別花俏。頂多是鞋子穿了真實也沒看過的新皮鞋，一想到他是為了提親特地去買的，真實也很高興。

「才不會咧。」

心想不可以生氣，說出口的聲音帶點失笑的沙啞。

「交往兩年了，從來沒看過他賭博。」

「真的嗎？打柏青哥也算賭博喔，妳知道嗎？」

「他也不打柏青哥啦。」

嗓門提高了點。但是母親毫不退縮。

「是嗎？不會就好。可是，他們家是自營業吧？沒問題嗎？」

「妳的意思是說架的公司可能會倒閉嗎？」

一股寒意竄過脊梁。母親說：「不是那個意思。」

「只是，賣啤酒的公司不知道是做什麼的。」

「什麼叫不知道是做什麼的？」

「妳要想想，多虧爸爸從正經可靠的公司退休，有好好領到國民年金和退休金，媽媽和爸爸現在的生活才不會出問題，可是自營業的話——真實，妳不會擔心嗎？」

身體的溫度下降。

「妳怎麼說這種話，太沒禮貌了。架是臨時接手他父親的公司，當時好像很辛苦，但他對客戶細心用心，真的很努力。」

交往至今，從各種場合都感覺得到這一點。架帶自己去客戶店裡消費，在那邊用餐時，對方連對真實都很客氣。由此可見架平常深受客戶信賴，和客戶建立了良好的關係。自己能以未婚妻身分跟他一起去，這也讓真實很高興。

這樣的心情，現在卻像被找碴了。怒瞪母親一眼，她卻對真實說「媽媽是擔心妳」。

「媽媽只是擔心妳。自營業的家庭大多很辛苦，媽怕真實妳應付不來。你說是不是啊，爸爸。」

母親對坐在那裡攤開報紙的父親說。父親抬起頭，「嗯」了一聲。看似不想捲入母親和真實的爭執，但也以悠哉的口吻回應了句：

「做自營的家庭確實是比較辛苦。」

「我應付得來。」真實賭氣地說。

深刻體認到自己至今在父母心目中仍是一個小孩，不受他們信任。正因為不相信真實，連帶也不相信她選擇的架，認為他是會賭博的人，擔心真實看走眼，才會說那些找碴的話。

在老家這邊相親遇不到好對象，費盡千辛萬苦才找到像架條件這麼好的人，他們還有什麼不滿意？真實不由得火大。

「架的媽媽對我也很親切，還說哪天我們有了孩子，隨時都能搬去跟她一起住，所以工作也——」

「咦？妳是說真的嗎？」

母親發出驚恐的聲音，臉上露出難以置信的表情，卻又夾雜一絲笑容。

「對方那麼說，那妳怎麼回答？真實？妳該不會就讓她擅自決定一起住了吧？」

母親的反應之大，反倒教真實不知所措。

老實說，架的媽媽那麼說時，自己沒有想太多。他媽媽人很好，也很歡迎真實。說可以搬回去住，也是出於體貼。說什麼「讓她擅自決定」，根本不是母親說的這麼回事。

「又還沒有談到那麼具體……人家媽媽也只是好心才這麼說吧。」

「真討厭，妳振作一點好嗎？唉，媽或許把真實教育得太乖巧了。」

母親這麼說，真實倒抽一口氣。倉促間想不到話反駁，母親又接著說：

「那我問妳，妳以後都不打算回這個家了嗎？媽媽原本還以為真實會跟縣內的人結婚，都做好幫妳帶小孩的心理準備了呢。」

「好了啦，媽媽。結婚是一輩子的事，」父親這麼說，試圖打圓場，「比起要求工作或其他方面的事，更重要的是真實自己選了一個好對象，今後要和對方生活一輩子啊。」

「我也很想這麼認為啊，可是……」

看著反駁父親的母親，真實心想，才不是呢。

妳才沒那麼想。

早就知道母親想和自己一起在這個家裡照顧小孩。姊姊在東京生產，現在也在那邊育兒，這件事讓母親相當落寞。或許因為如此，她把希望都放在做妹妹的真實身上了。真實也知道，要是可以的話，母親甚至希望自己盡可能嫁給縣內人士，繼續住在這個家裡。

不過，現在的真實單純感到疑惑。為什麼？

想要我早點結婚的是妳，相親那段時間，是媽媽妳一直堅持我只是碰巧結不了婚，也一直這麼告訴我。

一切都是運氣不好。

不是真實身為女人魅力不足，只是碰巧對戀愛結婚沒興趣。每次姊姊或爸爸說了什麼，媽媽都會這麼說，感覺得出她是真的動怒。所以我很想為媽媽證明這一點。帶架回家介紹給父母，正是為了證明這個。妳為什麼還要把他說得那麼差呢？要是我因為這樣就不結婚了，妳又打算怎麼辦？

「真實就是不知世事，」母親說，「我是擔心妳會不會就這樣中了他們家的計啊。」

「什麼叫我不知世事……」

「難道不是嗎？在這之前，妳什麼事都依賴爸爸媽媽。」

母親這麼說，明明就是你們希望我那麼做的，現在又當作根本沒那回事。

不管是和朋友出去玩——

還是和男孩子交往——

外宿——

晚歸——

全部都用「擔心」兩字束縛我，動不動就默不吭聲，一副不高興的樣子，不給我機會離開家的，不正是你們嗎？我為了讓爸媽放心，為了不讓你們不開心，才什麼都放棄。既然如此，我是為了什麼當那個「乖孩子」？一切都沒有意義嗎？

「還有我問妳，架他們家有沒有人離過婚？」

「欸？」

「叔叔或阿姨之類的都算，有沒有？」

「為什麼這麼問？」

真的不明白媽媽為何問這個，真實一反問，母親就傻眼地嘆了口氣。

「家族裡有人離過婚的話，他自己對離婚這種事可能比較不會猶豫。媽親眼看過身邊的人就是這樣。」

聽到這番話的瞬間，真實內心初次產生了一種心情。

那就是——覺得無聊透頂。母親為什麼能說出如此無聊透頂的歧視言論呢？真實難以置信地望著母親。從小到大，她都教自己不可以歧視別人，要對人溫柔親切，真不敢相信這是同一個人說出的話。

就算家族裡有人離過婚，會順利的夫妻就是會順利，會觸礁的婚姻就是會觸礁。母親只靠自己貧瘠的經驗法則和道聽塗說判斷一切，簡直無聊透頂，可笑至極。

思路走到這裡時，真實想通了。

真正「不知世事」的人是媽媽。

正因她自己孤陋寡聞，才以為女兒真實必定也是如此。一個孤陋寡聞的母親在狹隘範圍內用她的價值觀與道德觀養大的女兒，肯定也和母親一樣孤陋寡聞。對她來說，這是理所當然的事。

一股絕望漸漸衝擊內心。

只能用狹隘的價值觀看待事物，這樣的人就這麼支配了我的童年時代、學生時代，以及十幾歲和二十幾歲的人生。

她具備的常識只能讓她說出這種歧視言論，這個孤陋寡聞、不知世事的人至今對我說過什麼？「我是擔心真實」、「把家裡的鑰匙還來」。我說要搬去東京時，她也說著「做這種事有什麼意義」大力反對。她還曾說「直到妳從這個家裡嫁出去為止，媽媽都會負起責任照顧妳」。

「畢竟妳想想看，像我們這種正經人家，親戚裡可從來沒有人離過婚呢。」

看真實不答腔，母親又像找藉口似地這麼說。這時，父親悠哉地問了句「不對，直之不算嗎？」直之是真實的表哥，去年離婚了。聽父親這麼一說，母親才露出心虛的表情點頭說「是啦……」。

「可是阿直離婚有他的原因啊，又是最近的事。」

失去反駁的力氣，真實依然沉默。

——媽媽，沒有誰離婚是沒有原因的。

我們家族的人如果有原因，別人家也會有，大家都是平等的，每個人的家都是「正經人家」。

雖然才剛說過父母一點也不信任我。但母親一方面不信任我選的對象，一方面卻對自己和自己的家太有自信了。

只因為我是妳女兒，妳就堅信我比架的家人「更好」。妳太相信自己女兒的價值，為此甚至不惜挑對方家庭的毛病。

自從決定結婚之後，正因為結婚對象是架，正因為和他的婚事不符合這個家教我的價值觀，現在的我終於能夠承認，也終於明白。

其實如果可以的話，我原本也想在群馬結婚的。

和縣內人士結婚，依賴母親的照顧，就像母親養育我那樣，和母親一起養育我的小孩。我一直想這麼做，從很小的時候，雖然沒有人教我，但我一直這麼想。甚至無法理解姊姊為何不這麼做。

終於知道，那或許就是我一心想成為的「乖孩子」形象。只因為喜歡架，只為了這一點拋棄「待在母親身邊」這條路——打算和架在東京生活的自己，內心感到愧疚。就連那麼生媽媽的氣時，內心還是懷著罪惡感。

背叛父母離開家鄉的罪惡感，始終難以拂拭。

來到仙台的隔天，馬上就學了洗淨照片的方法。

「這些都不急，有人幫忙真是太好了。麻煩妳了。」

佳乃口中的「耕太郎」，也就是樫崎耕太郎，戴著流行的圓框眼鏡，是一個散發知性氣質的年輕人。身上穿的圓領衫和牛仔褲都是剪裁合身的設計，或許和他在東京上大學也有關係，給人一種時髦洗練的印象。

樫崎照相館設計感十足的外觀，說是大都會裡的建築也不為過。不過，走進其中一看，在眾多新型相機中摻雜著看似老爺爺使用過的舊款相機，就連真實也看得出那些相機年代久遠。室內裝潢是新的，但也留有一看就知道從以前使用到現在的老式文件櫃等家具，整體來說，照相館散發一股懷舊復古情懷。放了椅子的小型攝影棚也讓人很喜歡。

「地震造成以前的木造房子傾斜，雖然不到全倒的程度，還是拆除重建了。我就是那時來的。」

耕太郎一邊說明，一邊從堆在文件櫃旁的塑膠櫃裡拿出一個信封，將裡面的東西放在鋪了報紙的工作桌上。

一看就知道，那些都是等待修復的照片。

有的照片表面沾上咖啡色汙漬，有的照片部分摩擦消失，有的照片褪色了，還有右半張黏著乾硬泥塊的照片。

陌生人的家族合照、情侶合照——平常少有機會看到別人的生活照，正因照片裡的都是陌生人，更顯得那個「某人」的生活痕跡更加寫實。來到東北之後，直到目睹這些沾上泥巴、受到擠壓或部分破損缺角的照片，真實才初次接觸震災帶來的陰影。就像這些照片一樣，人們的日常生活忽然被迫斷絕。

「這些都能恢復原狀嗎？」

這些照片就像被閃光雷電劈出裂縫的雕像，有的幾乎已無法辨識原貌。但是耕太郎微笑說道：

「洗過就會差很多囉。這些照片因為泡在鹽水裡，有的已經開始變色。不過，只要小心用溫水清洗，就能看出很大的不同。」

「從地震發生後，一直在做這件事嗎？」

「也算順水推舟，自然而然就變成這樣了。」

耕太郎這麼說，一張一張拿出照片。

「地震發生時，我在東京的攝影學校念書，和當時的同學去東北沿海城鎮幫忙清理善後。就在被海嘯肆虐的瓦礫堆中，看見許多不知道是誰的相簿和照片。幾乎都沾滿泥巴，有的破了，有的黏住了。我們都是喜歡攝影的人，看到那個總覺得很心痛。於是漸漸開始清理照片。把洗乾淨的照片拿到附近避難所問，就此找到主人也是常有的事。另外，照片上總會拍到人，也能成為找到攝影者的線索。」

耕太郎愛憐地看著那些照片。

「此後，我們就開始呼籲大家把需要清洗的照片拿來，這裡有義工會幫忙清洗，一路細水長流地做到現在。清理照片的工作也可以交給遠距離的義工，除了東北地方，全國各地都有不少人願意接這類義工。我有時也會拜託學生時代的同學。」

「這樣啊……」

竟然也有遠距離義工的形式，在這之前完全沒聽說。真實拿起一張照片，隱約聞到照片上殘留多年的海水與泥土氣味。

「那麼，這些照片也是透過那種方式拿來這裡的嗎？有人在等照片回到他們身邊？」

「啊，這些不是……」

不知為何，耕太郎的表情有些憂傷。

「這幾年，照片主人直接拿來拜託的情形減少了，這些都是在清運殘骸瓦礫時清出來的無主相簿和照片。雖然很希望能物歸原主，大部分一直都找不到主人。我想，多數情況應該是主人已經過世了。」

清楚聽到他這麼說，真實說不出話來。

低頭一看，那是不知道誰的——應該是婚禮的照片。新娘身穿傳統白無垢禮服，看似是很久以前的照片。大概是在哪裡的神社舉行的婚禮，人物後方掛的布幕特徵明顯，有著波浪造型的神社社徽。

「所以，這些照片不急著清理。因為不是誰特地拿來委託的，就是暫時先保管在這裡，慢慢清洗即可。大部分政府機關或義工團體都停止受理這類清理照片的委託了，因為照片沒有地方存放，有時不得不處理掉。」

「好可惜啊，像這張，應該是誰的婚禮照片吧。」

想到這些屬於某人的回憶，將這樣沾滿泥巴被丟掉，不由得一陣心痛。說不定主人根本不知道照片被保存在這裡，早就放棄尋回了。

凝視著照片，耕太郎露出淡淡笑容。

「和我一樣想法的人還有很多，跟佳乃小姐商量之後，那些原本預定被丟掉的照片，就來到我們這裡了。話雖如此，我們這裡一樣缺乏保管空間，也是很傷腦筋。目前的主要工作是清洗照片後建立電子檔，只要留下電子檔，以後也有可能再恢復原狀。」

「妳願意幫忙嗎？」耕太郎問。

「請讓我幫忙。」真實這麼回答。

在臉盆裡裝溫水，用來沾溼紗布，輕輕清除照片表面的泥土。

乾掉的泥土吸了溫水後，像是重拾海水與泥沙的氣味。因此，開始動手後，室內瞬間充滿泥土味。

「請用口罩。」

阿力的母親早苗走過來，給真實一個拋棄式口罩。

「我也可以一起做嗎？」說著，她在真實身邊坐下來，一起清理照片。

早苗有一雙和阿力很像的眼睛，身材纖瘦，人長得也漂亮。年紀應該比真實大，但不說的話，還是看不出有個阿力這麼大的兒子。

過了一會兒，阿力也來了。一開始只是指著照片問耕太郎「這是神轎嗎？」「沒拍到半個人，這是在拍什麼？」，不久後又問「我也可以幫忙嗎？」加入清理行列。

阿力問話的對象不是母親早苗，多半是耕太郎。對這個年紀的孩子來說，年長的大哥哥或許是令他安心的存在，又或者，他只是對在人前和母親說話感到難為情。

明明昨天才認識真實，他也一下跑來窺看手邊的照片，一下向她搭話：「妳弄得很乾淨耶。」

「沒有啦。」真實這麼一否定，耕太郎也說：「不，妳手法很仔細，幫了很大的忙喔。」早苗則稱讚：「對啊，西澤小姐已經掌握訣竅了。」

平常很少被人稱讚，雖然害羞，但也真的很高興。真實深知自己個性不善交際，或許因為這樣，確實從以前就擅長這類埋頭苦幹的工作。

「休息一下吧。我去泡茶。」說著，耕太郎站起來。「我也去！」阿力跟了上去。看著他們離開的身影，早苗苦笑說道：

「真不知道他是來幫忙還是來礙事的。」

「別這麼說……阿力是個坦率的好孩子呢。」

「是這樣嗎？」微笑的早苗看來有點開心。

「兩位是從哪裡來的？」

或許是一起勞動的關係，真實放鬆了心情。抱著輕鬆的態度這麼一問，早苗臉上瞬間失去所有表情。

啊。這才察覺不妙。

想起樫崎爺爺說他們母子倆是「逃來」的，緊張地想，自己是否問了不該問的話。然而，就在真實說點什麼前，早苗的表情又變得柔和，氣氛也不再那麼緊繃。

她告訴真實：「我們是從東京來的。西澤小姐呢？」

「我也是東京來的。」

現在的住址明明早就是東京了，遇到這種時候，還是差點回答「群馬」。都在東京居住超過兩年了，還完全沒有「住在東京」的感覺。

「哇，這樣啊，那我們一樣呢。」

早苗以平靜的語氣微笑著說。之後，彼此都不再問對方「是東京的哪裡」。在這樣的氣氛下問不出口。

不過，這麼一來就知道，他們母子並不是流落此地的災民。感覺得出早苗不希望真實進一步追問他們的事——這麼一想，就覺得該把自己的事老實告訴早苗才行，只有自己提問，似乎不太公平。

「其實，我的婚事搞砸了。」

正確來說，還不知道到底有沒有搞砸，只是刻意這麼說。結果卻因自己說出口的話感到受傷。

聽了真實的告白，早苗低呼一聲，倒抽了一口氣。

「所以，我不太想繼續待在東京。」

「原來是這樣啊……西澤小姐，妳今年幾歲？」

「三十五。」

「還年輕嘛，沒問題的。話是這麼說，妳現在一定不想聽到別人說這種話吧？」

朝早苗望去，她便聳聳肩說「要是我就不想」。

「遇到什麼事時，比自己年長的人動不動就『妳還年輕嘛』，我很討厭聽到這種話。老是告誡自己別成為說這種話的人，結果還是說了，真抱歉。」

「早苗小姐幾歲呢？」

「三十八。」

早苗微微一笑。

「阿力十一歲。」

這麼說來，果然還是小學生。來這裡後，沒看到阿力去上學過，雖然有點在意，但也知道不能問。早苗更是沒主動提起。

不知是否察覺到真實在想什麼，早苗臉上依然帶著微笑。望著擦乾淨後整齊排放的照片，靜靜地開口：

「就算結了婚，夫妻間也可能發生各種事。」

「咦？」

「無論是跟那個無法和妳結婚的人，或是今後遇到的人，要是在遇到問題的時候，都能好好跟對方討論，繼續往前走就好了。」

她的微笑中透露一絲寂寞。這番話的後半段與其說是對真實說，更像說給自己聽。

阿力母子身邊沒有父親的身影。為什麼會這樣，真實沒有深入思考過。現在想想，他們之所以「逃到這裡來」，原因或許出在孩子的父親身上。可能是因為家暴、欠債或者其他原因。

早苗口中的「繼續往前走」響徹真實心扉。

「那天會來臨嗎？」

「咦？」

「我能夠往前走的那一天，真的會來臨嗎？」

現在的心情非常脆弱，鼻腔深處一酸，眼淚差點流出來，趕緊低垂視線。

遇到架之前，每次婚活認識什麼人，就會苦於沒有辦法將對方視為結婚對象，懷著疲倦的心情和那些人見面時，好幾次都有這種「無法前進」的感覺。還以為再也不用承受當時那種不安與無奈，沒想過又再次湧現這種感覺。

這樣的自己，真有能向前走的一天嗎？

原本還以為這輩子都不再孤單了。

「哇，妳別哭啊！」

早苗纖細白皙的手摟住真實的肩膀。「沒事的。」

「沒事的，一定不會有問題的。」

「……謝謝妳。」

沒有任何根據，只是剛認識的人說的話，卻讓自己這麼感動，真是不可思議。不過，有些話正因不知情才說得出口，也或許因此才能產生接受的心情。

早苗溫暖的手溫柔環抱真實的肩膀，使她心存感激。

「西澤小姐，清理照片的工作也要繼續麻煩妳，不過，下次要不要試試做點別的？」

有時在有時不在樫崎照相館的佳乃有天忽然回來，這麼對真實說。那是真實來到照相館兩週左右的事。

「別的工作？」

「嗯，製作地圖的工作，想不想試著幫忙？」

佳乃這麼說。

第三章

心想，大地真平坦。

口中呼出淡淡白煙，站在小山丘上望著眼前的風景出神。

周遭沒有高一點的建築物。看似個人住宅的平房多半只有一層樓，最多兩層。這些房子也毫不密集，房屋與房屋中間挾著大塊土地。

自己出身群馬，祖父母家又在山邊，真實從小就看慣了鄉下地方的景色。來到其他鄉下地方時，就算不像故鄉那樣靠山，即使是沿海鄉村的景色，只要看到就會產生一股懷念的情緒，感覺自己對眼前的景色一點也不陌生。

然而，現在眼前的景色，卻給真實一種「有生以來第一次看見」的陌生感受。

老家明明也有和這裡一樣房屋數量稀疏的地方，為什麼會有這種感覺呢？仔細一想就發現，那是因為這裡的房屋與房屋之間多半什麼都沒有。換成一般鄉下地方，房屋與房屋之間都是田，不是種植了農作物的田畝就是鋪了塑膠布的溫室。

即使過了收割期，田地的痕跡還是存在。就算是水田無水的時期，也一定認得出那是水田。然而，眼前廣大的土地上，房屋與房屋中間沒有田地，就只是一片空地。

不用說也知道原因。

因為這裡是曾遭海嘯侵襲，所有事物一度全部被沖走的土地。

「現在這樣已經算恢復不少建築物了喔，回想震災那年，無論人數或房屋數量都和現在不能比。」

指導真實工作的板宮這麼說。差點以為他聽得見自己的心聲，想來應該是至今已有許多人和真實一樣，初次面對這片景色時錯愕得說不出話來吧。

「有段時間這裡什麼都沒有，完全無法預料接下來會變成怎樣。」板宮說。

聽他這麼一說，真實心想——實際上一定是這樣的。在親眼目睹災後場景的板宮面前，連簡單的答腔或點頭都嫌太輕浮。無法做出任何回應，只能繼續凝視眼前的景物。

眼前這許多的空地雖然給人荒蕪寒愴的印象，當初一定也曾堆滿隨海嘯漂流至此的殘垣碎瓦，稱不上是「什麼也沒有」的狀況。震災發生時，自己從電視新聞上看到不少那樣的場景，這裡或許就是其中之一。

「暫時跟我一起在這附近走一走吧。我也會一邊看膝蓋的狀況調整，可能走不快。等到適應之後，妳再自己過來走走看。」

「是。」

「如果有變更，就在這張地圖上註記對吧？」

真實點頭時，一旁跟著來的佳乃朝板宮手上的大地圖探頭這麼說。詳細記載這附近資訊的住宅地圖，最近幾年都由板宮先生每年更新。

詳細記載了建築物形狀與居民姓氏等資訊的住宅地圖，真實還在縣政府工作時也曾看過。議會事務局壁櫃裡的一個角落，排放了幾本按照縣內地區區分的A3尺寸住宅地圖，因應工作上的需要，職員有時會打開這些地圖影印。

雖然現在上網就能搜尋地圖，手機也有方便導航的應用程式，這種傳統紙本地圖，對縣政府的工作還是很能派上用場。連建築物形狀和居民姓氏都詳細記載的地圖，對長輩們來說比網路或應用程式更熟悉，最重要的是，容易看懂。有一次，真實抱著好玩的心情打開自己家附近的那一頁，看到「坂庭」的姓氏和從小住到大的房子形狀時，甚至產生一股不可思議的感動。再看到家對面的公園和隔壁鄰居的姓氏，感覺就像大家的日常生活成為世界的一部分，就這樣印刷在地圖上，收錄在圖冊中，不知怎地內心一陣欣喜。

所以，真實大概知道有編纂這種地圖的公司，也曾端茶給來縣政府推銷下年度地圖的業務員。不過，真實任職的議會事務局並沒有每年購買地圖。舊的地圖就很夠用了，就算內容有少許變更也不礙事。所以，事務局裡使用的地圖已經是好幾年前出的版本。

然而，石卷這裡的狀況不同。

板宮攤開佳乃探頭過來看的地圖。

「這幾年來，這附近的地圖每年都有巨大變化。現在回想起來，震災隔年的工作果然還是最難受的，記不清在地圖上打了幾個叉。」

板宮告訴真實，打在地圖上的紅色叉叉，指的是建築物已消失的意思。原有的房屋因為海嘯或地震倒塌，那些現在變成空地的地方，都要打上紅色的「X」記號。

「打叉後，隔年起這個房子就從地圖上消失了。有時會覺得自己做的好像是把別人的生活或住家刪除的工作，內心不曉得痛苦了多少次。」

他還說，震災發生後，第一次完成更新的地圖就像一張白紙。

「但是，當那個房子和生活又回到這塊土地上時，將他們重新寫回地圖也是板宮先生的工作啊。」

佳乃這麼說，板宮才露出笑容。

「是啊，所以這份工作做起來很有意義，四處走動，發現蓋好新房子時，正因為知道之前是什麼樣子，真的高興到眼淚都流出來。」

板宮望向真實。

「震災過後這幾年的地圖，直接呈現了這座城市的歷史記憶。要是可以的話，今後我也想每年都用自己的雙腳親自走訪見證，但是……」

住宅地圖每年更新一次。由地圖調查員親自走訪各地，確認最新狀況，根據他們記下的資訊更新地圖。真實之前的職場雖然沒有每年買新地圖，像郵局或消防隊這樣的單位必須掌握最新資訊，就會每年購買。震災後，政府確認家戶安全狀況時，住宅地圖也派上很大的用場。

凝視眼前的住宅，板宮瞇起眼睛。

「啊……那片土地怎麼還是空地？去年在那裡遇到的老婆婆不是說，今年這個時候新房子就會蓋好了嗎……」

似乎想起當時的事，板宮的臉上籠罩一層淡淡的陰霾。他低聲說：「希望老人家一切安好。」

走在什麼都沒有的土地上，確認每一棟房屋的狀況時，經常會在全倒或被沖垮，只剩下地基框架的屋子前，遇到原本的居民回來察看。一想到這棟房子將從明年的地圖上消失，歉疚的心情使他情不自禁藏起手上的地圖。然而，很多居民都會對他說「請讓我看」。不少人微笑著說「啊，我們家還留在地圖上」，說著說著便眼泛淚光。

也有人對他說「房子總有一天會再回到地圖上的」。板宮現在想起的，大概就是其中一位居民。一思及此，連真實都感到難受。朝板宮的視線望去，認不出眼前的空地哪一塊是原本預定蓋房子的土地。無法在眾多空地中找到那塊地，不由得對自己感到生氣。

指導真實工作的板宮是地圖製作公司的資深地圖調查員，震災發生後，每年都由他負責更新石卷的地圖。真實原本不知道，原來地圖調查員是地圖公司的正職員工，包括工讀生在內，日本全國各地有不少從事這行業的人。這次是因為石卷一帶製作地圖的人手不足，才請佳乃幫忙找人。

「我和板宮先生是震災後因為工作關係認識的。為了製作地圖走遍災區，這也表示他確認了住在這塊土地的所有人下落及生活狀況。在地方上走動也會認識很多人，我在工作上真是受了板宮先生許多照顧。」

照這麼說來，佳乃和板宮已經認識好多年了。板宮今年開始出現膝蓋痛的毛病，沒辦法長時間走動探勘。因為靠自己一個人工作成果有限，他便跟公司商量，今年先請工讀生協助他。聽他提起這事後，佳乃便主動推薦了真實。

「和清理照片的義工不一樣，這是打工所以有錢領喔。如何，要不要試試看？」

看來，佳乃是擔心真實的生活，刻意幫她找了一份工作。

「妳真正的名字叫什麼？」

前往石卷途中，佳乃忽然在電車上這麼問。

完全沒料到她會這麼問，真實也知道自己露出驚訝的表情。心想「糟了」，視線尷尬地望向佳乃，看到她以率直的目光注視自己。

和開車去仙台車站迎接時不同，前往石卷搭的是電車。幾乎沒有其他乘客的車廂內，佳乃與真實互相凝視對方，彷彿時間暫停。

搭乘仙石線的慢行列車，會看到海景與高聳的防波堤輪流出現在車窗外。這時車正好抵達陸前大塚站，在這之前還看得到海，但這個車站離海實在太近了，從窗戶看出去時，防波堤占據了整個視野。顯而易見，這道高聳的堤防是震災後重新建設的。

隔著防波堤仍感受得到另一頭的大海氣息。在四面不臨海的群馬長大，真實從未想過電車可以經過離海這麼近的地方，感覺很是新鮮。一邊望向窗外，一邊想著這種事時，佳乃忽然拋出那個問題，一時之間無法回答。

即將發車的鈴聲響起，車門發出壓縮空氣的「噗咻」聲關上。月台上，車掌輕輕吹響哨子。

「……坂庭真實。」

終究如此回答，是因為佳乃的臉看起來並未發怒，語氣也不是詰問，只像在隨性聊天。反過來說，這也意味著再隱瞞她也沒有意義。「這樣啊。」佳乃輕輕點頭，依然完全沒有要指責真實的意思。

「原來真實是妳的本名。」

「妳為什麼會發現？」

小聲這麼問，佳乃就笑了。她真的沒有生氣。

「一開始就覺得妳大概有什麼內情啊。只是不確定名字是不是假名，剛才是故意試探妳的。」

佳乃以促狹的眼神窺看真實的表情。

「誰教妳跟我們網站聯絡時，急著說想找有地方住的地方當義工，還說希望盡可能長期，那聽起來簡直就像在求救啊。給人一種死命想找個安身落腳處的感覺。」

「明知有內情，妳還願意來接我？」

「放心不下嘛，而且聽起來妳應該是孤零零的一個女生。」

佳乃毫不遲疑地這麼說。聽她這麼說，真實也覺得應該是這樣。即使面對的是有內情的人，在懷疑之前還是會先伸出援手，世界上就是有這樣的人——佳乃就是這樣的人。

「剛才之所以問妳本名，不是要責怪什麼，但是，等一下介紹的製作地圖工作，如果不用本名登記的話，怕會給人家添麻煩。我只是想先跟妳說，到時候不用顧慮我，直接填寫本名沒關係。」

「樫崎爺爺他們也都認為我用的是假名嗎？」

「沒有啊，」佳乃搖搖頭，然後笑了，「應該說，打從一開始，他們對這種事就不感興趣。輪到真實做菜時，爺爺稱讚妳做的淺漬很好吃，耕太郎也說清理照片的事妳幫上不少忙喔。之前我不是提過嗎？地震過後，很多來當義工的人在照相館進進出出的。」

有那麼一瞬間，真實猶豫是否該對佳乃提自己的事。如果要說的話，現在應該是最適當的時機。但是她躊躇了。倒不是因為不想說，只要佳乃願意聽，真實很想把自己身上發生的事——和架的那些事告訴她。但是，真實的這些煩惱，對佳乃來說大概「沒什麼大不了」吧。

自以為遭到架的背叛，一氣之下離開東京，又不能回群馬，一時衝動來到這裡。真實的這些「苦衷」。看在活躍於日本各地，見識過各種人的佳乃眼中或許根本稱不上苦衷。又不是已經和架結婚了，說起來就只是戀愛糾紛。對當事人來說或許是個大問題，看在別人眼裡卻是無足輕重。就算別人不當一回事也是理所當然的。

在樫崎照相館裡，帶著阿力出逃的早苗沒有告訴真實自己發生了什麼事，只是以堅毅的態度站在旁邊清洗照片。看到她的堅強，真實才發現自己有多小家子氣。

即使如此，是否還是應該告訴佳乃比較好？至少讓她知道自己不是來路不明的可疑分子，正當真實打算開口時——

「沒關係啦，每個人都有自己的苦衷嘛。」

佳乃輕描淡寫地打斷真實。真實朝她望去，佳乃輕輕搖頭，目光轉向窗外。

「像我也是把自己的孩子交給母親照顧，暫時沒辦法見面啊。」

「咦！」

真實忍不住發出驚呼。佳乃微微一笑。

「……就像這樣啊，大家都有各自的苦衷啦。」

被她這麼一說，真實就說不出第二句話了。佳乃的微笑沒有一絲陰影，怎麼看都不像懷抱複雜苦衷的人。真實從來沒想過她可能有小孩，連她是否已經結婚都沒想過。因為她是這麼有行動力，頂多只模糊地想過單身可能比較方便四處行動。

「這樣啊……」不知所措地點點頭，真實說不出別的話。

就這樣默默等待慢行列車抵達石卷。每天從位於仙台的樫崎照相館通勤來製作地圖太大費周章，所以打這份工的期間，就先住在地圖公司安排的員工宿舍。自己一個人住在陌生場所雖然需要勇氣，仔細想想，本來就是打定主意過這種生活才來東北的吧。

和佳乃兩人默默坐在電車上。這樣的沉默非但不痛苦，反而感覺很舒適。從以前到現在，無論是和女性友人聊天時、參加聯誼或聚餐時，真實都很害怕沉默。尷尬的沉默，令人討厭得不得了。總是因此陷入不安，連沒必要說的話都吱吱喳喳說出口。

佳乃說出自己孩子的事，或許是為了讓真實安心。沉默之中，真實漸漸察覺這一點，對佳乃更加感謝。

——不管怎麼說，和小野里夫人介紹的第二個相親對象花垣學約會時，每次都很累。

原本還以為他是自己喜歡的類型。看了照片，心想長得這麼漂亮的人為什麼還沒有結婚呢？真是不可思議。請小野里夫人向對方轉達想見面的意願，對方回答他也想見面時，真實心想「啊，我大概會跟這個人結婚了吧」。當時清楚地有這種感覺，內心暗自期待他能滿意自己。

或許因為一開始期待過大，每次和花垣見面，都覺得有點遺憾。遺憾一點一滴增加，累積得愈來愈多。

相親照裡的他身穿西裝，照片從正面拍攝。以為來的會是跟照片裡一模一樣的人，在約定碰面的地方看到他時，真實心裡想的是，花垣本人長得沒有照片那麼好看。身上也不是西裝，而是像學生一樣穿一件法蘭絨襯衫配卡其褲。品味雖然沒有金居先生那麼奇特，也不算老土，就是沒有相親照片那麼帥。

看起來老老實實，沉默寡言，似乎沒什麼社交能力。每次約會都是真實在說話，問問題的也是真實。面對那些問題，他總是只回答一兩句，對話持續不下去。再怎麼內向怕生的人，見過幾次面也該熟稔了。雖然告訴自己這就是他的特色，沉默還是令人很煎熬。

——那個，不是外國車，是國產車喔。

有一次約會，他難得主動開口，真實錯愕地抬起頭。一時之間聽不懂他在說什麼，抬起頭一看，他正指向餐廳窗外。

「那輛車——坂庭小姐說想開的那輛車。」

聽到這句話的瞬間，肩膀倏地發熱。

剛進這間餐廳時，真實就注意到窗外這輛車了。那是之前偶爾會在街上看到的車款，一直覺得這車的設計很棒。沒有普通房車那麼大，但也不會太小，正好適合女人開。

真實的第一輛車是母親淘汰不開的輕型車，現在開的這輛也是幾年前爸媽買給自己的國產輕型車。汽車是群馬生活的必需品，一家一輛還不夠，一人一輛是理所當然的事。「第一次開車難免東撞西撞，先開這輛練習就好。」媽媽這麼說，把自己的中古車讓給正在找工作的真實。之後，也是媽媽說「如果是這輛的話，爸媽可以買給妳」，主動買了現在的輕型車給她。不過，朋友裡有人第一輛就買新車，還有人用學生時代打工存的錢買了造型可愛的外國車Mini。

明明是母親自己說「這輛的話就可以買給妳」，後來她卻對真實說「妳要心存感激」。她還說：「已經是成年人了，自己出錢買車對一般人來說天經地義，只有真實，要是爸媽不幫妳決定的話，連自己要買什麼車都無法決定。」

被這麼一說，真實也不太高興。事實上，她有想過換車時要買自己選擇的車。雖然不知具體該存多少錢，也只是在馬路上看到那種車時心生嚮往而已。反倒是Mini滿街都是，如果要買的話，買這輛造型復古的車好像不錯。

和花垣在餐廳裡坐著，已經想不出其他話題，陷入沉默時，心想這個人要是能主動說點什麼就好。這時，不經意看見窗外停車場停著那款小車，真實就不以為意地說：

「那是我很嚮往的車款呢。」

在群馬這個地方，每個人開的車都展現著自己的特色，有時甚至代表社會地位。出社會前的真實對車沒什麼興趣，開始工作之後，看到主管級的人果然都開看似高價位的車，心想「好車果然不一樣」，聚餐時男人們經常毫不掩飾地炫耀自己的愛車。女孩子聚集聊天時，用喜孜孜的語氣提起自己男友開什麼車的人也不少。大家都常換車，手上一有閒錢，往往第一個花在車子上。

花垣抬起頭，朝窗外那輛車望去。真實微微苦笑。

「不過那是外國車，要是我真的說想開，爸媽一定會反對。我父母在這種地方非常保守，一定會說國產車比較好。」

「……喔。」

花垣的回應還是一樣簡短，說完這句話，就像一點也不感興趣似地再次沉默。正好這時餐點上桌了，真實便和他默默吃起來。

因此，這個話題本該就此結束，花垣卻在過了好一會兒之後，忽然又那麼說。

「那個，不是外國車，是國產車喔。」

順著他手指的方向望去，剛才那輛車正要開出停車場。看似剛用完餐的車主搭上車，發動引擎之後大燈亮起，車後方的煞車燈閃爍。

「那輛車——坂庭小姐說想開的那輛車。」

肩膀倏地發熱。

感覺他在指摘自己，連是哪裡生產的車都不知道，還敢說是自己嚮往的車。羞恥與超越羞恥的憤怒從胃部深處翻湧上來。

說不出話，只是默默望著花垣。然而，不懂察言觀色的花垣依然望著窗外：「車開出來的時候，我看到後面有國產標章。」

和普通國產車不一樣，這款車的國產標章不在車頭。還有，外型設計得很像外國車，完全看不出是日本車，所以真實才會搞錯。即使嘴上說著嚮往開這種車，真實也沒想過要去調查。沒錯，因為她根本就沒那麼「嚮往」這款車，只是姑且拿來當話題罷了。

因為和你的對話太無趣了。

因為你從來就不會自己找話題。所以，我只好努力想出這個其實根本沒那麼感興趣也無所謂的話題。明明是這樣，你卻指出那種不重要的無聊小事？

花垣開的是輕型車。在真實身邊，已出社會的男人沒有人開輕型車。大家都很肯花錢買車。因為在這裡，車子就代表自己的特色，甚至是社會地位。

開那種女生才開的輕型車很遜，為什麼不換車呢？其實這才是真實的內心話。一直忍著沒有說，但真的很介意。

這樣的花垣，並不是為了侮辱真實才提出剛才的指摘。這點真實非常清楚。要是他想得出做這種事，之前也不會這麼沒話聊了。他說那種話只是出於好意。他是個善良的人，正因善良老實，根本沒想到說那種話對方會怎麼想。真實腦中浮現「呆頭鵝」三個字。

真實受不了了。誰教他不能忽略真實的不懂裝懂，誰教他善良得連察言觀色都不會。

不只如此，還連拓展話題都不願意。對話再次中斷。

花垣根本沒察覺真實的心思，像是已經忘記自己剛才說了什麼，伸手去拿哈密瓜汽水，用吸管喝了起來。

沒記錯的話，在第一次見面的咖啡廳，真實認為不管怎樣應該先來杯咖啡時，他也點了柳橙汁。在家庭餐廳約會時，他總是喝哈密瓜汽水或芬達，用吸管喝。好像不太會喝酒，就連來今天這種餐廳用餐時，點的也都是無酒精飲料。

如果是小野里夫人或母親，或許會說「這點小事算什麼」，但真實就是很介意。就連更正式的場合，比如說訂婚或提親時，即使所有人都點咖啡，這個人一定還是不會察言觀色說「那我也喝一樣的」。就連那種時候，他大概還是會兀自喝他的哈密瓜汽水。

要是真實不約他來這種餐廳，到現在約會大概還是只去家庭餐廳吧。

這點小事不算什麼。

在意這種事是妳心胸太狹隘。

妳理想太高了。

大家會這麼說我吧。

他這麼老實，不是壞人啊。大家會這麼稱讚他的善良吧。

是拒絕他的真實不好。大家都會這麼認為吧。自己都不去理解對方卻奢望人家理解自己，看在旁人眼中，這樣的自己或許真的很傲慢。

但是——我受不了。

也曾試圖理解他，真的嘗試過了。嘗試好好面對每個遇見的人——但是，總覺得他們都不讓我看到我能理解的一面啊。我不知道如何去理解他們。

希望花垣先生也能找到好對象。

我不討厭他，雖然不討厭，但不希望是我，最好是有別人可以帶給他幸福。真實現在這麼想。

對架提起跟蹤狂的事時，下意識地，腦中浮現的是花垣。

自己也知道這麼想很失禮，但沒有其他能想像的對象了。

——我不是包庇他，不是這個意思……只是……總覺得不是不明白對方的心情。我想，他都三十幾歲了才失戀，心裡一定很難受，該怎麼說呢，那種不安的心情我可以理解。像是對結婚的焦慮、未來的人生等等，說不定都因為被我拒絕而忽然失去希望了。

其實那說的也是自己的心情。

在婚活中認識了誰，懷著「說不定就是他了」的期待。但是，在發現不是的時候，就像眼前每一扇門都忽然被關上。期待愈高，失望愈大。

明明是那麼無話可說，看不出來對真實到底怎麼想的花垣，在真實請小野里夫人轉達拒絕之意後，卻又說他「還想繼續見面」。真想問問他，那麼你到底是喜歡我什麼呢？

連在大眾交通這麼方便，不太需要買車的東京，架還是會買全新的外國車來開。聚餐時也會配合大家點咖啡。

經營進口啤酒公司，懂得怎麼喝酒，還經常帶我去時髦的酒吧。這些都是在老家那裡絕對不會遇到的事，令他看起來那麼帥氣，充滿魅力，這樣的魅力，這樣的魅力……令我頭暈目眩。

可是，或許我也只看到對方的外在而已。

選擇架的我只是個在五光十色大都會中迷失自己的膚淺女人。這如果是一個故事，我一定是會在最後受到天譴的壞女人。

製作地圖的基礎，就是要好好思考探勘路線，走過一次的路不要再走第二次。走在街道上，腦中複習板宮教的重點。第一個星期和板宮一起拿著地圖探勘，看到已經負責這地區好幾年的他工作中的樣子，令真實佩服不已。整個城市的地圖完全在他腦中。儘管負責的範圍一點也不小，跟著他走的路線卻絕對不會重複。

「好厲害。」真實忍不住發出驚嘆。

板宮哈哈笑說：「今天是和妳這個新手一起走，我已經鬆散很多了。」

快活的語氣背後透露出他的自信。

「一開始應該沒辦法這麼順暢，就算重複也沒關係，請提醒自己每一戶都要走過，最重要的不是省時，是準確度。」

「是。」

「看到坂庭小姐這樣的年輕女生，居民們一定也樂意和妳搭話。說不定會有老人家找妳說話，到時就麻煩妳聽他們說說囉。」

「說話？」

「大家都想跟年輕人聊天啊。我雖然已經五十幾了，在這個地區還算年輕人呢，老人家經常跑來關心我。佳乃小姐也是因為我和這地區的人感情好，才找我一起工作的。」

「喔喔……」

這也是真實和板宮一起探勘街道短短幾天下來的感想。和板宮一起攤開地圖時，路過的人總會過來打招呼。「喔喔，是板宮先生！」有這麼直接喊他名字的人，「呃……你是那個誰……」也有像這樣忘記他名字的人。但是，也有人一看到他手上的地圖就說「喔喔，你是那個做地圖的」。結束一個地方的確認工作後，還會有老人家提著一塑膠袋的橘子遠遠大喊「喂，這個拿去！」

佳乃只有第一天跟來，現在已經不在這了。

真實住的地圖公司宿舍是一棟小公寓，直到前年都還是震災後的災民臨時住宅。原本住在這裡的災民，聽說搬到設置於別處的市營住宅了。

協助地圖製作的工讀生除了真實以外還有另一個人。看來，想填補資深員工板宮的空缺，光靠一個人大概還不夠。在宿舍裡住真實隔壁的這個男生，是比她早來兩個月的前輩。他也是佳乃帶來的，名字叫高橋。不知道他為什麼會來這裡，只知是從靜岡來的，比真實小五歲，今年三十。

「請多多指教囉！」

第一天，高橋以輕鬆的語氣這麼寒暄。大概曾從事什麼運動，他個子很高，肩膀很寬。一頭染成近乎金色的褐色頭髮，只有靠近髮根處是黑色，一邊耳朵戴著耳環。要是沒有聽佳乃的介紹，真實大概永遠不會靠近這種類型的人。

「別看他外表這樣，人倒不壞。」

「對啊對啊，是個爽快的好孩子，你們同事之間要彼此照料喔。」

佳乃和板宮都笑著這麼說。

地圖調查員的工作，基本上是獨自進行，不用和他一起行動。但是對真實來說，有夥伴在還是安心不少。話雖如此，高橋的外表還是讓人有些退卻，始終不敢主動找他攀談。

就在這時，在公寓走廊上碰巧遇到他。一看到真實，高橋就「啊」了一聲。

「可以等一下嗎？三分鐘就好。」

忽然被他這麼叫住，真實嚇了一跳。高橋則再次掏出鑰匙打開自己房門進去了。很快再次出來時，手上拿著一雙粉紅色的雪靴。

「二十三號半。」

「咦？」

「我問以前的女友大人，她說女生的鞋子大概都是這尺寸，合妳的腳嗎？」

「……我的腳是差不多這麼大沒錯。」

「那，不嫌棄的話，這雙給妳。」

高橋不由分說地將雪靴遞上來。拗不過他的行動力，真實收下靴子。那是一雙稍有使用感的靴子，但鞋底只有輕微摩擦痕跡，整體還很乾淨。

一般人再怎樣也不會稱自己的前女友為「女友大人」吧，但是，他這種溫柔的說話方式雖然令人意外，卻也令真實有些羨慕。

「在我昨天探勘那一區的公園裡，明明是平日，附近的幼稚園和老人院卻在那裡舉行跳蚤市場。我心想哪會有人去買就跑去看，結果看到這雙鞋。竟然只要一百，很驚人吧？是說，我有先殺價啦。」

「我可以收下嗎？不行，還是要給你錢。」

「喔，不用了不用了，剛不是說了嗎？才一百啊。」

高橋低頭望向自己的運動鞋。不知穿多久了，已經顯得很破舊。

「做這份工作啊，要走滿多路的。鞋子一下就不能穿了。再說，這裡冷天多，不介意的話，請穿那雙鞋吧。」

「有這雙鞋真的幫了大忙，可是……」

「那就這樣。」

自顧自地說完，留下真實和雪靴，高橋快步離開。簡直就像一陣旋風。

沒有想太多，只因為便宜就買了，應該是這樣吧。真實愣愣望著那雙粉紅色的靴子。看似設計給二十幾歲女孩穿的年輕款式，絕對不是真實喜歡的樣式——雖然不符自己的品味，仍然心存感激。因為現在真實手邊只有兩雙鞋，一雙是在仙台車站買的短靴，一雙是從東京穿來的高跟長靴。

做這份工作兩星期了。

一邊和地圖大眼瞪小眼一邊走，慢慢不再覺得向路人問話或搭訕是一件苦差事。與此成正比的，愈來愈發現人們根本不在意自己穿什麼或看起來是什麼模樣。在東京時，明明是這麼在意這種事。尤其是要出門和架那些女性友人見面，或是去他客戶開的店時，真實往往站在家裡的穿衣鏡前，打開衣櫃門，好幾個小時都無法動彈。

以前一直很不擅長應付高橋那種講話速度快的人。對方大概也覺得自己說話很無聊，至今和那樣的人時常都無法好好交談。剛才也是，沒辦法好好回應，都是高橋在自說自話，但是——感覺並不壞。

想像平日白天的公園裡，站在沒什麼外來客的跳蚤市場，和幼稚園孩童的媽媽們及老人院的老人家們混在一起端詳商品的高橋，真實忍不住微笑起來。再次回到房間，換上那雙靴子。

真實發現那間神社，是開始製作地圖將近兩個月的事。

四月底。

開始時製作的是沿海的地圖，如今探勘路徑已漸漸遠離海邊，受海嘯影響的部分也愈來愈少。土地上殘留著沒有被沖走的櫻花樹，花季比東京遲，好不容易才盛開，終於清楚感受到春意。連霜降後的冷硬地面也換上了溫柔的表情。

從手邊更新到去年為止的資料，早已得知那一帶有一間神社。

實際走訪才知道，那是一棟歷史悠久的木造神社。屋頂看上去些許傾斜，不知是否與地震有關。在那傾斜的屋頂下掛著注連繩和鈴鐺，後方的神社社徽吸引了真實的目光。一個大圓圈裡，三條象徵波浪的紋路。

真實心想，好像在哪看過這個圖案。想起來時，發出「啊」的一聲驚呼。是在樫崎照相館看到的。受耕太郎之託清理照片時，其中的一張——某人的婚禮照片上，確實拍到這樣的圖案。就在穿著傳統白無垢禮服的高雅新娘和親朋好友的合照後方，確實拍到這類似波浪的圖案。

「欸？妳是觀光客嗎？」

背後傳來一個悠哉的聲音，真實驚訝回頭。這塊土地特有的方言腔調和用語，起初聽不太懂，現在已經習慣了。

披著一件微起毛球的針織衫，頭戴立體小花裝飾的毛帽，一位打扮時髦的老太太從神社後方看似社務所的建築走出來。那棟建築比神社大殿新，可能是重蓋的。忍不住朝地圖望去，上面寫著「石母田」。讀音是「ISHIMODA」嗎？還來不及思考，嘴上就先問了：「請問這裡是石母田家嗎？」

於是，那位老婆婆回答：「嗯啊嗯啊，我們是這間神社的人。」看來，這戶人家應該是神社的管理人。

「我是為了製作地圖，所以在這附近走訪探勘。」自我介紹後，對方立刻恍然大悟點頭。臉上滿是皺紋的她一瞇起眼睛，雙眼就連成一條深深的皺紋了。

「對對對，我記得妳說的那個地圖，之前也有人來過。」

「這間神社歷史看起來很悠久了呢。」

「嗯啊，一直都在這裡。」

或許是從老奶奶溫柔又悠哉的語氣中獲得勇氣，真實豁出去問：

「請問，也會有人在這間神社舉行婚禮嗎？」

「欸？」

真實的問題似乎讓她頗感意外，老奶奶歪了歪頭。一方面擔心自己問了什麼奇怪的話，一方面真實也發現，和以前比起來，自己似乎已經沒那麼害怕與人交談了。所以，她也能繼續說明：

「其實是這樣的，我看過有人在神社舉行婚禮的照片，在想會不會就是這裡……也可能是我搞錯了啦。」

這麼問的時候，內心小鹿亂撞。不是出於緊張，而是興奮。那張不明失主的照片，說不定能在這裡找到主人的線索。

老奶奶用力眨了兩次眼睛，點點頭說：「嗯啊嗯啊，沒錯，以前這裡也會舉行婚禮。那是很久很久以前，我還年輕的時候，真懷念啊。」

一和樫崎照相館聯絡此事，耕太郎就親自把照片帶到石卷來。接到耕太郎聯絡的佳乃也一起來了，順便約板宮和高橋一起去附近店裡喝兩杯。決定隔天大家一起帶照片去造訪石母田奶奶在的神社，請她看看。

「真實，妳好厲害喔，跟偵探一樣。」佳乃邊喝酒邊這麼說。

「哪有……碰巧而已啦。」

真實推辭地搖搖頭，耕太郎卻也表示贊同。

「不不不，就算只是碰巧，妳能察覺這個巧合也很厲害了。要是我，清洗照片時才不會注意到神社的社徽呢。」

「耕太郎，不好意思害你專程跑這一趟。照相館那邊只剩老爺爺會不會……」

「沒事啦！再說我也很高興啊，畢竟，原本那些照片已經不抱著找到主人的希望了。爺爺也叫我來呢。」

這天，眾人來到石卷一間居酒屋，聽說是震災後新開的店，上門的多半是義工。今天店裡看上去年輕人很多，老闆自己也是災後從仙台來這裡當義工的人。

白天為了製作地圖四處探勘時沒有發現，其實這塊土地上還有很多來當義工的人，也還有很多人正為重建家園努力著。店裡的客人也是，與其說是當地人，倒不如說和真實他們比較相近。

「早苗小姐和阿力都好嗎？」

儘管和他們共度的時間不長，還是很懷念那段時光。這麼一問，耕太郎才想起什麼似地說：「他們不在照相館了喔，已經前往下一個地方。」

「咦，這樣喔？」

「對，他們也有說喔，要我見到真實小姐後，跟妳打聲招呼。」

「這樣啊……」

想起早苗堅毅的身影和阿力稚嫩的臉龐，瞬間心頭一緊。不知道他們懷著何種苦衷，逃離了什麼，也不知道他們現在去了哪裡。只要耕太郎不說，真實就不打算問。只是，他說到「下一個地方」時，語氣裡似乎帶有一絲光明。

早苗母子或許已經向前進了。

「我也去得了嗎……下一個地方。」

情不自禁如此喃喃低語。

但願他們母子過得安好。想起清洗照片時，自己感觸太深而哭出來時，早苗溫柔摟抱自己肩膀的事。

耕太郎輕輕點頭。

「早苗小姐和阿力在照相館幫忙很久了，現在他們不在，還真是會感到寂寞。」

「耕太郎不是有個交往中的女朋友嗎？怎麼不請她來？」

「欸欸，我也不知道耶。是在交往沒錯，但完全還沒到那個地步啦。不過，因為她年紀比我大，偶爾也是會覺得好像有那個意思就是了。」

看著一臉天真搖頭的耕太郎，真實不禁微笑。即使是像他這樣具備知性又真誠的男性，還是會散發一股男人特有的自信，真實對這種感覺並不陌生。雖然自己這種人也沒資格說什麼，還是忍不住這麼想。希望他現在的自信不會在日後哪天釀成後悔，就算這種自信是年輕時的特權也一樣。

「……是說，妳聽誰說我有女朋友的？」

耕太郎這麼一說，佳乃就呵呵笑著，雙手舉到面前合掌說「抱歉抱歉」。耕太郎故意皺起眉頭，一邊輕聲嚷著「拜託，饒了我吧」，一邊把自己的手提包拉過來。

輕輕取出特地帶來，裝有那張婚禮照片的信封。先用擦手巾擦桌子，再墊上手帕，小心翼翼地把照片放上去。

那張由真實清洗，拭去汙泥的照片，看上去的確年代久遠。

「很棒的照片耶。」高橋這麼說。

這種家族合照，有的人還看得到表情，有些人連臉上的表情都看不清楚。真實望向高橋，「嗯？」了一聲，他就用力點頭說：

「雖然大家都緊張地面向前方，從前拍照應該不像現在這麼簡單吧？光看他們的表情，就知道拍照是一件大事。這麼想來，果然應該好好珍惜這張照片。」

「這或許是緣分。」坐在高橋身邊的板宮說。

真實抬起頭，板宮望著真實的眼睛。

「妳會來到這塊土地上，或許是某種緣分也說不定。」

「沒那麼誇張啦……」

覺得板宮誇大了，真實搖頭否認──但是，忽然一陣哽咽。體內情不自禁湧上一股溫暖的情緒。

好開心。自己來到這裡，現在也在這裡的這件事，或許具有某種意義。這種話誰也沒對自己說過。板宮說這話時，應該也沒想太多。明知如此，明知如此……這還是有生以來第一次，第一次有人這麼說。

「我去一下洗手間。」

離席走向廁所。久違地喝了啤酒，眼眶下方有點泛紅。對著鏡子裡的自己，真實才發現剛才差點哭了。明明很開心，開心的情緒裡卻交織著哀傷。

在鏡子前眨幾下眼睛，做個深呼吸。走出廁所時，高橋等在門外。

「啊，抱歉。」

以為他在排廁所，為自己耽擱了時間道歉後，才想到這間居酒屋男女廁是分開的。狐疑地抬起頭，正好對上高橋意外認真的視線。

「妳說下一個地方，是要去哪裡嗎？」

「咦？」

「剛才不是這麼說了嗎？」

「喔喔……」

他指的是耕太郎提到早苗和阿力時的事吧。聽到她們已經前進了，卻覺得自己還完全辦不到，當時的喃喃自語大概被高橋誤解成別的意思了。真實苦笑搖頭。

「不是啦。剛才說的是和耕太郎一起在照相館做事的人，不是我的事。別的不說，地圖調查也還有很多地方沒完成啊。」

「那就好……」

高橋明顯鬆了一口氣。看到他的表情，真實就發現了。即使是缺乏戀愛經驗又遲鈍的她，也明白高橋的表情代表什麼。他會站在廁所外面等，並不是偶然。

「那個……」

總覺得，這個頂著誇張髮色的布丁頭，說話語氣輕佻，喜歡穿寬鬆且上下成套運動服的人，和自己應該屬於不同世界。要是沒有做這份工作，真實大概一輩子都不會和這種類型的人說話。

他的表情有點緊張，聲音也提高了點。

「如果妳願意的話啦，下次放假要不要去哪走走？開車兜風。」

聲音和表情都呈現出緊張。

聽著他的聲音，在心動之前，真實的胸口先閃過一絲心痛。

突然想起一件事，那是在縣政府工作時的事。

一個常來縣政府送東西的送貨員，交給小惠一封信。

信裡寫著：「每次送貨來看到妳，都覺得妳是很出色的女生，我想自己應該是喜歡上妳了——所以，下次要不要一起去哪走走？」

小惠把信拿給真實看，還說：「我收到這種東西了，好扯喔。」

真實和其他部門的女生輪流傳閱了那封信，大家都笑著說「欸！好扯喔！」不過是送貨員與收件人的關係，他竟然這麼喜歡小惠，太扯了啦。連話都沒說過幾句就說「喜歡妳」，太好笑了。會寫這種信是不是頭腦有問題，妳慘了啦，萬一演變成跟蹤狂怎麼辦？

小惠已經結婚了，或許正因如此，真實當時也和大家一起狠狠嘲笑、批評對方。

說他「也不懂得掂掂自己斤兩」。

說他「講什麼喜歡啊」。

說他「好可怕，好扯」。

說了這些話。

現在回想起來，可能正因看出對方不太可能做出跟蹤狂的行為，大家才放心地把整件事當作笑話吧。

後來，幾個同樣擔任臨時職員的女生，打聽了送貨員送東西來的時段，跑去小惠待的部門偷看他長什麼樣。是個看上去老老實實，頭髮稀疏，年紀有點大的人。大家都說「那種老頭還敢喜歡小惠，是不是太厚顏無恥了」。

那時，沒人想過對方的心情。只用「太扯了」三個字做總結，掩蓋一切。

因為那種對象「絕對不可能」，所以根本不用去理解對方。

說不定對方也很不安啊。

漫長的人生，始終沒有遇見那個對的人。擔心自己一輩子就要孤獨終老，內心充滿不安。對於自己沒結婚的事，周遭的人不知道會怎麼想。真想設法脫離一個人的生活，想結婚，想和誰交往，想要有個戀人。說不定他是這麼想的。

跟我一樣。

在蓋上「絕對不可能」的蓋子前，就算能這麼設身處地想想也好。

對方也是鼓起勇氣才那麼做的，其實，他說不定和我一樣正在為某些事奮戰。

忽然想起，被告白的人是小惠，不是自己。

不知不覺中，把那個送貨員和金居先生及花垣先生重疊了。

我還不是一樣，想也不想就蓋上「絕對不可能」的蓋子。

高橋那鼓起十足勇氣卻又想假裝若無其事的緊張聲音打動了真實。

想起架的臉……

「兜風？高橋你又沒車。」

真實這麼說，用盡可能輕鬆自然的語氣，半開玩笑地回應。高橋瞬間毫不掩飾地卸下臉上緊張的表情。

「車子借就有啦，」他這麼說，「妳不知道我的個性有多厚臉皮嗎？只要把板宮先生的車搶來用，我們就能去兜風了。」

「我想想看，」真實說，「我想想看——謝謝你。」

除了婚活認識的人之外，真實沒有與異性交往過。第一次發現，自己或許對此感到自卑。始終無法和眾人一樣找到戀愛的入口，明明大家都可以，只有自己不行，這件事一直讓她很在意。然而，砌一道牆擋在自己面前的，或許正是自己。

真實又重複一次。盡可能不用太慎重的語氣，只是不知為何，眼淚差點流出來。

「謝謝你喔，高橋。」

「是怎樣啦，妳太客氣了喔。」

高橋笑了。

把他留在廁所，自己回到座位上。坐在旁邊的佳乃對真實說：「真實啊。」

「嗯？」

「高橋是個好傢伙喔。」

被她這麼一說，差點喘不過氣。

面對察覺發生了什麼事的佳乃，真實輕輕吸口氣，點點頭。

「嗯。我知道。」只這麼回答。佳乃也沒有再說什麼。

這間神社的名字叫三波神社。

三條波浪狀線條形成的社徽圖案正說明著這個名稱。除此之外，名稱裡的「波」字也不經意觸動了真實的心。這個地方的人們，從以前就和大海及波浪共存。正因人們仰賴大海討生活，對大海心存感謝，才會為神社取了這樣的名字吧。或者，大海與波浪也可能是人們敬畏的對象。思緒忍不住飄向原本造福人類的海洋，因為震災而丕變時發生的事。

帶佳乃和耕太郎造訪三波神社，把照片拿給石母田看。

石母田將三人帶到木造神殿內。以為是老舊的建築，其實內部整修過，冷風也不會從牆縫中吹進來。燒得火紅的石油暖爐上，放著咻咻噴出蒸氣的燒水壺。正坐時腳雖然有點涼，卻莫名帶來一股恰到好處的緊張感。只有掛在莊嚴神殿內側的雪白注連繩是全新的，令人確實感受到神明就在那裡，神殿內瀰漫靜謐氛圍。暖爐上水壺冒出的蒸氣與大殿內側莊嚴的氣氛，說明了這裡正是人類與神明自然共存的空間。

石母田戴上老花眼鏡，眨著眼睛看照片，石母田的女兒坐在一旁，把手放在她背上。

「好懷念喔。」石母田說。從照片上抬起頭，望向真實。

「太驚人了，這是幸子婚禮的照片呀。妳記得嗎？家裡開和服出租店那個。」

「記得記得，就是健太的媽媽吧？」

「嗯啊嗯啊，對吼，她家的健太跟妳同班。」

石母田母女邊說邊點頭。看來，這張照片裡的人她們認識。「真不可思議。」石母田的女兒從母親手中接過照片，感慨地看著說：

「這是健太父母結婚時的照片，就表示這時健太還不知道在哪呢。但他現在都已經是個老頭了。」

石母田的女兒和真實的母親同一世代，大概只比她小幾歲。她一開始就介紹過自己現在是這間神社的權禰宜，宮司則由她丈夫擔任＊。

＊註：權禰宜與宮司皆是日本神社神職人員的職稱，依地位高低分別是「宮司」、「權宮司」、「禰宜」、「權禰宜」和「出仕」。

「這戶人家現在還住在這邊嗎？如果方便的話，想把照片送還給他們。」

耕太郎這麼說。石母田母女看了彼此一眼，做母親的說：

「這戶人家長年經營和服出租店，也有出租婚禮用的禮服，從前人們還時興在神社舉辦婚禮時，受了他家許多關照。這張照片裡這個可愛的新娘啊——」

說到這裡，石母田抿嘴笑道：「她年紀比我還大，後來成了個可愛的老奶奶，已經過世好一段時間了。她兒子媳婦繼承了家業，但是店在海嘯中受損了。他們現在還住在石卷喔，可以幫你們把照片送過去，要放我這嗎？」

「那就務必拜託您了。」

耕太郎放下一顆心，深深低下頭。真實也有同感，心裡很高興。石母田笑得整張臉皺在一起：「他們一定會很開心。」

「我去泡茶，真的很謝謝你們遠道而來。」

說著，石母田的女兒起身離席。知道照片的主人是誰後，所有人都被一股開朗與溫暖的情緒包圍。一張陌生人的照片，如今將大家和樂融融地串連起來，不禁感到非常幸福。

「聽說你和爺爺一起從事照相館的工作？」

石母田問耕太郎，耕太郎點頭說「是」。

「家父從事與攝影完全無關的行業，目前住在東京。但我從小就很喜歡爺爺的照相館，也對攝影感興趣，後來就到爺爺這裡來了。話是這麼說，和爺爺當年開始拍照時的環境不同，現在大家用數位相機或智慧型手機就能輕易拍出高畫質的照片，攝影師的工作機會少了許多。」

「哎呀——這樣啊？」

「不過，能像今天這樣派上用場，我還是很高興。」

耕太郎微笑著說。

「遇到節日，我也會幫地方上的小學拍照，感覺就像參與了誰的人生大事。以前小學教學旅行的隨隊攝影，爺爺一個人負擔不了，現在有我在，學校也會請我去拍攝了。」

「是喔？耕太郎你會跟小朋友一起去教學旅行喔？」

佳乃發出驚訝的聲音，耕太郎故意瞪她一眼說：「不行嗎？」

「不是啦，只是想起小時候教學旅行時，確實每次都有隨隊攝影跟著。原來如此，耕太郎現在就在做那個啊，好厲害喔，你長大了呢。」

「佳乃小姐，妳是不是還一直把我當成學生看啊？」

他們認識時，耕太郎大概還是學生吧。為兩人的對話莞爾，真實忍不住對耕太郎說：

「你很受小學生歡迎吧？」

「看在小學生或國中生眼中，耕太郎是大人了啊，一定很受歡迎。」

「旅行最後一天，還會收到用撕下來的筆記本頁面寫的信呢。明明只跟他們一起旅行了短短三天。」

耕太郎咧嘴一笑。

「最多就是這樣了。不過我每次看到他們都會想，小孩子真的都活在很充實的時間裡呢。」

真實也還記得，學校老師、教學旅行時遊覽車上的導遊、隨隊攝影師、補習班老師……孩提時代，經常有人偷偷暗戀近在身邊的大人。會寫信的只有少數積極的女生，自己是再怎麼樣也做不出那種事的小孩。現在就連這也成為令人懷念的往事。

「不過，雖然照相館的工作減少，大家對攝影本身的興趣倒是比以前高了呢。」

「是啊，我家孫子們也常用手機拍了什麼就寄來。好像也可以用電腦看？」

「還有Instagram，像這附近的海岸風景，就是很適合上傳的ＩＧ美照。」

聽了石母田的話，耕太郎點頭贊同，真實也有同感。從仙台到石卷時，途中從電車上望出去的景色，好幾次都讓她心想，要是現在還有在用手機的話，真想拍下來。為了地圖探勘，在街道上四處走動時，也會不經意發現天空之美，或是看到小型民宅旁盛開的杜鵑花，美得大受感動。每次都會興起把它們拍下來的念頭。

關閉電源的手機一直放在宿舍房間裡。關了手機來到東北後，原本想等一切穩定了，再把手機打開。就這樣一天拖過一天。離開東京已經好一段時日了，明知不能繼續這樣下去，現在依然不敢開機。

害怕電源打開的瞬間，會有誰傳來什麼訊息。

電話、電郵、ＬＩＮＥ，害怕一開機就看見這些。那就像在逼迫丟下這一切離開的自己負起責任面對，也意味著眼前平靜的時光即將結束。所以她很害怕。

「對喔，佳乃小姐也有玩吧？ＩＧ。」

「有是有，但幾乎沒有即時上傳照片。要是知道我現在人在哪，可能很多人會生氣地逼問『都到附近了怎麼不過來一下』。」

佳乃這麼回答耕太郎，不愧是活躍於各地的佳乃會有的想法。耕太郎不經意地問：「真實小姐呢？」

「咦？」

「ＩＧ，妳有在玩嗎？」

這種不帶深意，再自然也不過的問法，讓真實感到很自在。他一定隱約知道真實來東北的動機不單純，卻不做多餘的顧慮，只是順理成章地把話題丟給她，這讓她很高興。所以，真實也沒有想太多，直接回答「之前有」。

「之前還滿常上傳照片，來這邊後就完全沒有玩了。」

「是喔！妳都上傳了哪些照片？可以看嗎？」

「可以啊。」

和架去旅行時拍的照片，他公司銷售的啤酒照片，大概就是這些吧，沒有什麼特別需要隱藏的東西。

「是這個帳號嗎？」耕太郎搜尋後，出示他找到的Instagram帳號頁面。令人懷念的照片——上面還有好久以前拍的，看起來一點也不像自己的照片。

最後上傳照片的日期是一月。

東京的工作離職前。

「可以借我看一下嗎？我自己也好久沒看了。」

頁面上排滿自己還什麼都不知情時的照片。

和架訂婚，認為他是一百分的戀人，即將步入禮堂，內心充滿幸福預感的時候。某種意義來說，是我還很天真時的紀錄。真實這麼想。

或許因為好一陣子沒看的緣故，在對過去的自己感到滑稽前，竟然先疼惜起當時的天真，連自己都覺得不可思議。已經回不去了，過去的自己。不知為何，甚至產生希望她就那樣不要改變的念頭。

打開最後上傳的照片。拍的不是什麼新鮮的事物，只是下班後散步回家途中遇到的貓。自己對攝影完全外行，讓耕太郎看這種照片太難為情了——這麼想的瞬間，眼角瞥見了什麼。注意到的那一刻，像有什麼尖銳的東西刺穿胸口。

有人在照片下方留言。

其實根本沒有吧？

請跟我再好好談一次。

只有這麼兩行。

沒有署名，但真實立刻知道這是誰留下的訊息，也知道訊息的意思。

「其實根本沒有吧？」

指的是——其實根本沒有跟蹤狂吧？

這是架的留言。

心臟跳得比一瞬前更快更用力。肉眼看不見的脈動，劇烈得使她無法喘息，拿著耕太郎手機的手像凍僵一般失去知覺。

咬緊嘴脣，打開其他照片查看留言。反覆檢查，留下訊息的只有那張。不管怎麼找，只有最後那天上傳的照片有他的留言。

終究還是被架發現了。

按捺內心的激動。連自己都清楚察覺呼吸變得急促紊亂，臉上失去表情。

「真實？妳怎麼了？」

激動的情緒壓抑不住，全都洩漏出來了。佳乃湊上前窺看她的臉。

「妳怎麼了？臉色好難看喔。」

「佳乃小姐——」

原來人的臉色會在一瞬之間呈現別人一眼就看得出的改變。震撼之中，用力深吸一口氣。耕太郎和石母田也擔心地望著真實。

暖爐上的水壺咻咻噴出蒸氣。吸一口神社內混雜了老泥巴與木頭氣味的空氣，心情總算稍微冷靜下來。一邊想著「怎麼辦、怎麼辦」，同時也因他們陪在自己身邊而心安，心懷感激。

「佳乃小姐，他好像在找我。」

「咦？」

一口氣提不上來，來不及說出「未婚夫」三個字。

「我的未婚夫，他好像在找我。」

早該知道會這樣。自己像那樣突然失蹤，架一定會展開搜尋。在找尋的過程中，或許會從他那些女性友人口中得知真相——關於真實謊稱有跟蹤狂的事。

其實不是沒有這麼想過。雖然這麼想，還是無所謂地丟下與他的那段時光。至今從沒想過，那段時光還能繼續。

但是架不一樣。

他還在那段時光裡，獨自一人。

並非一鼓作氣說完，真實吞吞吐吐地，說出了真相。對佳乃、耕太郎和石母田說。說到一半時，石母田的女兒端來熱茶和仙貝，看到真實說話的樣子，只把茶點放下就體貼地離開了。

真實說了——

自己的事。

架的事。

謊稱有跟蹤狂的事。

難以置信地，連這原本應該難以啟齒的事都說出來了。佳乃和耕太郎姑且不論，石母田奶奶才剛認識不久，像她這樣高齡的女性聽了這類戀愛話題肯定會傻眼的吧——雖然這麼想，要是今天不說的話，總覺得自己就哪裡也去不了了。所以，真實全盤托出。

正因對象幾近陌生人，所以才說得出口吧。一定是因為這樣。

「就是這樣……不是什麼大不了的事。」

說完之後，真實補上這一句。同時感到眼角刺痛，似乎快哭出來了，然而事實是，眼淚早已流乾。說這句話是為了不讓話題聽起來太自虐，也是為了給自己設道防線。

「就只是一個婚活失敗、結不了婚的故事啦。我說了那種謊，把事情搞砸也是自作自受，只是看到ＩＧ照片下的留言，才知道他還在找我，突然覺得……不好意思，讓你們聽了這種無聊的事。」

「別這麼說。」

第一個回應真實的，不是佳乃也不是耕太郎，而是三人中和真實關係最淺的石母田。

望向她那張滿布皺紋的臉，真實大吃一驚。

石母田臉上堆著令人訝異的爽朗微笑，那笑容裡既沒有憐惜也沒有同情。

皺巴巴的小手抓住真實的右手，抓住後，再用雙手包起來。

「你們談了一場轟轟烈烈的戀愛呢。」

因為太驚訝了，連「欸！」的驚呼都發不出來，就這樣停留在嘴裡。睜大雙眼看著石母田，她繼續說：

「當事人身陷其中可能很痛苦，看在我這旁觀者眼中只覺得很美好，是一場轟轟烈烈的戀愛啊。」

「沒有這回事，我們是婚活認識的，哪稱得上轟轟烈烈……」

「咦？怎麼？現在的年輕人連自己是不是在戀愛都要聽別人說才知道喔？」

那打從心底感到不可思議的聲音盈滿真實的心，感覺得到了解脫。聲音在心中迴盪，伴隨一股沉積內心深處的溫暖痛楚。

「轟轟烈烈的戀愛」，這幾個字的發音緊緊揪住她的心。

「或許……真的像您所說……」

「嗯，」石母田撫摸真實的手，然後問她，「何不去見見他呢？」

聲音依然那麼溫柔。

「要是以為人家明天還會繼續等妳，那就太自以為是了。突然無法繼續的人，我啊，看得太多了。」

聽石母田這麼一說，梗在心裡的疙瘩忽然消失了。真實緊咬嘴脣。點點頭，輕聲回答「是」。

我會去見他。

只是，請給我時間。

那天晚上，終於鼓起勇氣，把一直閒置的手機拿出來開機。瞬間，彷彿電源與時間一同注入機械裡，光亮與聲音從小小的手機螢幕流洩而出。許多的電郵、未接來電通知、ＬＩＮＥ的訊息。

總覺得自己還無法一口氣面對全部，只傳了訊息給架。

要是架馬上打電話來怎麼辦。要是他根據手機定位找到這裡來，做到這麼強硬的地步，自己或許會被他帶回去。

還沒辦法立刻見面。再說，地圖的工作才剛開始，已經交付給自己的部分，希望能用自己的雙腿走完。

在各種焦慮與擔憂中，架只回了簡短的訊息。

我知道了。

請再與我聯絡。

從字面上看不出他是否在生氣。明明才剛說過不可能馬上見面交談，這一刻又為他太過簡短的文字心焦。知道跟蹤狂的事是假的，他果然還是生氣了吧。會不會對我失去耐性，不想再理我了？真實這麼想。

正在如此煩惱時，手機再度發光。架又寄來一則訊息。

知道妳平安無事，我就放心了。

只有這麼一行字。

◇

直到地圖探勘工作告一段落，真實再次與架取得聯繫，已是入夏之後的事。七月。

這段期間，架真的完全沒有聯絡。雖然也曾擔心他生氣了，或許已經放棄了，真實還是儘量要自己別去想。眼前非做不可的工作拯救了她，日子一天過一天，心情也逐漸穩定，自然而然認為架一定還在等。

去和架見面吧，七月——如此下定決心。

這天，真實和板宮及高橋一起去了平常去的居酒屋，結束之後，和高橋兩人走回宿舍的路上，真實對高橋說「不能和你一起出去走走了」。

她指的是之前答應他「會想想看」要不要一起去兜風的事。不能一起去了。

這麼一說，高橋就做出驚訝的表情，對真實說：「呃，那都多久以前的事了啊。」

「差不多是四月吧？高橋問我要不要去兜風不是嗎？」

「我當然知道啊。是說，那之後妳什麼也沒提，我就想說沒希望了。拜託，就算是我也懂得察言觀色好嗎？」

高橋皺起眉頭，朝夜空高高踢起路邊的小石頭。

「大家心知肚明就好，妳幹麼特地又來拒絕。這樣豈不是搞得很像我真的被甩嗎？太過分啦。」

「抱歉抱歉。」

高橋鬧著彆扭，也不知道他是認真的還是開玩笑，真實繼續說：

「我很高興你那麼說。有人那樣約我，我真的很高興，所以才想要好好回答。如果做了多餘的事，那我道歉，抱歉。」

「吼，真是的，真實小姐就是太講禮數了啦。這種一板一眼有時也會傷人的，以後要記得喔。」

「嗯。」真實點點頭。懷著對高橋的感謝，真心誠意地說：「我會記得，謝謝你。」

「那妳要去了嗎？」

「欸？」

「去下一個地方。」

高橋似乎還記得曾幾何時的對話。真實回答：「還不知道。」

就在這麼回答的當下，她已經確定了——自己要往前走。

去和架見面吧。就算兩人的關係無法前進，就算緣分在此結束，也要去見他。如果不結束的話，真實說不定連下一步都看不到。

第一次認為，結束也沒關係。

架沒有半句怨言，來到真實指定碰面的無人車站。

忘了什麼時候，和佳乃一起從仙台來時經過的那個離大海很近的陸前大塚車站。第一次經過時，真實非常訝異電車可以從離海這麼近的地方通過。在東京長大的架看了一定也會很驚訝。即使高聳的防波堤遮蔽視野，仍然聞得到另一端的海潮氣息。現在也是，聞到了海水的氣味。有這個地方幫自己撐腰的話，應該能夠好好面對架。

先到的真實在月台上等待。從仙台方向駛來一輛電車。夏日的無人車站，一組不知是返鄉探親還是來旅行的家庭，戴著草帽從車上下來。比他們晚了一點，從靠月台另一端車門下來的正是架。

看到架的瞬間，內心一陣酸楚。

分不出是心動還是心痛。

只覺得很懷念。

明明是夏天，走下車的架卻穿著有領子的外套。正式的西裝打扮，是交往時真實最喜歡他的模樣。

架抬起頭，找到了真實。

鼓起勇氣，下定決心，真實走到他身邊。

「好久不見。」一輕聲這麼說。

架的眼裡沒有笑意。那雙眼睛凝視真實，認真得叫人害怕，不知道他在想什麼。只見他深吸一口氣，好像說了些什麼。聽不清楚，真實只是無言地看著他。架重新說一次。

「還跑得真遠。」

隨話語吁出一口氣，聽起來有點不滿——但也有種安心感。

「嗯，」真實點點頭，「謝謝你來。」

真實向他道謝。

兩人移動到候車室，中間隔著一個人的距離坐在長椅上。也想過是不是該找間咖啡店進去坐坐，但又不知道這附近有沒有適合的店。架說「這裡比東京涼爽」，於是就決定這樣了。

「妳好像變強悍了。」

架這麼說，真實低喃「是嗎？」實際上，自己也搞不清楚。

早已做好重逢時架一開口就怒吼的心理準備。兩人交往那段期間，架對真實總是非常溫柔，從來沒對她大聲過。但是，這次就算他罵得再凶也不奇怪。

沒想到，他的語氣沉著冷靜。睽違多時的重逢，氣氛和平得令人錯愕。

架也比最後看到他時更老成了。這麼形容一個快四十歲的人好像不太對，但他或許也經歷了什麼事。那些事化為疲態，表現為現在的老成。如果是這樣的話，那都得怪自己了。真實心想。

「那是什麼？」

真實注意到架手上提著百貨公司紙袋，裡面似乎裝著用包裝紙包起來的盒裝點心還是什麼禮物。雖然和架的西裝打扮很搭，在這個環境下仍顯得突兀。

架「咦？」了一聲，然後低頭看著紙袋說：「喔……想說如果妳在這裡受到誰照顧，應該要送人家一點東西，半路上跑去買了。不是什麼了不起的東西，只是盒裝點心。」

「什麼嘛。」

意想不到的答案，使真實情不自禁這麼說。架嘆了一口氣。

「……說的也是，在帶這種東西來之前，還有其他更該帶的東西。」

架窺探真實的表情，這麼問：「沒有嗎？在這邊照顧妳的人。」

「有是有……只是沒想到架會顧慮這麼多，還帶伴手禮來。謝謝你特地準備……」

外表看來固然平靜，要來和真實見面，他的內心或許也很緊張。這麼一想，就覺得好像可以進入正題了。真實下定決心開口：

「根本沒有跟蹤狂。」

聽見蟬鳴的聲音。車站的影子拉得長長，朝無人車站的另一頭延伸，在乾燥的白色地面上投下濃黑的顏色。

面對真實突如其來的剖白，架沉默了一會兒，才輕輕地說「嗯」。真實問他：

「你從美奈子小姐她們那裡聽說了？」

「聽說了。」

架略顯猶豫地點頭。自己主動提起這件事，讓真實心情一口氣輕鬆起來。想不通一直以來害怕的是什麼。但是，就是很害怕。害怕架會討厭自己，害怕他周遭的一切。

「我好討厭那些人，」真實接著說，「真的一直都好討厭她們。」

「……嗯，」架點點頭，聲音裡帶著歉意，「我知道。」

「謊稱有跟蹤狂的事，真的很抱歉。」

坦然道歉。這件事真的是自己不好。不過，除此之外，真實不認為自己還有非向他道歉不可的事。

「嗯。」架再次點頭。

還是看不出他到底有沒有生氣。過了一會兒，架才抬起頭，看著真實說：

「真實應該也聽說了吧？」

「聽說什麼？」

「我一直忘情不了前女友的事。」

「如果是指你決定妥協，跟我這個只打七十分的對象結婚的事，我倒是聽說了喔。」

架倒抽一口氣。

他的眼睛瞪得大大的，像時間暫停一般。

這是真實第一次用這種刻意挖苦的語氣對架說話。雖然是第一次，自然而然就脫口而出了。話或許說得有點毒，真實內心已經沒有生氣或悲傷的情緒。

說真的，我之前到底為何那麼怕這個人？

「聽了那種話，我很受傷喔。」

就連這麼責備他時，心情也很平靜，臉上甚至浮現笑容。沒有勉強自己，真的就是如此。

架低頭良久之後，維持這個姿勢，頭也不抬地說：

「我沒有那麼說。從來沒有說結婚是妥協。」

「但你不否認打了七十分的事？」

真實這麼問，架又是一陣沉默。緊抿著嘴脣抬起頭，一臉豁出去的樣子點點頭。

「嗯。」

原已平靜的心情，在他承認的瞬間又掀起一陣波瀾。不過，頂多只是微波蕩漾。真實默不吭聲。

「正確來說，我講的是『百分之七十』，不是給妳打七十分。那時我不確定是否這樣就好，對結婚還有點猶豫。應該說，我當時想結婚的心情是百分之七十左右。」

說著，架忽然拿起不是紙袋的另一個手提包，從裡面拿出似曾相識的湖水綠色小盒子。那是架買給她的訂婚戒指。

「請妳跟我結婚。」

真實完全沒料到架會這麼說。

這次輪到她瞪大雙眼，彷彿時間暫停一般。

事到如今，完全沒想到他還會這麼說。一心以為兩人今天之後就將分道揚鑣，做好分手的心理準備而來。

架的目光是認真的。打開蒂芬妮的盒子，裡面放著鑲嵌單顆鑽石的美麗戒指。

「希望妳再收下一次。我喜歡妳。」

「你認真的？」

我喜歡妳。

像小孩子之間的告白。真實人生中第一次聽到這句話。學生時代完全沒有戀愛經驗，長大之後也都是看氣氛進展。認識架之後，不知不覺開始交往，不知不覺開始會去彼此家中過夜——就是連一次也沒聽他這麼告白過。

架露出近似苦笑的疲倦笑容，看得出他也沒抱有真實會接受自己這句告白的希望。他的聲音透露著緊張，眼神深處有著怯懦——他也很害怕。

他害怕我，就像之前的我對他的害怕一樣。真實心想。

「認真的。」

架以嘶啞的聲音回答。

「或許，事到如今才說這種話，妳已經不會再相信了。可是，我想跟妳結婚，我喜歡真實。」

「可是我逃走了喔。不但從架身邊逃走，還從你母親身邊逃走。不說一句話就離開，連對自己家人也什麼都沒說。害大家擔心，還撒了那種謊。你真的以為這些傷害都能得到修復？像什麼都沒發生過一樣？」

說著都覺得自己不中用，語氣緩慢下來，眼角浮現淚光，鼻腔深處酸楚。這一切都是自己招致的後果。

架是第一次用那麼親密的語氣喊自己的名字。

只要和架分手，就可以不用再對周遭找藉口，也可以放棄修復那些事。抱著這樣的期待，真實今天是打算結束一切才來的。

拚命忍住不眨眼，以免眼淚從眼球表面掉下來。雖然忍住了，最後淚珠還是不敵重力滾落。

「把事情鬧得這麼大，之後才說要復合，你真的認為這種事辦得到嗎？」

「辦得到。」

架的語氣沒有猶豫，聲音的力道嚇了真實一跳。架堅定地點頭。

「我不會讓真實的爸媽和我媽說什麼。再說，結婚和朋友或家人無關，這是我和妳的問題。」

架把戒指盒往真實面前放。看著他的表情，真實發現一件事。

這就是我曾打了一百分的人。

精通人情世故，今天也為素未謀面的人帶了伴手禮來，外表體面帥氣，這些都是我曾非常滿意的地方。朋友都說，會對女性體貼的人不會淪落到靠婚活找對象。正因他是條件這麼好的人，自己才那麼努力抓住他。架的女性友人說得沒錯，條件這麼好的人怎還會留在婚活市場上。

但是，不是這樣的。早知道該更老實坦承。

這個人——其實非常遲鈍。

遲鈍到能原諒我的謊言。

遲鈍到以為我自私逃跑後造成的傷害能輕易修復。這個人才是真的不知世事，天真得可以。

和其他許多男人一樣，架很遲鈍，正因如此，所以溫柔。
我喜歡的就是他那溫柔的地方。我確實喜歡著架。真實心想。

——你們談了一場轟轟烈烈的戀愛呢。

石母田的聲音在耳邊響起。
被她那麼說時，真實想到的其實是「好想讓架聽聽這個」。人家說我們談了一場轟轟烈烈的戀愛喔。在聽到人家這麼說之前，自己都沒發現，但或許真是如此。
從仙台搭火車來石卷的路上看到的景色，每次都心想，要是還在用手機的話，真想拍下來。為了製作地圖在街上四處走動，不經意看見天空之美，或者感動地看著小型民宅旁盛開的杜鵑花時，也經常想像自己用手機拍下來後上傳ＩＧ的樣子。
但是，其實每次浮現腦海的，只有一個更單純的念頭——
好想讓架也看看這片景色。
所以今天才會和他約在這個車站。就算在高聳防波堤的阻隔下看不到大海，仍然能一起感受海潮氣息的地方。
「米朗潔花園……」
原本兩人下下個月就要在那裡舉行婚禮。現在取消的話必須支付取消費的那個婚禮會場。真實一說出這個名字，架就無聲地眨了幾下眼睛。她接著問：

「已經取消預約了嗎？」

「……還沒。」

架這麼回答。回答之後，嘴角浮現一抹憂鬱的微笑。

「或許會被認為我提得起放不下，但是，我還沒取消喔。」

「取消吧。」

真實說。

耳邊傳來海浪的聲音，還有蟬的聲音。陽光投射在真實與架身後的海面上，反射到車站前的廣場，將廣場照耀得一片爍白閃亮。

「我希望你取消它。」真實說。

被真實殺了一個措手不及，架的臉上失去一切表情。嘴脣掀動一次、兩次，似乎想說什麼。又像尋求空氣的魚，嘴巴一開一闔，甚至顯得有些滑稽可笑。他瞇起眼睛，用泫然欲泣的表情望向真實。

不過，這表情也只出現一瞬間。

「我知道了。」

抿起嘴脣，架清楚地回答。

尾聲

在那之後，思考了無數次——

什麼是正確的，弄錯了什麼。

什麼是好的，什麼不好。

母親說，快點結婚。

這是因為女兒未婚讓她很丟臉吧。真實心想。既然如此，就不要說那是「為我好」，為什麼不清楚說出這是「為了妳自己」呢？有段時間，真實一直這樣想。

媽媽為什麼不明白我和她是不一樣的人呢？真實這麼想。

但是，那是因為，媽媽只知道「結過婚的人生」是什麼樣的，她也只知道「有小孩的人生」是什麼樣的。

看到不是那樣的我，她只能想像「單身的真實很寂寞」。想像我在不見天日的房間裡終身孤獨，這令她悲傷不已。真實似乎有點能理解母親為何這麼想了。

對媽媽來說，這輩子我都是她的一部分，無法視為他人。不過，更令我感到絕望的是自己。

是自己太天真。

仔細想想，之所以能下定決心搬去東京，是因為我知道，行不通的話只要再回父母身邊就好。正因我有地方可回，有人可依靠，所以才敢那麼做。事到如今，已經可以承認這一點了。

這樣的我口中的「自立」，看在父母眼中不過是小孩子玩家家酒。

認識了架，也曾短暫認為自己將不再孤獨終身。

如今回想起來，我大概只是想找個取代父母的依賴對象。

不只父母，連我自己也認為我「自己一個人活不下去」。

遇到架之後，我終於明白自己一直以來依賴的雙親，尤其是偉大的母親，其實比想像中更渺小無知。即使如此，當我從架身邊離開時，第一個想的還是回到父母身邊。

因為只有那裡可以去。

在深入思考之前，身心都先依賴了他們。這是罪孽多麼深重的事。

直到現在，我仍不知怎麼做才正確。

如果有人說我錯了，那或許真是如此。

但是，現在我也會這麼想——

就算依賴父母的女兒口中的「自立」只不過是去尋找下一個依賴對象，那又怎麼樣。就算父母擔心女兒結不了婚，試圖為她尋找取代自己的下一個依賴對象，那又怎麼樣。

這麼做有什麼不對嗎？現在的我心情已足夠堅強，能乾脆這麼想了。

就算別人說我們做錯了也無所謂。

我不在乎。

◇

「妳在想什麼？」

「欸？」

婚禮前，架這麼問。

真實抬起出神的臉，看到為了今天剛剪新髮型的架正在苦笑。

「真實好像又在想什麼了。」

「沒想什麼大不了的事啦，等一下再跟你說。」

真實也露出苦笑。

抬起頭，看著三波神社古老莊嚴的身影，感覺今天和祂更親近了。

「走吧，時間到了。」

身穿正式服裝的是這間神社的權禰宜，也就是石母田的女兒。聽她這麼一說，架和真實同時抬起頭，回答「是」。

真實身上穿的傳統白無垢禮服，是向當時送來的那張婚禮照片的主人，出租店的兒子夫妻租的。架身上的羽織袴也是請他們準備的。

有別於戶外的暑氣，夏天的神社大殿充滿靜謐安詳的空氣。

事實上，這是三波神社睽違五十年舉辦婚禮。

「走吧。」

架對真實伸出手。真實把自己的手放上去。

「架。」

「嗯？」

「謝謝你答應我無理的要求。」

這麼一說，架就微笑了。

「又沒關係。」他說。

想在石卷那間與自己頗有緣分的神社，舉行只有兩人的婚禮。

這就是真實的要求。

不邀請朋友、親戚和家人，不舉行盛大的婚宴——就像架說的，結婚和他們無關。結婚只是真實和架之間的事。

雖然人們常說結婚是兩個家庭的事，過去朋友們結婚時也都去給予了祝福，當然希望自己也能獲得他們的祝福。想把架介紹給大家，在眾人面前炫耀。

由於過去一直都是這樣想，現在也很驚訝自己心境的變化。

出國舉行只有新郎新娘兩人的婚禮——以前聽聞這種事時，只覺得那是跟自己不同世界的人。但是現在，稍微能理解決定那麼做的人的心情了。每對情侶的狀況或許不同，至少以真實的狀況來說，現在，她想面對的只有一個人。

婚禮只要和架一起舉行就好。

提出這個要求後，架雖然驚訝，但也接受了。

「不用出國辦嗎？去夏威夷之類的？」

既然都能無視宗教信仰在外國的教堂舉行婚禮，何不前往東北地方的神社，只有我們兩人誓言走入婚姻就好呢？

真實說，我就是想去三波神社。

那座挺過海嘯侵襲，有著非常美麗又強大身影的神社。聽真實這麼一說，架就表示「我也想去看看」。

「咦？」

這番對話後，架猛地往前彎腰，口中喃喃低語「太好了……」。

「……妳願意嫁給我。」

那聲音聽起來都快哭了。架表情扭曲，分離的這半年，他看起來忽然蒼老了好幾歲。不過，真實沒有因此對他幻滅。心想，我就是喜歡這張臉。內心預感未來將一直看著這張臉，即使架不再帥氣。她在心中祈願，希望這個預感能夠成真。

「嗯。」

真實點點頭。

「請你跟我結婚。」她主動這麼說。

真實的父母和架的母親。

與真實取得聯絡後，架似乎去和雙方家長談過了。告訴他們，真實現在並沒有和跟蹤狂在一起，她只是為了重新檢視自己，暫時需要一點時間。

這不是謊言，但也不是「真實」。

當然，光聽架這麼說，雙方家長都無法接受。但是，架堅持不放棄，說服了他們。

「非常抱歉，但這是我跟她的問題。」架這麼說。

這個夏天，真實終於回家，也去了架的老家，向雙方家長道歉。不過，這充其量只是為自己失蹤害大家擔心而道歉。關於取消婚禮會場，決定舉辦只有兩人的婚禮等事，無論雙方家長怎麼說，她都堅持不退讓。一定要從「只有兩人的起點」展開婚姻生活，這個想法絕不動搖。

架曾提議邀請始終擔心著真實的姊姊希實夫妻參加婚禮，真實也拒絕了。她自己打電話向姊姊道了歉。

寵溺妹妹、在她搬到東京時二話不說當了保證人的姊姊，其實也和母親一樣，認為真實一個人什麼都辦不到。正因如此，真實才會那麼依賴她。

對於真實的失蹤和突然回來，希實雖然頗無奈，當真實把婚禮的決定告訴她時，她卻笑了。

希實說：「真沒想到妳也有這麼頑固和積極行動的一天。」

她還說：「要幸福喔。」

祝禱詞誦讀結束。

神官「齋主」清朗的祝禱聲響遍神社大殿，落在架與真實身上。真實感受到身旁架的緊張，也強烈希望自己的緊張──以及喜悅，身旁的他能感受到。

拿著朱漆杯，接受斟酒。不經意往身邊一看，正好與架四目相接。他在同一時間看了自己。

光是這樣，就讓緊張瞬間消退。

在這莊嚴神聖的場合，這麼做或許不符規矩，但兩人都微笑了。輪流舉杯。

高舉玉串，在神前獻禱。二鞠躬、二擊掌、一鞠躬。

注視著大殿後方的注連繩，真實心想，其實根本沒什麼自信。

今後婚姻生活是否能順利，其實根本沒什麼自信。做了這麼多自作主張的事，之後一定會得到報應吧。無論是自己的父母還是架的母親，今後大概動不動就會把這事拿出來抱怨──或許得面臨這樣的婚姻生活。

但是，即使如此──

現在，只和架兩個人站在這裡祈禱，這件事一定有其意義。真實願意這麼相信。經過種種迷惘做出結婚的決定，這個決定一定有其意義。

希望現在的祈禱至少能應驗在身邊這個人身上。

玉串祝禱儀式結束後，會場氣氛忽然輕盈了起來，連空氣都變得柔和。

聽見「恭喜」的聲音，也聽見架帶著安心的表情回答「謝謝」。真實跟著開口，衷心表達了感謝。

「妳在想什麼？」

真實的另一個任性要求，是只讓耕太郎來參加婚禮。這當然是為了請他拍攝婚禮照片的緣故。和架並肩站在象徵波浪的三條波紋社徽下，以神社為背景拍照。這時，架又這麼問了她一次。

真實回答：「沒什麼。」

其實她在想的是，這樣真的好嗎？即使是心願成真的現在，還是會這麼想。明明是自己想要的結果，還是會這麼想。當然，這話就算撕裂了嘴也不會說出來。

說今後沒有一絲不安是騙人的。

「架在想什麼？」

「……我在想，真是太好了。」

彷彿看穿真實的心思，架這麼說。

「雖然發生了各種事，現在這樣真是太好了。」

「是嗎？」

這人這種不逞強的遲鈍，以及「雖然是丈夫但也是不同於自己的另一個人」的事實，今後肯定會一再地拯救自己。

「真實小姐、架先生，要拍了喔！」

身穿禮服的耕太郎舉起相機這麼說。閃光燈迸出光芒。

抬起頭，內心驚嘆。

眼前是連成一片的大海與天空，彷彿無邊無盡。

「真實。」

架這麼呼喚著，牽起她的手。兩人手牽手，面朝前方。相機再次亮起閃光燈。

雖是被架牽起的手，這次，真實主動用力緊握。

——全書完

文字森林
READING FOREST
文字森林系列 012

傲慢與善良

傲慢と善良

作　　者　辻村深月
譯　　者　邱香凝
總 編 輯　何玉美
責任編輯　陳如翎
封面設計　張巖
內文排版　菩薩蠻電腦科技有限公司

出版發行　采實文化事業股份有限公司
行銷企劃　陳佩宜・馮羿勳・黃于庭・蔡雨庭
業務發行　張世明・林踏欣・林坤蓉・王貞玉・張惠屏
國際版權　王俐雯・林冠妤
印務採購　曾玉霞
會計行政　王雅蕙・李韶婉
法律顧問　第一國際法律事務所 余淑杏律師
電子信箱　acme@acmebook.com.tw
采實官網　http://www.acmebook.com.tw
采實臉書　http://www.facebook.com/acmebook01

I S B N　978-986-507-112-7
定　　價　380 元
初版一刷　2020 年 5 月
劃撥帳號　50148859
劃撥戶名　采實文化事業股份有限公司
104 台北市中山區南京東路二段 95 號 9 樓
電話：(02)2511-9798　傳真：(02)2571-3298

國家圖書館出版品預行編目 (CIP) 資料

傲慢與善良 / 辻村深月著 ; 邱香凝譯 . -- 初版 . -- 臺北市 : 采實文化 , 2020.05
面；　公分 . -- (文字森林系列 ; 12)
譯自：傲慢と善良

ISBN 978-986-507-112-7(平裝)

861.57　　109003276

GOMAN TO ZENRYO
BY MIZUKI TSUJIMURA

Original Japanese edition published by Asahi Shimbun Publications Inc., Japan

Chinese translation rights in complex characters arranged with Asahi Shimbun Publications Inc., Japan through BARDON-Chinese Media Agency, Taipei.

采實出版集團
ACME PUBLISHING GROUP

文字森林
READING FOREST

文字森林
READING FOREST